与你重逢

Vous revoir

[法]马克·李维

（Marc Levy）

著

陈睿 译

湖南文艺出版社
HUNAN LITERATURE AND ART PUBLISHING HOUSE

博集天卷
CS-BOOKY

Laffont/Susanna Lea Associates

谨以此书献给我的儿子路易

"人总是要坠入爱河的，但这显然跟万有引力没有什么关系。"

——阿尔伯特·爱因斯坦

目 录
Contents

这个世界，即便是在黑暗当中也无妨。

沿途再美，也终有归期

流云遮不住日光

在一起，就像我和你

尾声

致谢

时间是假象

人在这个世界上，来的时候清清楚楚，走的时候也要明明白白。

阿瑟到酒店前台结了账。时间尚早，他还可以在附近转一转。酒店的服务生把寄存行李的小票递了上来，他顺手就揣在了外衣的口袋里面。他穿过酒店前的小院，沿着美院街一路前行。地面上的鹅卵石早前已洗刷一新，此刻正伴随着晨曦的第一缕阳光在慢慢地晾干。波拿巴大街上，有好几家商店已经准备开门。阿瑟在一家糕点铺的橱窗跟前迟疑了一阵子，然后继续迈开脚步。不远的前方，圣日耳曼德佩教堂的白色钟楼终于在这五颜六色初醒的晨光中清清楚楚地显现出来。他一直走到了弗斯滕伯格广场，此刻那里寂静无声。一道铁制卷帘门卷了起来。站在门里的是卖花的年轻姑娘，她罩着一件白色的大褂，看起来就好像是一个迷人的女化学家。阿瑟跟她打了个招呼。两天以前，他还住在那套小公寓里面，那时候经常会来这里和她一起天马行空地挑一些花，胡乱扎在一起，然后拿回家，摆在三个房间里看花开花落。

卖花姑娘也跟他打了个招呼，却不知道接下来可能就再也见不到他了。

在周末前的那个晚上，他把公寓的钥匙交还给了门房，好几个月的海外生活就这样画上了句号。在这几个月里，他完成了自己职业生涯至今最大的一个建筑项目——法-美文化交流中心。

　　或许会有那么一天，他将跟心中那个魂牵梦萦的女子一起重游故地。到时候，他会带着她去看看这片街区里那些他自己最爱的小街小巷；他们还可以一起沿着塞纳河漫步，这是阿瑟最近慢慢喜欢上的"保留项目"，虽然法国首都这段时间里经常下雨，也丝毫没有影响他的兴致。

　　他坐到路边的长凳上，开始写信，信的内容早已在心里打过无数次底稿。还差几句就写完的时候，他停了下来，把信纸折好套上信封，但没有封口就放进了自己的口袋。他看了看表，站起来，回头向酒店的方向走去。

　　约好的出租车不会等人，他的飞机还有三个小时就要起飞了。

　　到了晚上，在径自离开那么长一段时间之后，他就将回到属于自己的城市了。

　　旧金山港湾夕阳如火。透过舷窗可以看到金门大桥在云雾中闪现。飞机朝着加利福尼亚州蒂布龙的方向倾斜，缓缓下降，起初机头向南，在掠过圣马特奥大桥之后，转了一个弯。前方地上是一大片盐田，积水反射着光，从机舱里面往外看，感觉就好像是正在无数闪光碎片构成的镜面上滑行一样。

❦❦❦

　　萨博敞篷跑车在两辆卡车中间呼啸而过，斜斜地穿插了三条车道，那些司机因为愤怒而按响的喇叭声瞬间就已经被远远地抛到了后面。他像一阵风一样卷下了第101号高速公路，速度如此之快，以至于差一点没能开进通往旧金山国际机场的那条辅路。一直到斜坡尽头，他才减慢了速度，在车载显示屏上找着路。一不小心错过了岔路口，他很不满意地嘟囔了一句，然后直接挂上后挡，倒着开了100多米，这才转进了停车场的入口。

❦

在飞机的驾驶舱里，仪表盘上的电脑显示，当前的飞行高度是海拔700米。飞机下方的风景跟之前又有不同，眼底是一片高楼大厦的水泥森林，一幢更比一幢摩登，在斜斜的夕阳下鳞次栉比，随着飞机的前行逐渐更替。两边机翼上的挡板升起，增加了飞机的升力面，使得飞行的速度进一步降了下来。随后很快就传来了起落架与地面摩擦发出的低沉喑哑声音。

❦

在候机大楼里面，墙上的大屏幕显示，AF 007航班刚刚降落。保罗气喘吁吁地冲下手扶电梯，钻进了过道。大理石地面很滑，他在转弯的时候脚下拌蒜，幸好及时扯住迎面走来的一位飞行员的袖子，这才没有摔在地上。他一边急匆匆地跟对方道歉，一边转身继续疯狂地奔跑。

❦

法航的空中客车A 340缓慢地在跑道上滑行，飞机头像一个巨大的鼻子伸向候机大楼的玻璃外墙，看上去很震撼。随着长长的一声汽笛，发动机的轰鸣声逐渐停止，廊桥跟机身连接了起来。

在国际航班到达出口，保罗弯着腰，两手撑在膝盖上，大口大口地喘着粗气。出口处的滑门打开了，乘客们陆续走出来，然后散布到大厅的各个角落。

远远地看见人群中有一只胳膊在朝着他挥动，保罗赶紧从人群中挤出一条路，迎向他最好的朋友。

"你把我抱得太紧了。"阿瑟对保罗说道，后者刚刚给了他一个大大的拥抱。

旁边一个书报亭的女服务员在那里看着他们，神情似乎有点感动。

"别这样，怪不好意思的。"阿瑟推开了他。

"我想死你了，你知道的啊。"保罗一边拖着他走向通往停车场的升降机一边说道。保罗的朋友就这么看着他，脸上露出了微笑。

"你怎么穿了一件'夏威夷衬衫'，这到底是什么玩意？你是不是又喝多了啊？"

保罗就着电梯里的镜子看了看自己身上的装扮，然后撇了撇嘴，系上了衬衣的一颗扣子。

"我啊，去了一趟你的新家，给德拉哈耶搬家公司的人开开门。"保罗接着说，"你那些大箱子前一天就运到了。我顺便帮你把东西拿出来摆了一下，我可是尽力了啊，你这是把整个巴黎都给买回来了呢，还是说多少给人家法国人留下了那么三两件东西呢？"

"你还帮我做了这个啊，谢谢啦。嗯，那套房子还行吗？"

"你等会儿自己看看吧，我想你可能会喜欢的，更何况，那个地方离你的公司也不远。"

在阿瑟完成了那个庞大的法-美文化交流中心建筑工程之后，保罗就竭力劝说他回到旧金山生活。对保罗来说，阿瑟就像是他挚爱的兄弟，在他的生命里面，没有任何其他东西可以填补兄弟远行所带来的生活空虚。

"这个城市还是老样子，也没怎么变啊。"阿瑟表示。

"在第14大街和第17大街之间新起了两幢高楼，一幢是酒店，一幢是办公大厦，怎么样，你还觉得整个城市没有任何改变吗？"

"建筑事务所情况怎么样？"

"如果不用考虑你那些巴黎顾客的问题的话，总的来说，一切都还蛮不错的。莫琳还在度假，不过两个礼拜之后就回来了，她在办公室给你留了信，这姑娘可是迫不及待地想要再见着你啊。"

还在巴黎做工程的时候，阿瑟和他的助手每天都要通好几次电话，所有的日常事务都是交由她来打理。

保罗差一点错过了高速公路的出口，为了开进通往第3大街的辅路，他又一次突然切线变道，身后响起一连串喇叭的"协奏曲"，那是在向他大胆而冒险的举动"致敬"。

"我很抱歉。"他看了看后视镜说了一句。

"嘿，别操心这个，你只要哪天开车过一次星辰广场，以后就什么都不会怕了。"

"什么玩意？"

"那儿是世界上最大的'碰碰车'游戏场，而且还是免费的哦！"

当小车在万尼斯大街路口停下来等红灯的时候，阿瑟伸手按下了开启敞篷的电动按钮。车顶猛一阵嘎吱作响，慢慢卷了起来。

"我心里放不下它。"保罗说道，"这辆车子，它是有那么一点'风湿'，但还能撑得住。"

阿瑟摇下车窗，用鼻子大力呼吸着自海面传来的空气。

"嘿，巴黎怎么样？"保罗饶有兴致地问道。

"巴黎好多人！"

"巴黎的女人怎么样？"

"总是那么优雅！"

"那么，你跟巴黎女人又怎样？有没有什么艳遇啊？"

阿瑟故意停顿了一会儿才回答。

"我在那边又没有搞什么禁欲修行——如果你问的问题是这个意思的话。"

"我指的可是严肃认真的感情，你有没有拍拖过啊？"

"你呢？"阿瑟反问道。

"还单着呢！"

萨博汽车转进了太平洋大街，然后一直向着城市的北面驶去。一直来到菲尔默十字路口，保罗把车停在了人行道边。

"这就是你的'甜蜜小窝'❶了。我希望你能喜欢这个地方，不过，如果感到不满意的话，我们还可以再去找房屋中介。只是跟这里相比，其他地方就更……"

阿瑟没有让他朋友把话再说下去，他觉得自己会喜欢这个地方的，对此，他现在就已经可以确定一定以及肯定。

他们穿过堆满了行李的大堂，坐电梯一直到了四楼。在通过走廊走向3B号房间的时候，保罗告诉阿瑟说已经遇见了他的女邻居。"一个美女！"保罗一边转动着钥匙开门一边凑到阿瑟的耳边低声说。

----

❶译者注：甜蜜小窝（Home sweet home），在英语里通常用于表达在家里或回家后的喜悦和放松的心情：在家真好，幸亏在家。

从客厅里望出去，视线所及是"太平洋高地"社区豪宅的一片屋顶。夜晚的星光洒满了整个房间。搬家工人把他从法国运回来的家具随便堆放在屋子里，他用于建筑规划设计的工作台则被摆到了正对窗户的位置。纸箱子里面的书全都已经拿了出来，堆满了书架。

阿瑟马上开始归置他的家具，首先把长沙发抬到玻璃窗的对面，然后把两只扶手椅中的一只推到了小壁炉跟前。

"看来，你这偏执的毛病还是没有改啊。"

"这样摆显然更好，难道不是吗？"

"完美极了。"保罗回答，"现在，你满意了吗？"

"终于有了家的感觉！"

"喏，你已经回到了你的城市，回到了你的街区，运气还不错哈，很快你的生活也就能回到正轨了。"

保罗领着他去看屋子里面的房间。卧室很大，已经摆好了一张大床、两个床头柜，还有一只三脚凳。紧挨着卧室的是卫生间，一缕月光透过卫生间里的一扇小窗户射了进来。阿瑟马上走上前打开窗，外面的景观还真不错。

保罗晚上有一个工作饭局，他们的建筑工作室正在争取参加一个重要的竞标。可是，在老朋友回来的当天晚上竟然还要抛下他一个人独处，保罗心里难免感到气恼。

"我真希望能跟你一起去。"阿瑟说。

"你这时差都还没倒过来呢！我更希望你能待在家里面好好休息。明天我会过来接你，一起去吃午餐吧。"

保罗张开双臂跟阿瑟拥抱，并再次强调，能看到阿瑟回来，他心里有多么多么高兴。在离开卫生间的时候，他转过身来用手指着房间的墙壁说：

"啊！在这个公寓里面，还有一个奇妙的事情你大概没有发现。"

"什么啊？"阿瑟问道。

"房间里面一个壁柜都没有！"

旧金山市中心，一辆绿得闪闪发光的凯旋汽车高速飞驰在波特雷罗大街上。约翰·麦肯齐，旧金山纪念医院停车场的保安主任，放下了手中的报纸。他知道，年轻的女医生又回来了，那辆车子马达轰鸣发出的噪音实在太特别，早在她开车冲过第22号大街路口的时候，约翰就已经听出来了。嘎吱！车子停在了他的岗亭前面，轮胎抓地发出了尖锐刺耳的声音。麦肯齐从他的高脚凳上下来，看到那辆汽车的引擎盖从入口处栏杆下面伸了进来，栏杆几乎抵到了驾驶舱的挡风玻璃。

"您这么干是要赶着去给院长紧急动手术呢，还是说就只为了把我给搞毛啊？"门卫一边摇晃着脑袋一边问道。

"偶尔来那么一点肾上腺素刺激一下，对您的小心脏也不会有什么坏处。为这个，您还得多谢我呢，约翰。现在，您能放我进去吗？"

"今天晚上不是您值班啊，我这儿也没有给您预留位置。"

"我把一本神经外科手术指南放在办公室的档案袋里，忘记拿了。我上去一会儿，一分钟就好！"

"我说医生啊，像您这样不停工作，疯狂飙车，这条小命迟早得折在这里面。走到尽头往右拐，第27号车位现在还空着呢。"

劳伦微微一笑，应了一声。栏杆刚一升起来，她就马上踩下了油门，轮胎再次与地面摩擦发出尖叫，一阵风吹起了她的几缕秀发，露出了额头上的一道旧伤疤。

阿瑟独自一人在客厅里收拾着，想要让自己在这个新家待得更舒服一点。书架的一个隔层上面，保罗已经帮他安好了立体声组合音响。

他打开收音机，准备去处理堆放在墙角的最后几个箱子。就在这个时候，门铃响了起来，阿瑟穿过房间走去开了门。门外，一个美丽的老妇人向他伸出了手。

"我是你的邻居，我的名字叫萝丝·莫里森！"

阿瑟请她进门，但她婉言谢绝。

"我倒是挺乐意跟你聊两句，"她说，"不过，今天晚上特别忙。来吧，让我们先约法三章：不能放饶舌歌曲，也不能有电子音乐，R&B勉强凑合但也只能是好听的才行，至于hip-hop嘛，到时候再说吧。你如果有什么需要的话，只管来按我的门铃好了，不过你得按久一点，因为我的耳朵可不太灵光！"

说完，莫里森小姐转身穿过走廊回去了。阿瑟被他的女邻居逗乐了，在走廊里又站了一会儿，这才回屋继续收拾东西。

一个小时过后，胃部一阵一阵痉挛，阿瑟这才想起自己在飞机上用餐之后一直到现在都没有吃过任何一点东西。他没抱太大希望地打开冰箱，却惊奇地发现里面塞了一整瓶牛奶、一小块黄油、一袋吐司面包、新鲜的通心粉，还有一张纸条，保罗在上面写道："祝你胃口大开。"

❦

急诊室的大厅里挤满了人。担架床、轮椅、沙发、长条凳，一切可用的空间都已经被占据。劳伦走到接待室里面去查看住院名单。在一个巨大的白板上，那些已经接受过治疗的病人名字还没有完全被抹去，空白处就已经急急地写上了新入住的病患。

"我是错过了一场大地震，还是怎么着？"她笑着问里面值班的护士。

"您来了，这可真是太好了，我们都快要忙疯了。"

"我瞧出来了！发生了什么事情？"劳伦接着问。

"一辆大卡车后面挂着的拖车松掉了，直接砸进了旁边一家超市的橱窗里。一共有23人受伤，包括10名重伤员，其中有7个就躺在我后面的隔间里，还有3个去照X光了。我已经喊了重症监护室的人过来支援。"贝蒂一边说着一边向她递来一摞病历。

"看来，今天晚上又可以大干一场了。"劳伦套上白大褂结束了这一番谈话。

她走进了第一间诊疗室。

躺在病床上的是一个年轻的女人，大约有30岁吧，似乎已经睡着了。劳伦迅速浏览了一下入院记录，同时发现这个女人的左耳正在淌血。作为一名临床经验丰富的女医生，劳伦发现事情有点不对，她马上从白大褂口袋里抽出医用电光笔，翻开病人的眼帘照过去。可是，瞳孔对光束已经没有任何反应了。劳伦仔细翻看了这个年轻女子已经泛蓝的手指末端，然后把她的手轻轻地放下。为了问心无愧，劳伦还是把听筒放到她脖子根部听了一下，确定没有脉搏，这才把床单拉起，盖到了这个女人的头上。她看了看墙上挂着的钟，低头在病历上签名封档，然后离开到下一个病房去了。在她留在病床上的住院记录里，写着准确的死亡时间：20时21分。人在这个世界上，来的时候清清楚楚，走的时候也要明明白白。

❖

阿瑟翻遍了厨房里的每一处角落，拉开了每一个抽屉，但还是没有找到东西。水已沸腾，他却最终不得不关了火。从家里面走出来，阿瑟径直穿过走廊摁响了邻居家的门铃。等了一会儿一点回音也没有，他正准备转身离开，门开了。

"你以为像这样按门铃就算是'很响'了？"莫里森小姐说。

"不好意思打搅了，您家里有盐吗？"

莫里森小姐一脸严峻地盯着他。

"我真不敢相信，现在的男人竟然还会用这么老套的招数来跟美女搭讪！"

阿瑟的眼里闪过一丝不安。老妇人却爽朗地笑了起来。

"你现在要是能看到自己脸上这副表情就好了！进来吧，调料都放在水槽旁边的那个大筐里。"她用手指了指紧挨着客厅的那个小厨房，"你需要什么就只管拿什么，我现在很忙，你就请自便吧。"

说完，她三步并作两步地走回到电视机前，然后一屁股坐在了对面那个大沙发椅上。阿瑟从吧台后面走向厨房，有些惊讶地看到，莫里森小姐的头发已经发白，垂落在沙发椅的椅背上飘动着。

"我说，小子，你想留下来也好，要走也罢，你爱干什么就干什么，但千万别吵吵。李小龙马上就要'啊呀'一声放大招，给这个黑帮小头目致命一击了，话说我现在只要一看见这家伙就气不打一处来呢。"

老妇人示意阿瑟赶紧坐到她旁边那张扶手椅上来，不要发出任何的声响。

"这一幕演完以后，你就去打开冰箱，把里面装着快餐肉的碟子拿出来，然后过来跟我一起看完整部电影吧，我敢说你肯定不会后悔的！况且，两个人一起吃晚餐，无论如何总好过一个人吃吧！"

❋❋❋❋

被绑在手术台上的男子，手脚经受了好几处骨折。看着他一脸惨白的样子，不难想象，他此刻正经受着多么大的痛苦。

劳伦打开药柜，拿出了针管和一个绿色的小药瓶。

"我怕打针。"床上的病人在呻吟着。

"您的两条腿都断了，还会怕一个小小的针管吗？你们这些人啊，还真是总能让我大开眼界呢！"

"您在给我注射什么呢？"

"这是能够缓解您疼痛的、世界上最古老的药。"

"用了这个以后会上瘾吗？"

"疼痛有可能使人过于紧张、心律不齐，还会引起高血压，甚至可能引起不可逆转的记忆损伤……相信我吧，这可要比区区几毫克的吗啡后果严重得多。"

"失忆啊？"

"您是干什么的呢，科瓦克先生？"

"汽车修理工！"

"好吧，咱们能做个交易吗？您把您的身体交给我来打理，而将来哪一天，如果我把我的凯旋车开到您那里去的话，您爱对那辆车干什么就干什么，它任由您处置，怎么样？”

劳伦把针尖扎进输液导管，然后摁下了针筒的推头。在把一整管止痛剂都注射进去之后，她知道，弗兰西斯·科瓦克正在遭遇的苦难很快就将得到缓解。这些带有鸦片成分的液体通过贵要静脉，一旦进入到脑干里面，就能发生作用，将会有效地抑制传导痛感的神经元。劳伦坐在了旁边的小轮椅上，擦拭着病人额头上的汗水，仔细观察他的呼吸。没过多久，他就平静了下来。

"这个东西之所以叫作吗啡（morphine），可不就是因为它让人想到了梦神墨菲（Morphée）嘛，现在啊，您就好好休息吧！这一次啊，您的运气还算是不错呢。"

科瓦克翻起两眼看着天花板。

"我本来自己好端端地在逛街买东西。"病床上的这个男人喃喃自语，"当我逛到速冻食品专柜的时候，一辆卡车冲进来把我给撞倒，两腿粉碎性骨折，所以，在您的职业理念里面，'运气'这个词究竟应该怎样定义才好？"

"在我看来，'运气'就是您现在没有躺在隔壁的那间病房里！"

诊疗室里绕着病床的围帘唰的一声被拉开了。费斯坦教授出现在眼前，脸色很不好看。

"我相信自己的记忆，这个周末应该是轮到你休息才对啊。"费斯坦开口表示。

"相信什么，那是宗教的事情，跟医学无关！"劳伦针锋相对地回击道，"我原本只是回来拿点东西，但就像您现在看到的那样，干我们这一行的，可真是从来也不用担心没事情做啊。"她一边说着一边还在检查着病人。

"在急诊室里面当然不可能会没事情做。可是，像你这样拿自己的身体开玩笑，实际上也就等于是在拿病人的健康开玩笑。这个礼拜，你总共都已经值了多少个小时的班了？唉，我都不知道我为什么还要问你这个问题，你接下来肯定要回答我说：'只要喜欢这个工作，干多干少都无所谓了。'"费斯坦说完就气冲冲地离开了病房。

"就是这么一回事嘛。"劳伦嘟囔着，一边把听诊器摆到旁边那位汽车修理工的胸口，后者眼睛直直地看着她，惊恐万状。"您就放心吧，我的状态一直都很好，而他嘛，也总是喜欢像这样一个劲地抱怨。"

护士贝蒂接着走了进来。

"我来照看他吧。"她对劳伦说，"隔壁屋正等着您呢，那边可真是一团糟啊！"

劳伦站了起来，嘱咐贝蒂抽空给她母亲打个电话。接下来，这一整个晚上她估计都得泡在这里了，总得找个人帮她照顾一下她的小狗嘉莉吧。

莫里森小姐正在洗碟子，阿瑟陷在沙发里打着盹。

"我想，都到现在这个时候了，你就赶紧去睡觉吧。"

"我也是这么想的。"阿瑟起身告辞，"多谢您招呼了我一晚上。"

"欢迎入住太平洋大街212号。我这个人生性谨慎，平常大多数时候都很低调。不过，以后你无论是想要什么东西，都可以直接来按我家的门铃。"

离开她家的时候，阿瑟才注意到，在台子的下面蜷缩着一只黑白相间的小狗。

"这是巴布洛。"莫里森小姐介绍，"看到它这个样子，大家还以为它已经死了，但它其实只是喜欢睡觉而已，这是它自己最舒服的生活方式。话说回来，现在正好是时候呢，我应该把它喊醒，带它下去遛圈了。"

"需不需要我去帮您遛狗呢？"

"你还是赶紧去睡觉吧，瞧瞧你现在这状态，如果让你带它下去的话，搞不好明天早上还回不来呢，到时候啊，我就得去到某棵大树的底下，把还在呼呼大睡的你们两个都给弄起来呢。"

阿瑟向她道别，回到了自己的家。他本来还想再收拾收拾，可是，疲倦就好像一座大山，很快就把他压垮了。

他倒在床上，用脑袋枕着自己的手，目光却透过虚掩的门缝停留在外面：客厅里堆着一些没有收拾的纸箱子，此情此景令他不禁想起了那一个夜晚——当时他就住在离这儿不远的地方，一幢维多利亚式建筑最高的那一层。

❦

时间流逝，深夜两点已至。护士长还在到处找着劳伦。急诊室的大厅里倒是终于不再人满为患，彻底安静了下来。护士贝蒂打算利用这一段难得的空档时间去把诊疗室的药箱重新填满。她沿着走廊一直来到尽头，拉开最里面那间诊疗室的隔帘，却看见劳伦整个身体蜷缩着躺在床上，勉强算是睡着了正在休息。于是，贝蒂重新把帘子拉上，摇着头走开了。

被捆绑的记忆

当一个人心中有爱的时候，任何空间的距离恐怕都不足以让这份爱疏离。

阿瑟昏睡了大半个白天，一直到正午暖煦煦的阳光透过客厅的窗户照进来，才把他唤醒。他随便对付着吃了个早餐，然后就拿起手机打电话给保罗。

"你好啊，呆瓜。"他的哥们在电话里面说，"看样子，你这一觉估计至少睡了12个小时吧？"

保罗建议带他去吃午饭，但阿瑟心里一直想着另一件事呢。

"总之吧，"保罗听完阿瑟的想法之后表示，"我要么就让你从这里走到卡梅尔去，要么就把车给你，让你自己开车过去，是这意思吗？"

"不是啊！我想先到你继父的车库去把我那辆福特取回来，我们两个一起去那里吧。"

"你那辆车啊，自从当年那个晚上之后就再也没有开过了。你真的想开这辆车上高速，然后整个周末什么也干不了，就这么待在路边等着拖车来救援吗？"

可是，阿瑟提醒他别忘了这辆车在此之前还曾经歇过更长一段时间，不也没事嘛。更何况，他很了解保罗的继父，那老头可爱古董车了，一定会把那辆福特车打磨得漂漂亮亮的。

"我的老福特是20世纪60年代生产的，要论状态嘛，肯定好过你那辆老掉牙的敞篷车。"

保罗看了看表，现在打电话到车库还来得及。如无意外，阿瑟只需要在那边等他就好。

下午三点，两位老友在约好的那幢建筑物门口碰了头。保罗把钥匙插进锁孔里转了转，然后推开门走了进去。车库里面有好几辆等待修理的警车，而停在中央的那一辆虽然上面盖着帆布，但阿瑟还是一眼就看出，那应该是一辆老款的救护车。他走上前去掀起帆布的一角，这车的散热器罩看起来还真是够古老的了。阿瑟绕着车子转到后面，犹豫了一会儿，终于还是打开了车厢尾部的拉门：里面积了一层厚厚的灰尘，上面躺着一张担架，勾起了阿瑟心中无尽的回忆。要不是保罗在前面扯着脖子大声地喊，还不知道他会沉湎在自己想象的世界里多长时间。

"忘了你的南瓜车吧，快到这里来，我的灰姑娘！要想把你的福特弄出来，我们首先必须推开这三辆车才行。既然是要去卡梅尔，咱们可别去得太晚，否则就会错过那里的日落了！"

阿瑟重新把帆布盖上，然后用手抚摸着车的引擎盖，喃喃自语："再见了，黛西。"

连踩了四下油门，前面三下，福特车发动机的反应就好像是在轻轻"咳嗽"，而第四脚刚踩下去，马达终于开始轰鸣起来。阿瑟又操控车子动了几下，坐在他旁边的保罗随着小车的剧烈晃动，嘴里不住地咒骂。终于，这辆福特离开了车库，开向城市的北部，那里有一条顺着太平洋延伸的1号公路。

"你还在想着她吗？"保罗问道。

阿瑟没有回答，而是打开了车窗，温温的风一下子灌进了车厢。

保罗用手指在后视镜上轻轻地敲打，就好像是给一面镜子做着测试。

"一、二、一、二、三，啊你看，还不错啊，等等，我再试一试……你还在想着她吗？"

"有时候吧。"阿瑟终于回答。

"经常？"

"早上想一下，中午想一下，晚上想一下，夜里想一下。"

"你跑到法国去不就是为了忘掉她吗，这主意不错啊，你看起来已经完全走出来了嘛！那么，周末呢，周末你也会想她吗？"

"我又不是说离开她就没法活了。你不就是想知道我还会不会想起她嘛，我已经回答了你这个问题，这就够了。没错，我在法国的时候也有过艳遇，如果我这么说能让你更宽心一点的话。好吧，现在让我们换一个话题吧，我不想再讨论这个了。"

车子向着蒙特雷湾飞驰，保罗望着窗外太平洋的海岸线朝相反的方向远去，接下来的几公里路程，车厢里一片死一般的沉寂。

"我想，你总不至于还打算再去见她吧？"保罗开口问道。

阿瑟一个字也没有回答。车厢里再度陷入沉寂。

窗外的风景不停地变换着，在这条柏油大马路的旁边，一会儿是海滩，一会儿是沼泽。保罗干脆关掉了收音机，因为每当他们在两个丘陵之间穿过的时候，它就会发出噼噼啪啪的声音。

"加油吧，再不快点，太阳就要下山了！"

"离日落还有两个小时呢。从什么时候开始，你变得这么有诗意，这么讲情调了？"

"我才不在乎什么日落不日落呢！我感兴趣的是在沙滩上晒太阳的姑娘啊！"

⋘※⋙

太阳开始下山了。透过客厅一角那个窗户跟前的小书架，阳光渗进了屋子里面。劳伦几乎睡了一整个下午。她看了看手表，然后起身走进洗手间，把头埋进水里面，让自己清醒一下。接着，她打开了衣橱，望着里面的那条运动裤，有点犹豫。都已经这么晚了，她如果还想准时赶到医院上晚班的话，恐怕是来不及去玛丽娜格林公园跑步了。不过，她现在真的很需要到外面去放松一下呢。

她还是穿起了运动衣。晚饭就算了吧，谁让她的工作排班这么荒谬违常呢，还是在去上班的路上随便嚼一点东西充饥吧。她摁下了家里的电话语音留言播放键，屋子里马上响起了她男朋友的声音——他拍摄的纪录片即将公映，所以打电话过来提醒她今天晚上一起去参加首映礼。可是，还没等电话里罗伯特的声音说出具体的约会时间，她就已经删除了这个留言信息。

⋘※⋙

早在一刻钟之前，福特车就已经离开了1号公路。如今，路边都是大片大片的私人地界，标明所有权归属的栅栏一直延伸到远方的山丘。阿瑟开着车转了一个大弯，然后向着卡梅尔的方向驶去。

"我们有的是时间，先去把我们的行李放下吧。"保罗在一边说。

然而，阿瑟并不愿意绕路，他心里面另有主意。

"我本来应该买一点晾衣架带过来。"保罗继续说着，"想一想吧，等下我们可能就要在一堆蜘蛛网里面开路了，那栋屋子，这么久没人住，多少都会有点发霉了吧？"

"有时候，我真的会忍不住问自己，你是不是永远也长不大？那栋屋子固定会有人来打扫卫生，甚至每一张床上面都随时铺着干净的床单。法国人有电话，这一点你是知道的，另外，法国也有电脑，有网络，还有电视机。现在，恐怕只有在白宫坐着喝咖啡的人才会自以为是地认为法国人家里到现在为止还没有自来水吧！"

他们正在走的这条公路一直攀升到山丘的尽头，前面的远方，在一块墓地前面，由锻铁铸就的大门轮廓显现出来。

阿瑟刚从汽车里下来，保罗就一屁股坐到了驾驶位上。

"告诉我，既然这个屋子这么神奇，在你离开的日子里还能保持正常运转，那里面的炉子和冰箱该不会也早就相互商量好了要怎么给我们准备晚餐吧？"

"没，这个嘛，没人能预料得到。"

"那好啊，既然如此，我就得赶在所有的商店关门之前去买点东西。然后，我再来这里找你。"保罗的语调欢快了起来，"趁这个工夫，你也可以好好地跟你妈妈单独待一会儿。"

两公里之外有一间杂货铺，保罗保证很快就能赶回来。阿瑟看着他开车离去，车轮过处，泛起一阵烟尘。他转过身来向大门走去。光线很柔和，仿佛是莉莉的灵魂笼罩在他的周围。自从她死了以后，阿瑟就经常会有这样的感觉。在过道的尽头，他找到了那一块被夕阳映照着的墓碑。阿瑟闭上了眼睛，园子里满满的都是野薄荷的香味。他开始低声自语……

我记得有一天在栽满玫瑰的园子里，我坐在地上玩，那个时候大概是六岁，也可能是七岁。那是我们在一起的最后一年刚开始的时候吧。你从厨房走出来，坐在游廊的下面。但是，我没有看见你。安托万下海游泳去了，于是，我趁他不在身边的时候，就想尝试一下平时被禁止的事情。我拿起他的大剪子去剪花园里的玫瑰，可是，那把剪子对于当时的我来说实在是太大了。你一下子就从游廊的摇椅上跳起来，冲下石头台阶，跑到我身边来保护我免受伤害。

当我听到你跑过来的时候，我想你一定会冲着我尖叫，因为我辜负了你一直以来欣然赋予我的信任；我想你也一定会夺去我手中的工具，就好像人们从那些因服禁药作弊而不再值得拥有冠军头衔的选手那里夺走金牌一样。可是，什么也没有发生。你只是坐在了我的旁边，就那么看着我。然后，你抓起我的小手，沿着玫瑰的根茎一直摸上去。你的笑容温暖了我的心，就连你的声音听起来似乎也已经比蜜更甜，你告诉我，剪的时候一定只能剪去跟自己视线平行处上方的那部分，否则就会伤害了玫瑰。一个男人，永远也不应该让玫瑰受伤，对吗？然而，有没有人会去想一想，又是什么能让男人受伤呢？

我们的视线相交，你用手指轻轻刮了一下我的下巴，问我是不是有时候会感到孤独。我摇了摇头说没有，每个字都说得那么用力，好像这样就能让谎言离自己更远，因而也显得更加真实。毕竟我们之间存在着年龄的差距，我总要学会自己长大，你不可能在我每一次需要你的时候出现在我的身旁。妈妈，你相信这个世界上真的存在某种宿命，会推动着我们自觉不自觉地去做当年自己的父母曾经做过的事情吗？

我到现在还记得你留给我的最后一封信。跟你一样，妈妈，我也选择了放弃。

　　我以前从来也没想过自己竟然能够像爱她那样去爱一个人。对于我来说，她就好像是一个梦。当这个梦离去的那一刻，我的灵魂也跟着消失了。我还以为我这么做是因为足够勇敢，是因为自我牺牲，当时所有的人都在劝我不要再跟她相见，但是，我其实本来是可以不理他们的！一个人在经历了失忆之后康复，这个过程就好像是一场重生。劳伦需要她的家人在身边照顾。而她唯一的家就是她的母亲，还有一个跟她重新走在一起的男朋友。至于我，对她来说，除了是陌生人还能是什么呢？我的存在只会让她最终发现，如今围在她身边的所有人当初竟然全都同意了把她的命运交给别人，任由她自生自灭！我又怎能允许自己扮演这样一个角色？大病初愈的她好不容易才找回心理的平衡，我实在不应该去打破这个对她来说弥足珍贵的平静。

　　她的妈妈恳求我不要告诉劳伦，就连她都已经选择了放弃。神经外科医生百分之一百肯定地对我说，如果我把一切都告诉她，她必将受到沉重的精神打击，整个人都很可能会崩溃。另外，她的男朋友也已经回到她的身边，这是竖立在我跟她之间最后的一道屏障。

　　我知道你在想什么，妈妈，你想说我跟你讲的并不是事实，事实是我心中的担忧从来也没有停止。是的，过了好一段时间我才不得不承认，其实，我是害怕自己不能带她一直走到梦的尽头；我是害怕自己做得不够好；我是害怕自己没有办法让这个美梦成真；我是害怕自己最终发现原来并不是她在等待的那一个人；我其实就是不敢承认她已经把我忘了。

　　我心里面想过千万次要去把她找回来，可是脑海当中只要一出现这样的念头，我又会怕她最终不相信我说的话；我怕我们两个再也不能像以前那样尽情地欢笑；我怕她已经不再是当年那个我爱的姑娘；特别是，我怕自己会再一次失去她，而这个，我想我是真的再也承受不起了。所以，我就去了海外，为的就是尽量离她远一点。可是，当一个人心中有爱的时候，任何空间的距离恐怕都不足以让这份爱疏离。走在大街上，只要看到哪个女子依稀是她的模样，我就会忍不住一路看着她往前走；我就会拿一张白纸，在上面涂满她的名字，好像这样就能让她立刻出现在眼前；我就会闭上眼睛，在黑暗里用记忆搜索她的双眸；我就会把自己封闭起来，在寂静中靠灵魂聆听她的声音。就是在这样的状态下，我搞砸了自己职业生涯到现在为止最棒的一个设计项目。去法国建的那个文化中心，我在侧面墙上贴满了方形瓷砖，看过的人都说那更像是一家医院！

　　跑到那么老远的地方，我其实是因为怯懦而在逃避。是的，我选择了放弃，妈妈，你知不知道我有多么后悔！我的心里充满了矛盾：一方面是希望，因为命运让我们两人在这个世界上有了交集；另一方面是彷徨，因为我甚至不知道自己是不是有足够的勇气去跟她讲这个事情。现在，我必须有所行动了，我知道你会明白我想拿你的房子来干什么，我也相信你不会因此而怪我。不过，别担心，妈妈，我没有忘记你说过的话：孤独是寸草不生的荒园。就算我现在没能跟她一起生活，我也再不是孤身一人，我知道，不管是哪个角落，反正她就在这里。

　　阿瑟抚摸着白色的大理石碑，在旁边的石头上坐下，石头摸上去还带着落日的余温。莉莉墓地的围墙边上生出了一株葡萄。每年夏天这里总会长出那么几小串葡萄，最终成为卡梅尔本地小鸟的盘中餐。

　　阿瑟听到身后传来一阵在碎石子路上行走的脚步声，他转过身，刚好看到保罗在离他几米远的一个石碑前面坐下来。他的好友假装压低声音，就好像是在跟谁讲着悄悄话。

"这景况看起来可不是太好啊，嗯，塔马厝夫太太！您的墓地竟然搞成这个样子，这真是耻辱啊！很久没有人来看您了吧，但这可不是我的错，您知道的。为了那个他整天幻想的女人，现在正坐在您墓旁的这个笨家伙竟然决定抛下他最好的朋友。唉，不过不管怎样，他最终还是来看您了，亡羊补牢为时不晚，喏，我带来了所有必须要用到的东西。"

保罗从一个储物袋里拿出了一把牙刷，一些肥皂水，还有一瓶矿泉水，然后就开始动手用力地洗刷着石头。

"你能告诉我这是在干吗吗？"阿瑟问他，"你认识吗，这位塔马厝夫太太？"

"她在1906年就已经死了！"

"保罗，你能消停两分钟别干傻事吗？不管怎么说，这毕竟是一个缅怀先人、寄托哀思的地方啊！"

"没错啊，我这不是正在缅怀吗，我在给它擦着呢！"

"你在一个陌生人的墓碑前面折腾什么啊？"

"不对，这可不是什么陌生人，我的老朋友。"保罗站起来说，"你想想你像这样逼着我陪你到这里来看你妈妈，这都已经有多少回了？总不至于因为我对隔壁这位女士稍好一点，你就在旁边喝干醋吧？"

保罗继续刷着那块墓碑，直到整个都刷白了为止，然后他盯着自己的杰作看了好一会儿，显然非常满意。阿瑟无奈地望着他，也站了起来。

"把汽车钥匙给我！"

"再见了，塔马厝夫太太。"保罗说，"您别担心，他只管走他的吧，从现在到圣诞节，咱们至少还能见上两面。不管怎么说，按现在这个样子，您直到秋天到来之前恐怕都不会需要再清洁了。"

阿瑟拖着他朋友的手臂往外走。

"我还有很重要的事情要跟她讲。"

保罗说完，领着阿瑟走向墓园的那个大铁门。

"来吧，现在跟我走，我买了一块牛排，我们一边吃一边听你讲你的故事。"

莉莉墓地前面的林荫道一直延伸向太平洋，远处依稀可以看见一个老园丁的剪影，他正在用耙子耙着地上的碎石子。阿瑟和保罗一直走到了下面停车的地方。保罗看了看他的手表，夕阳眼看着就要消失在地平线了。

"你开还是我开？"保罗问道。

"你是说我妈的这辆老福特？开玩笑吧，就在刚刚，某人还在强烈抗议呢！"

车子沿着山丘蜿蜒下行，在公路上渐行渐远。

"关于这辆老福特，我当时嘲笑的是你的驾驶技术。"

"那么，为什么每一次上车之前你都要这样问我一次呢？"

"你真是太烦了！"

"今天晚上，你是打算就着屋里的烟囱来烤你的牛排吗？"

"不，我觉得还不如在书房里面烤呢！"

"去完沙滩以后，要不我们还是到港区那边去大吃一顿龙虾吧？"阿瑟提出建议。

天边出现了几抹淡淡的玫瑰红，渐渐汇编成一条长长的红丝绸，在地平线的远端将海空连成一片。

劳伦一直跑到上气不接下气，这才停下来平复自己的呼吸，坐到了小游艇码头对面的凳子上，现在该是吃三明治的时候了。一阵轻风吹来，帆船的桅杆随之摇晃。罗伯特出现在走道的尽头，两手插在口袋里面。

"我就知道在这里能找到你。"

"你是有一双千里眼呢，还是一路跟踪我呢？"

"这个可不需要什么神迹。"罗伯特一屁股坐在椅子上说，"我太了解你了，你知道的，只要不是在医院或者在床上，你就一定是在跑步。"

"我是要放空自己！"

"那么我呢，我，你也要排除在外吗？为什么不接我的电话？"

"罗伯特，我真的一点也不想再讨论这个话题。我的实习期到开学的时候为止，要想获得机会成为住院医师，我还有很多很多的工作要去做。"

"你现在眼里面就只有工作。自从那一次事故以来，一切都变了。"

劳伦把剩下的三明治全都扔进了废纸箱，然后站起来绑好了运动鞋的鞋带。

"我需要发泄一下。希望你不要介意，我还想继续跑一跑。"

"跟我来。"罗伯特拽住她的手说。

"去哪儿？"

"就一次，试着听我的安排，或许这也挺好的呢，对不对？"

他从椅子上站起来，用手揽着劳伦的肩头，带着她走向停车场。过了没多久，一辆汽车就从停车场里面驶出来，向着"太平洋高地"的方向开走了。

两位哥们并肩坐在防波堤的尽头。海浪拍打着岸边，泛着如油画一般的光泽，天边的云朵被夕阳染红，就好像是被火烧着了一样。

"我可能是在管别人的闲事瞎操心吧，不过为了以防万一，你要是真的没有注意到，我想我还是提醒你一下吧：日落可是完完全全在另一个方向啊！"阿瑟对他身边的保罗如是说，他的这位好哥们此刻并没有面朝大海，而是掉头望着沙滩的方向。

"你这可不就是在管别人的闲事嘛！你的太阳明天早上无论如何都肯定会出现在那里，而那边那两个姑娘，明天是不是还会出现，那可就说不定喽。"

阿瑟观察着那两个坐在沙滩上的年轻女子，她们的脸上笑逐颜开。

一阵风撩起了其中一位姑娘的秀发，而另一位姑娘却在揉着风吹进眼里的沙子。

"吃龙虾，这主意不错。"保罗敲着阿瑟的大腿喊了起来，"反正我最近吃肉吃太多了，换换口味吃鱼那是最好不过了。"

夜里最初的星星已经爬上了蒙特雷港湾的上空。在沙滩上，还有好几对恋人缱绻缠绵，享受着这瞬间的宁静。

"龙虾是贝壳类动物，又不是鱼。"阿瑟离开防波堤的时候说。

"这些龙虾太能装了！它们跟我说的可完全不是这么一回事！不过先别管这个了，喏，左边那位小姑娘简直就是你的菜啊，她看起来就像一个卡通小精灵一样。至于我嘛，我比较喜欢右边那个。"保罗一边说着话，人已经走远了。

"你有钥匙吗？"罗伯特摸索着自己的口袋问，"我那把留在办公室了。"

她走在前面进了公寓，刚跑完步很想去洗个澡，于是就把罗伯特一个人留在了客厅里。他坐在沙发上，听到卫生间里马上传来了流水的声音。

罗伯特轻轻地推开了卧室的门，一件一件地把他的衣服脱下扔到床上，然后蹑手蹑脚地走到了洗手间里。镜子上蒙着一层厚厚的水汽。他用手拨开浴帘，迈进了淋浴间。

"你想不想我给你擦一擦背？"

劳伦靠在方砖石墙壁上，没有吭声。小腹部有一点感觉，但不是那么强烈。罗伯特把手放在她的脖子上，开始按摩她的双肩，然后非常温柔地抱住了她。她低下头，在他的爱抚中沦陷。

酒店的主人安排他们坐在面对海湾的玻璃窗前。奥妮佳痴痴地笑着听保罗讲故事。他跟阿瑟相识于少年时，一起去上寄宿学校，一起念大学，一起奋斗打拼，开了一个建筑设计工作室……他们之间有太多的故事，一直到两位女客人都已经吃完了晚餐，保罗还停不了口。而阿瑟始终保持沉默，眼光迷失在大洋的远方。当侍应领班把那巨大的龙虾端上来的时候，保罗在桌子底下狠狠地踹了他一脚。

"您好像有些心不在焉。"坐在阿瑟身边的玛蒂尔德不想打断保罗的故事，于是凑在阿瑟耳边小声说。

"您可以讲大点声，否则，他就听不到我们说什么了！对不起，您说得没错，我是有点分神了，因为我刚刚经历了一场长途旅行，更何况他讲的这些故事，我在心里都能背出来了，毕竟，我就是当事人啊！"

"那么，每一次你们邀请女孩吃晚饭，您的朋友都会像这样讲同样的故事吗？"玛蒂尔德开着玩笑。

"他会在这里改一点，那里改一点，时不时还会润色一下我的角色，是的，他总是这样。"阿瑟回答。

玛蒂尔德久久地审视着他。

"您是在想着某个人吧？这一点，从您的眼睛里面就能够明明白白地看出来。"她说道。

"其实只是附近这些地方太熟悉了，所以勾起了心中的一点回忆。"

"至于我嘛，失恋之后只要熬过漫长的六个星期估计就可以满血复活了。人们不是说，谈一场恋爱其中有一半的时间要用来疗伤嘛。也不知道会是在哪一天，早上醒来的时候突然发现过去那段感情在心里投下的重担一下子就消失了，就好像施了魔法一样。您简直都无法想象，到那个时候啊，心情该有多么轻松。就我自己而言吧，我感觉无拘无束的，就好像是自由的空气一样。"

阿瑟把玛蒂尔德的手翻过来，仿佛是要读懂她手心的纹路。

"您的运气很不错。"他说道。

"您呢？您失恋之后的这段疗伤期持续了有多久啊？"

"好几年了！"

"你们在一起都那么久了啊？"年轻的女子似乎有些感动。

"我们在一起就四个月！"

玛蒂尔德·贝卡妮垂下了眼睛，用手中的刀狠狠地切着盘子里的龙虾。

— ❦ —

罗伯特躺在床上，伸长了手去够他的牛仔裤。

"你在找什么呢？"劳伦用毛巾擦着头发问。

"我那盒东西！"

"你不会是想在这里抽烟吧？"

"我找的是口香糖！"罗伯特得意扬扬地晃着他从裤子口袋里掏出来的小盒子。

"吃完以后请你把它包在纸巾里再扔掉，这真的很令人恶心。"

她把腿套进了裤子，又穿上了一件绣着旧金山纪念医院标志的蓝衬衫。

"这多少有点可笑了吧。"罗伯特头枕着双手继续说道，"你在你的医院里面看到的尽是那些恐怖的玩意，反倒是我的口香糖竟然令你觉得恶心了。"

劳伦穿上了外面的罩衣，对着镜子调整着领口的位置。只要一想到很快就能上班，就能重新回到急诊室那种氛围里面去，她的心情就会马上好起来。

一把抓起放在餐具桌上的钥匙，她走出了房间。可是，来到客厅中间的时候，她又停了下来，然后原路返回，看着赤条条一丝不挂在床上摊开的罗伯特说：

"不要摆出这副气鼓鼓的样子。说到底，你只不过是需要带个女人挽着你的手臂参加今晚的首映礼而已。你还真是完全以自我为中心……而我嘛，我还要值班呢！"

她又一次关上房门，下到了停车场。几分钟之后，她就已经开着那辆雪铁龙凯旋，重新飞驰在温暖和煦的夜晚中。当她开车经过的时候，格林大街上的路灯一盏接一盏地亮了起来，就好像是在向她致敬。这个念头令她自己都情不自禁地笑了起来。

***

老福特车在爬着坡，一轮橘黄色的月亮明晃晃地照在蒙特雷湾上。在把那两个女子送回她们住的小旅店之后，保罗就再也没有说话。阿瑟关掉了收音机，把车停在一个断崖边的平台上。他熄了火，两手握着胶木方向盘，下巴搁在手上。山崖下面，那间屋子的轮廓已经清晰可辨。他摇下了车窗，让漫山遍野的野薄荷香涌进车厢。

"你为什么要摆出这样一副臭脸？"阿瑟问道。

"你把我当傻瓜了？"

保罗拍了一下他前面的仪表板。

"还有这辆车，你也打算把它卖了吗？你这是要把所有的记忆全都抹掉啊！"

"你究竟在说什么呢？"

"我算是明白你玩的这套把戏了，'先去一趟墓园，然后去沙滩，接着嘛，还不如在外面吃龙虾……'你以为拖到晚上我就看不到栅栏外面挂着'此屋出售'的牌子了吗？你是什么时候做出这个决定的啊？"

"有几个礼拜了，不过到现在为止，还没有什么像样的报价。"

"我是劝你把跟那个女人的事情翻篇，但我也没让你把自己的过去一把火烧个一干二净啊。如果你真的就这么离开莉莉待过的地方，将来你一定会感到后悔的。总有一天你会回来，沿着这个栅栏一直走到大门口摁响门铃，为你开门的陌生人会带着你参观原本属于你自己的屋子，而当他们终于陪你来到你那个充满童年回忆的房间门口时，你一定会感到孤独，非常非常孤独。"

阿瑟重新开动了车子，发动机立刻轰鸣起来。屋子的绿色大院门敞开着，阿瑟很快把车停到了芦苇架的下面，顶上的芦苇杆就算是停车位的"顶棚"了。

"你简直比驴子还更犟！"保罗一边走下车一边嘟嘟囔囔地抱怨。

"你跟驴子还经常打交道吗？"

夜空无云，在皎洁的月光下，阿瑟依稀辨出了周围的景象。他们没有走马路，而是顺着旁边的小路拾阶而上。走过一半的路程，阿瑟已经隐约可以看到在他右边那玫瑰苗圃残花败叶的样子。这个小花园虽然荒废已久，但空气中依然弥漫着各种香气混杂的味道，此刻走的每一步，都在强烈唤醒阿瑟心中对于往日味道的回忆。这个悄然安睡着的小屋依然保持着他上一次离开时的模样——那是他跟劳伦在这里度过的最后一个早晨。如今，正面墙上的百叶窗还紧闭着，看起来似乎更陈旧了，但屋顶的瓦片却好像完全没有受到时间的侵蚀。

保罗一直走到台阶跟前，几步跨了上去，站在游廊里回头对阿瑟说：

"你有钥匙吗？"

"在中介那里。你在这里等一等我，屋子里面还有一把备用钥匙。"

"你是打算穿过这屋子的墙壁到里面去拿钥匙吗？"

阿瑟没有回答，而是径自走向了拐角的窗户，他毫不犹豫地摘下了卡在百叶窗下面的一个小楔子，百叶窗绕着合页转了起来。然后，他稍稍撬起窗户的插销卡座，轻轻地把插销从卡座里掰出来，顺着卡槽滑开。这样一来，就再也没有什么可以阻挡他进到屋子里面去了。

小书房里伸手不见五指，一片黑暗。但阿瑟根本不需要灯光为他指路。童年的记忆犹在，这里的每一个角落，都再熟悉不过了。他直接走向了橱柜，不敢回头，生怕一回头就会看到那张床。在橱柜前面，他打开柜门，跪了下来，手刚伸进柜子，就摸到了那个长期封存着莉莉各种秘密的小皮箱。他拨开两个卡锁，慢慢地掀起箱盖，一阵香味扑鼻而来——莉莉喜欢把两种香水混在一起用，箱子里至今还放着一个表面用粗糙圆头银钉装饰的黄色水晶大广口瓶，里面装的就是这种莉莉专用的香水。此时此刻，勾起他回忆的已经不再仅仅是香水，关于母亲昔日的点点滴滴一瞬间全部涌上了心头。

阿瑟拿到了那把长长的备用钥匙，它依然躺在原来的位置——那一天，他最后一次离开这个家门，是想去追上刚刚带走劳伦的警察。那位探员打算把她送回病房，然而，阿瑟和保罗正是从那家医院里强行把已经被排上死亡日程的劳伦救出来，带到了这里。

阿瑟从小书房里出来，转入走廊，开了灯。地板在脚下嘎吱作响，他把钥匙插进锁里面，向相反的方向转动。保罗一进门就喊：

"你瞧瞧咱们俩，现在这场景简直就是马格努❶和马克·基维尔❷在同一

---

❶译者注：美国侦探喜剧主角，该电视连续剧在1980年至1988年期间由CBS出品。

❷译者注：美国同名间谍冒险动作电视连续剧主角，该剧1985年至1992年期间共播出7季。

个房间里相会的感觉嘛！"

　　两人先后步入厨房。阿瑟伸手到洗碗池下面扭开了煤气瓶的开关，然后走到木头大餐桌旁边坐了下来。保罗整个人趴在煤气灶前面，定睛看着在炉子上轻微颤动的意大利咖啡壶。怡人的芳香很快就在房间里面扩散开来。保罗从旁边的棕褐色木头架子上取了两个碗，然后走到他朋友的对面也坐了下来。

　　"留着这四面墙，把那个女人从你的脑袋瓜子里面赶出去吧，她已经在你这里造成了太多的伤害。"

　　"我们就不要再谈这个话题了吧？"

　　"刚才在那两位梦中情人般的尤物面前摆出一副死人脸的，那可不是我而是你啊。"保罗给自己斟上热腾腾的咖啡，接着说道。

　　"是你的梦中情人，不是我的！"

　　保罗马上表示抗议。

　　"现在是时候让你的生活重归正轨了。你有了一个新的公寓，有一份自己喜爱的职业，有一个绝妙的合作伙伴，还有那些我一心想要勾引的女孩子，她们眼睛虽然看着我，心里却在想，但愿跟她们聊天的是你而不是我。"

　　"你这是在说那个简直想要用眼睛把你生吞下去的姑娘吗？"

　　"我说的不是奥妮佳，是另外那个！你现在应该好好开心一下了！"

　　"可是，我很开心啊。保罗，我可能跟你不一样，但我的确也过得很开心。是，劳伦现在没有跟我一起生活，但她早已经成为我生命当中的一分子。另外，我也跟你讲过，我又不是说从此就不过活了。这还是我从法国回来以后，我们两个一起行动的第一个晚上吧？据我所知，今天晚上我们吃饭的时候可不是没有人陪哦。"

保罗不停地在咖啡杯里转动着他的小勺。

"你喝咖啡也不加点糖……"阿瑟把自己的手放在了他好朋友的手上。

月明之夜，在太平洋边上这个老房子舒适惬意的厨房里，两位好搭档静悄悄地注视着对方。

"每次只要一想到我们经历过的这一件荒唐的事情，我就忍不住会有一种要打你几耳光的冲动，让你彻彻底底地好好清醒清醒。"保罗开口说，"好吧，就算你真的那么疯狂，竟然想要去再跟她见面，那么到时候你打算怎么跟她说呢？要知道，当初你告诉我这一切的时候，我第一个念头就是要送你去检查一下是不是脑子有病……别忘了，我可是你最好的朋友啊！而她，她是一个医生，如果你真的跑去跟她讲出事实真相的话，你猜一猜，她让人用捆绑精神病人的束缚带把你绑起来的时候，他们会不会给你也戴上像汉尼拔·莱克特❶那样的可怕面具呢？事实上，你已经做到了自己所能做的一切，而这一点尤其令我感到钦佩。为了保护她，你一直坚持到了最后，真是勇气可嘉啊。"

"我想我最好还是去床上睡觉吧，简直累死了。"阿瑟一边说一边站了起来。

他都已经走到过道里面了，保罗突然又喊住了他，于是，阿瑟的脑袋再度出现在门框里。

"我是你的朋友，你知道吧？"保罗说。

"知道！"

阿瑟从后门出去，绕着屋子转了一圈。他轻抚游廊上已经锈迹斑斑的摇

---

❶译者注：美国惊悚片《沉默的羔羊》男主角，本职是精神病医生，但同时也是一名病情严重的精神病患者。

椅架子，打量着周围的一切：头顶天花板上的板条纷纷脱离，而旁边侧面的木板，经过夏天烈日灼烤，冬天海雾侵蚀，有不少的地方已经如鱼鳞般一块块地掉了皮，至于荒废已久的花园，看上去更是满目凄凉。一阵风突然吹了起来，阿瑟有些瑟瑟发抖。他从上衣口袋里取出了一个信封，信封里正是他前两天坐在巴黎弗斯滕伯格广场边的长凳上开始写的那一封信。在继续写完了这封信的最后一页之后，他又把信重新装入信封，放回到自己的口袋里。

·—————❖—————·

太平洋上的薄雾在夜里升起，如一层朦胧的面纱，一直延伸到了城市的中央。在医院急诊室对面空空如也的巴黎人咖啡馆柜台前，劳伦正看着当天的菜单。

"大半夜的都已经这个时候了，您一个人到我这里来还能有什么好事吗？"餐馆老板一边递给她苏打汽水一边问道。

"来您这里透透气，可以吗？"

"今天晚上够忙的哈？您瞧瞧你们那些救护车的汽笛声，就跟演《天鹅湖》似的！"老板擦着酒杯继续说，"整个地球都得靠你们来搭救了是吧？这感觉挺好的哈，不过，您有没有认真想过，自己也得好好过一过日子啊？"

劳伦把身子前倾，就好像是要跟他说悄悄话。

"告诉我，您刚才讲的这句话就是对我一个人讲的呢，还是说，费斯坦今天晚上也来了这里吃饭？"

"他在那里。"餐馆老板指着大厅深处最里面的方向，证实了劳伦的判断。

劳伦离开了她的高脚凳，走进了费斯坦教授所在的包厢。

"您如果还是要这么对我摆臭脸的话，那我还是回到吧台那边去一个人吃饭吧。"劳伦把她的杯子搁在了台面上。

"与其说这些傻里傻气的话，你还不如直接坐下来呢。"

"昨天晚上，您当着我的病人对我那一番说教，在我看来可没什么必要。那一会儿，您是把我当成您的小孙女了吧。"

"岂止是小孙女，你简直就是我造出来的！在那次事故之后，我给你动手术的时候，可是全都重新缝合了一遍啊……"

"谢谢您没有忘记把我脑袋壳两边钉着的螺丝全都取下来，教授。"

"这个嘛，我干得比弗兰肯斯坦❶更出色，嗯，要说有什么缺陷嘛，可能就是性格设计方面没搞好了。现在，你愿意跟一个医学老怪物分享这一碟煎饼，还有这些槭糖汁吗？"

"如果是这么说的话，好吧。"

"我们今天晚上处理了多少病人啊？"费斯坦把碟子推向她问道。

"小一百吧。"她毫不客气地拿了一大块煎饼，"您呢，怎么还在这里呢？您总不至于为了拿足粮饷还得兼职看大门吧？"

"干得漂亮，这场星期六跟我的'辩论赛'，你又得了一分。"费斯坦把煎饼塞满了自己的嘴巴。

在一家老掉牙的小餐馆橱窗后面，一位医学老教授和他的学生一起吃

---

❶译者注：英国诗人雪莱的妻子玛丽·雪莱在1818年创作的《弗兰肯斯坦》，被认为是世界第一部真正意义上的科幻小说，故事讲述的是年轻的科学家弗兰肯斯坦从停尸房等处取得不同人体的器官和组织，拼合成一个人体，并利用雷电使这个人体拥有了生命。

饭，两位搭档正在品味他们这个忙碌之夜最后难得的平静时光。

人行道对面，医院急诊室里的其他人在接下来的几个小时里暂时还不会发现教授和他的学生离开了医院。空荡荡的街道旁边，闪烁的路灯渐渐熄灭，远处的天际泛起了鱼肚白，清晨就这样悄无声息地到来。

⊱•⊰❄⊱•⊰

阿瑟在摇椅上打着盹。太阳刚刚升起，这片地方整个都笼罩着温暖舒适的晨光。他睁开眼睛，看着宁静如同睡梦中一般的屋子。下方的海浪还在舔着岸边的沙子，继续昨夜没有完成的工作。此刻，沙滩已经重新变得光滑而平坦，洁白无瑕。他从椅子上站了起来，深深地吸了一口早晨清新的空气，然后快步走上台阶，穿过走廊，全速爬上了楼梯。奔上二楼以后，他猛地捶了几下门，然后气喘吁吁地推开了保罗的房门。

"你还在睡觉？"

保罗被吓了一跳，整个人从床上弹了起来。他茫然环顾了一下四周，这才看到是阿瑟站在门缝里面。

"你给我回去重新躺下，现在就去！你最好忘记我的存在，直到这个闹钟的小小指针走到某个合适的数字，比如说11，那个时候，只有到了那个时候，你才可以过来对我问这个愚蠢的问题。"

保罗翻了个身，整个脑袋都消失在了大枕头里。阿瑟离开了房间，看着刚刚走过一半的走廊，又掉转身原路返还。

"要不要我去买一根棍子面包当早餐？"

"滚出去！"保罗嘶吼着喊了起来。

劳伦离得老远就启动了车库的自动门，刚把车停进去，她立刻熄了火。嘉莉对这辆凯旋车深恶痛绝，每次只要一听到汽车马达噼里啪啦轰鸣的声音，它就会忍不住咆哮起来。劳伦由内部通道进了屋，三步并作两步蹿上大楼梯，然后走进了自己的公寓。

烟囱上方的挂钟上，指针此刻正指向早晨六点半。嘉莉从客厅沙发上站起来热烈地欢迎它的主人，劳伦一下子把它抱在怀中。在跟劳伦亲热了一下之后，小狗又重新回到客厅中央的小垫子上，继续着它昨夜没有做完的美梦。而劳伦则走到吧台的后面，为自己冲了一杯药茶。冰箱的门上贴着一个小磁青蛙，下面压着一张小纸条，纸条上是她母亲的留言，她已经吃过饭，现在下去散步了。劳伦套上她那件实在是有点太宽松的睡衣，然后走进房间，缩到了被窝里面。很快，她就睡着了。

遇见你，如同黑夜后是晨曦

去喜欢一个你永远也摸不到够不着的人，这简直再容易不过了，因为你完全不需要为此而冒任何的风险。

保罗从楼梯上下来，手里拿着自己的行李。他来到走廊当中，顺手拿起了阿瑟的箱子，告诉对方自己在外面等着。他径自走向那辆福特汽车，先是坐在了副驾驶的位子上，看了看四周，又吹了一下口哨，然后，小心翼翼地跨过变速杆，溜到了方向盘的后面。

阿瑟从屋子里面把大门关上，接着走进了莉莉的书房，打开橱柜，看着躺在里面隔板上的那个黑色皮箱。他用手指轻轻拨开铜锁扣，将那封一直藏在上衣口袋里的信收进皮箱，然后把钥匙放回了原来的位置。

从窗户里钻出来，在把那块小木头重新垫到百叶窗下面的时候，他仿佛听到了妈妈的声音——每次他们一起出门到城里去买东西的时候，她都要大声地抱怨，安托万为什么老是修不好这个该死的百叶窗；他仿佛又看到了莉莉正站在花园的里面，耸耸肩膀说，不管怎样，房子也跟人一样，总有老去的权利。对于阿瑟来说，眼前这一块顶在墙上的小木头印证着一段永远不会流逝的时光。

"快动起来吧！"他拉开车门对保罗说。

钻进车厢的时候，他嗅了嗅鼻子。

"有一股很奇怪的味道，你闻到了吗？"

阿瑟发动了马达，汽车沿着小路渐行渐远，这时，保罗旁边的窗户摇了下来，他的手出现在车窗边，手指头捏着一个表面印了某家肉店标签的塑料袋，在驶出这块地界，转上大路的时候，他的手指一松，塑料袋就掉到了路边的一个垃圾桶里。他们是在中午吃饭时间之前就出发的，这样就能避过周末的返城高峰，估计到下午稍早的时候，他们就可以回到旧金山了。

⊷◈⊷

劳伦向着天花板伸了一个懒腰，然后不情愿地离开了她的床和她的房间。就跟往常一样，她先给小狗准备吃的，放在它的陶瓷大碗里，接着做自己那一份早餐，然后走到客厅的小凹间坐下，早晨的阳光穿过窗户，正好照到了这里。从这个位置望出去，金门大桥就好像一道横跨在港湾两岸的连字符，还有索萨利托❶丘陵上鳞次栉比的小矮屋，甚至连蒂伯龙❷的房子以及旁边那个渔人码头都清晰可见，一切看起来都是那么美丽和平静。唯有港湾里等待起航的大货轮在拉响雾笛，时不时还会传来一阵阵海鸥鸣叫的声音，彰显着这个周日清晨的慵懒和萎靡。

在大口大口地吞下"丰盛"的早餐之后，她把餐盘放到洗碗池里，然后走进了淋浴间。强劲的水流由花洒倾泻下来，虽然永远也不可能洗刷她皮肤上的伤疤，但却足以令她从昏昏沉沉中彻底清醒。

"嘉莉，别再这样不停地转圈子了，我会带你下去遛一遍的。"

---

❶译者注：位于金门大桥北端，二战期间曾作为船运中心迅速发展，现在的支柱产业是旅游业。

❷译者注：旧金山对岸的小镇。

劳伦把浴巾围在腰间，整个胸口袒露着。她不喜欢化妆，直接打开衣柜，套上了一条牛仔裤、一件polo衫，接着她脱下polo衫，换了一件衬衣，然后还是扯掉衬衣，又换回了polo衫。她看了看表，母亲一个小时之后才会到玛丽娜格林公园跟她会合，而嘉莉这时候又倒在那浅米色沙发椅上睡着了。于是，劳伦坐到了她的小狗旁边，从小茶几上胡乱堆放的一大摞材料当中，翻出了一本厚厚的神经外科指导手册，然后咬着铅笔，很快就沉浸到学习里面去了。

福特车在塞万特大道27号停了下来。保罗从后排座椅上拿起背包，下了车。

"你今天晚上想去看电影吗？"他在车门前弯下腰问阿瑟。

"不可能啊，这个晚上已经有人跟我约好了。"

"是男的还是女的啊？"保罗不禁喊了起来，容光焕发。

"也就是跟人家一起看看电视而已！"

"哦，这可是个好消息啊。我并非冒昧无礼的人，只是想问一句，到底是谁啊？"

"可不就是你嘛！"

"什么？"

"冒昧无礼的家伙！"

车子开在菲尔默大街上，到了联合大街路口的时候，阿瑟停下车来，打算让比他更先来到路口的那辆大卡车先过去。这时，原本跟在大卡车后面的一辆凯旋敞篷车大概是没有看到路口的情况，直接绕到了前面，朝着玛丽娜格林公园的方向驶去。这辆绿色跑车的副驾驶位置上绑着的一只小狗，声嘶力竭地不断吠叫。然后，那辆卡车穿过了路口，而福特车也向"太平洋高地"的丘陵开了过去。

※

不停晃动的尾巴表明嘉莉现在一定很高兴。它非常严肃认真地在草丛里嗅来嗅去，似乎想要查明究竟是哪个小动物竟然敢在它前面在这块地界留下印迹。时不时地，它会抬起头，飞奔去跟它的家人会合。它在劳伦和克莱恩夫人的腿与腿之间绕上好几个圈，然后又跑到前面去开路，去探索下一块地界的奥秘了。而每当它对路上散步的夫妇或者是旁边的孩子表现得过于热情的时候，劳伦的母亲就会大声喝止，喊它回来。

"你看，它的髋部还是有点问题。"劳伦看着嘉莉跑远的样子说。

"它老了！或许你自己还没有意识到，但其实我们又何尝不是如此。"

"你这情绪好古怪，刚刚是不是打桥牌打输了啊？"

"开玩笑，我把那些老姑娘都打败了！我只是有点担心你而已。"

"这个嘛，没必要，你知道的，我有一份自己喜欢的工作，基本上也不会再偏头疼了，我现在过得很愉快。"

"是的，你说得对，我得多看到事物好的一面。这个礼拜过得蛮好的，而你也终于能够抽出两个小时好好照顾自己，真不错！"

劳伦指着远方在小港口前面防波堤上漫步的一个男人和女人。

"他，大概是这个样子吗？"她问自己的母亲。

"谁？"

"我也不知道是怎么回事，但从昨天晚上开始，我又想到了那个人。嗯，你也就别再像以前我每次跟你聊这个的时候那样岔开话题了吧。"

克莱恩夫人叹了口气。

"关于这个，亲爱的，我跟你没什么好说的。我也不知道这个去医院看你的家伙到底是谁。他人很不错，特别有礼貌，可能是因为疾病而烦恼的某个病人吧，他正好是在那个时候出现在了那里而已。"

"病人可不会穿着呢子大衣在医院的走廊里溜达来溜达去。更何况，我还翻查了那一个时期在医院的那个片区住院的所有病人资料，没有一个是跟那个人的情况符合的。"

"你竟然还会去查这个东西？还真是够固执的啊！你究竟是想要查什么呢？"

"我想要查的是，你把我当傻瓜一样瞒着的究竟是什么东西。我想知道他是谁，为什么他每一天都待在那里。"

"这又有什么意义呢！这一切，都已经过去了。"

嘉莉跑得有点远，劳伦喊了一声想把它唤回来。小狗掉转头，看了看它的主人，然后跑着冲了过来。

"当我从昏迷当中醒过来的时候，他就在那里；当我的手终于第一次能动弹的时候，他把我的手握在手心，给我鼓励和安慰；夜里，我每一次惊醒，哪怕是只有最轻微的动作，在旁边立刻出现的依然是他……终于有一天，他跟我发誓说要告诉我一个难以置信的故事，然后，他就消失了。"

"这个男人其实是你为了逃避自己作为一个女性的生活，为了让自己只想着工作而编出来的借口。你这是把他想象成了你的白马王子。去喜欢一个你永远也摸不到够不着的人，这简直再容易不过了，因为你完全不需要为此而冒任何的风险。"

"可是，你不正是这样为爸爸浪费了整整20年的时间吗？"

"如果你不是我的女儿，我一定要狠狠地抽你一耳光，相信我，要真是挨这一下，也绝对不委屈你！"

"你可真奇怪，妈妈，既然你从来也不怀疑我是靠自己一个人的力量从昏迷中醒来，那么现在我好端端地在过生活了，你为什么却反而对我这么没信心呢？到底能不能有那么一次，我可以不用严格遵守所谓的生活常识、所谓的理性和逻辑，而是完完全全听从发自自己内心深处的声音？为什么，每一次当我以为自己找到了那个人的时候，我的心就会疯狂地跳动？这难道还不值得我在自己的心里画一个大大的问号吗？我很遗憾，爸爸离开我们消失了，他欺骗了你，我也很难过，不过，这可不是什么遗传疾病，并不是说每一个男人都会像我的父亲这样！"

克莱恩夫人发出了一阵狂笑。她把手搭在女儿的肩膀上，从头到脚打量着她。

"你这是要给我上课吗？你，这个只有勇敢的男孩子才敢跟你约会的家伙！在他们的眼里，你简直就是圣母玛利亚，是他们人生中奇迹一般的存在！不管你干了什么，人家都离不开你，这种感觉是不是很爽啊？至于我嘛，至少我还曾经爱过！"

"如果你不是我的母亲，这下就该是我来打你一巴掌了。"

克莱恩夫人继续向前走，她打开袋子，取出一盒糖，拿了一颗递给她的女儿，但劳伦并没有接过来。

"你所说的这些东西里面，唯一令我有所触动的是，我发现尽管你的生活过得那么无趣，但在你的内心深处竟然还有那么一丝浪漫的火花，只可惜，就连这么一丁点浪漫，也还是被幼稚的你完全毁掉了。你还在等什么呢？如果这家伙真的是你的真命天子，他怎么不来找你啊，我可怜的孩子！没有人要把他赶走，他就那么自己消失不见了。所以，你还是别再为了这么个事情而痛恨整个地球，尤其是别再怪你的母亲，别再把我当作替罪羊了吧。"

"他离开或许有他的理由？"

"也许是为了另一个女人，还有他们的孩子？"克莱恩夫人语带讥讽。

或许有理由相信，此刻的嘉莉也已经受够了这一对母女之间的紧张关系。它不知从哪里捡来了一根棍子，跑来把它投到劳伦的脚下，然后在旁边孜孜不倦地狂叫。劳伦抓起了这个小狗就地取材找来的"玩具"，一下子抛向了远方。

"你这针锋相对句句噎死人的本事还真是威力不减当年啊。好吧，我也别再耽误工夫了，还是赶紧去读一读明天要用到的材料吧。"劳伦说道。

"你都那么大岁数了，星期天竟然还要做功课？我就不明白了，你这时刻不停追逐成功的脚步究竟要到什么时候才能够缓一缓呢？或许，你只是不想跟你的男朋友厮守终老，觉得这样很无聊吧？哦不，我简直是个白痴，你怎么可能会感到无聊呢，就连星期天你都忙得很，要不就是做功课，要不就是在睡觉！"

劳伦猛地挡在她母亲跟前，心里有股抑制不住的想要一下子掐死她的冲动。

"真正爱我的男人会因为我爱自己的职业而感到自豪的，他才不会去斤斤计较跟我待在一起的时间！"

已经出离愤怒的她，太阳穴都鼓了起来，青筋毕露。

"明天早上，我们要给一个小女孩开刀，把她脑袋里的肿瘤取出来。"

劳伦继续说，"你可能会说，这种东西看起来微不足道，也没什么大不了的嘛。但你再想一想，这小小的肿瘤却可能导致这个孩子失明啊。所以，在这么重要的手术的前一天晚上，你说我是应该去看场电影，大嚼爆米花，抱住罗伯特狂吻呢，还是应该回家去好好想一想明天手术的细节？"

劳伦吹起口哨把她的小狗唤回来，然后离开了游艇港口旁边的步道，向着停车场走去。

小狗跳上了副驾驶座位，劳伦把安全带套在它的颈圈上，伴随着小狗一阵阵的吠叫，凯旋车离开了玛丽娜格林公园，在塞万特大道拐了一个弯，朝着菲尔默的方向驶去。来到格林威治路口时，劳伦放缓了车速，犹豫了一会儿是否停下来租一张电影碟回家看看。她一直很想再看一遍加里·格兰特和黛博拉·蔻儿主演的《金玉盟》，可是转念一想到明天上午的工作，她马上换到二挡，踩油门加速，从停在录像店门口的一辆1961款福特老爷车旁边开了过去。

⌘

阿瑟正在店里逐个研究着武术类电影录像的片名。

"今天晚上，我想给我的一位女性朋友一个惊喜。您能为我推荐些什么吗？"他问店里的职员。

店员消失在柜台后面一会儿，然后一脸得意地用手托着一个小纸箱重新出现在阿瑟面前。

他用裁纸刀划开纸箱的外包装，拿出一盒录像带给阿瑟看。

"收藏版的《猛龙过江》！这里面有三段武打戏简直太棒了！昨天刚刚到的货，您把这个拿给您的朋友，她肯定要高兴死了！"

"您确定吗？"

"李小龙的电影就是出品的保证，她肯定会着迷的！"

阿瑟的脸上泛出了光彩。

"我要了！"

"顺便问一句，您的朋友会不会这么巧还有个姐姐啊？"

他离开录像店的时候心情很舒畅。这个晚上，开局很不错嘛。回家的路上，他在一家熟食店停留了一会儿，选了几样菜，还有头盘，看起来一样比一样美味。在回到家的时候，他的心里面就别提有多美滋滋的了。于是，他就把福特车停在了太平洋大街和菲尔默大道交界口。

上到楼上，关好自己的公寓门，他立刻就把买回来的食品袋搁在厨房的柜台上，打开立体音响，把一张弗兰克·辛纳屈❶的歌碟塞了进去，然后两手交叉搓了起来。

整个房间沉浸在这个夏夜暖暖的红色灯光之中。阿瑟声嘶力竭地干吼着那一首《午夜陌生人》，在客厅当中的矮台上摆好了两套雅致的餐具。他开了一瓶1999年的墨尔乐红酒，热好了等下用来洒在意大利宽面条上的乳酪丝，然后把意大利冷菜拼盘分别放在了两个白色的陶瓷餐碟上。一切准备就绪之后，他经过起居室，打开自家房门，来到公用楼梯平台，转身倚住门让它保持敞开，然后穿过走廊，敲响了对面的房门，他那位女邻居轻盈的脚步声随即在房间里面响了起来。

"我是很聋，但也不至于这么聋！"老妇人满脸堆着笑容迎接他说。

"您没忘记我们约好了的吧？"阿瑟问她。

---

❶译者注：弗兰克·辛纳屈（Frank Sinatra），1915年12月12日出生于美国，20世纪最重要的流行音乐人物。

"开玩笑，怎么会！"

"您不带小狗过来吗？"

"巴布洛现在已经睡得死沉死沉的了。它跟我一样老了，你知道的。"

"您可不像您自己说的那么老，莫里森小姐。"

"老了，老了，相信我吧！"她一边说着一边挽着他的手臂把他拖到了走廊里。

阿瑟让莫里森小姐舒舒服服地坐下，然后给她斟了一杯红酒。

"我有一个惊喜要给您！"他掏出了那盒录像带。莫里森小姐精致的脸上容光焕发。

"在码头的那一段武打戏真是值得回味啊！"

"您已经看过了？"

"都看过不知道多少次了！"

"您还没有看厌烦吧？"

"你以前看过李小龙裸体的样子吗？"

❈❈❈

嘉莉突然惊醒，一下子跳了起来，它用嘴巴追咬着自己的狗绳，拼命摇起尾巴，在客厅当中转着圈圈。

劳伦蜷缩在沙发椅里面，身上只是披了一件浴衣，腿上套着一双宽大的羊毛袜。她放下了手头的工作，饶有兴致地看着嘉莉就好像百足虫那样，四个爪子飞快地舞动。终于，劳伦合上了面前的神经外科论文，温柔地抱着她那只小狗的脑袋说："我这就穿衣服带你下去走走。"

　　几分钟之后，嘉莉蹦蹦跳跳地出现在格林街上，不远的前方，在菲尔默大街的人行道旁有一株小白杨，味道闻起来似乎特别棒，于是嘉莉就拖着她的主人朝着那个方向跑过去。劳伦还是一副若有所思的样子，夜晚的风刮得她瑟瑟发抖。

　　第二天的手术让她有些担心。她心里面有种预感，觉得费斯坦可能会安排她来主做这一台手术。自从他决定年底退休以来，老教授就越来越频繁地给她压重担，似乎是想要通过这种方式尽快把她培养出来。所以，等一会儿回到家之后，她打算躺床上，就着床头灯再好好看看相关的材料和笔记，一遍不够就再看一遍。

⊹⊱≼≼✦≽≽⊰⊹

　　莫里森小姐这个晚上愉快极了。她在厨房里帮阿瑟把洗过的碗碟好好擦拭了一遍。

　　"我可以问你一个问题吗？"

　　"您想问就问呗。"

　　"你其实不喜欢空手道吧。可别告诉我，像你这样的年轻小伙子，在星期天的晚上，竟然只能跟我这个七老八十的老太婆做伴。"

　　"您刚才讲的这一番话里面，并没有提出什么问题啊，莫里森小姐。"

　　老妇人把手搭在阿瑟的手上，撇了撇嘴说：

　　"哦不是的，这里面有一个问题！那是不言而喻的，你自己心里面其实很清楚。还有，别再一口一句'莫里森小姐'的了，你可以喊我萝丝！"

　　"这个礼拜天的晚上有您做伴，我过得很愉快——这是为了回答您那个

'不言而喻'的问题。"

"你啊，我的大小伙子，看你那样子就知道，你现在一定十分害怕孤独！"

阿瑟盯着莫里森小姐看了半天。

"您想不想让我去给您遛狗啊？"

"这算是威胁，还是仅仅是一个问题？"萝丝问道。

"都有！"

于是，莫里森小姐就跟阿瑟去唤醒了巴布洛，然后把小狗的颈圈递给了他。

"您为什么要给它起这么个名字啊？"阿瑟在带着小狗走向门口的时候问道。

老妇人凑近他的耳朵讲述了一个秘密：在她的情人里面，最令她难以忘怀的那一个就叫作巴布洛。

"……那个时候，我三十八岁，他比我小五岁，嗯，或者是十岁？唉，到了我这把年纪，记忆力时不时就会出状况，能够记起来的全都是经过自己美化的东西。事实上，那是一个很优秀的古巴人。他跳起舞来的时候简直就跟神一样，而且活力十足，比你现在牵着的这只杰克罗素梗犬❶还机灵，相信我说的话吧，这一点也不夸张！"

"我愿意相信您说的话。"阿瑟紧紧拉住狗绳。小狗在走廊里四脚刨地，张牙舞爪。

"啊，我的哈瓦那！"莫里森小姐叹着气，关上了房门。

阿瑟和巴布洛沿着菲尔默大街前行。小狗在一株白杨树跟前停了下来。

---

❶译者注：19世纪在英国南部培养的白色梗类犬，主要是为了在地面上和地下捕捉欧洲红狐狸，这种梗犬是由杰克·罗素牧师培养出来的，并由此得名。

由于某个阿瑟完全无从知晓的原因，这棵树突然激起了这只小狗强烈的兴趣。阿瑟把手插在口袋里，靠在旁边的矮墙上，任由巴布洛尽情享受这个难得的觉醒时光。就在这个时候，手机在他的口袋里振动起来，他摁下了接听键。

"你今天晚上过得不错吧？"保罗在电话那头问。

"棒极了。"

"那么现在，你在干什么呢？"

"在你看来，保罗，一只狗在一棵树底下闻来闻去的究竟要折腾多久呢？"

"我得挂电话了。"保罗似乎有点困惑，"我必须赶紧上床睡觉，要不你又得问我下一个问题了！"

※※※

在跟阿瑟所在位置相距两个街区的格林街高处有一幢维多利亚风格的小楼房，楼上第三层，某位年轻的神经外科女医生刚刚熄灭了房间里的灯。

※※※

放在床头柜上的闹钟响了。劳伦睡得实在太深沉，听到铃声的时候，就连睁开眼皮这么简单的动作，对她来说也是极度痛苦的事情。一整年忙忙碌碌积累下来的疲惫感，时不时会在某个早晨睡醒之后的几个小时里爆发，令她的心情极度灰暗。当劳伦开着她的凯旋车来到医院的停车场里停好，时间甚至还没到七点。十分钟之后，她已经穿着工作服，离开了一楼的急诊室，直奔307号房间而去。在房间里面，有一只小猴子躲在长颈鹿的脖子底下安心睡大觉，而稍远一点的地方，还有一头白色的熊"站岗放哨"。小女孩玛西亚的小动物们都在飘窗上呼呼大睡着呢。劳伦看了看墙上挂着的图画，对于一个已经有好几个月的时间只能在睡梦和回忆里看到这个世界的小姑娘来说，能画成这个样子真是相当不错了。

劳伦坐到了床边，轻抚着玛西亚的额头。她醒来了。

"你好啊。"劳伦开口说，"天已经亮了呀。"

"还没有。"玛西亚撑开了眼帘回答，"现在天还是黑的呢。"

"天不会再这么黑下去了，亲爱的，不用等太久，很快就会有人来带你去做准备工作。"

"你会跟我在一起吗？"玛西亚看起来有点担心。

"我也要去准备一下，不过我等一下就会在手术室门口等着你。"

"你会给我动手术吗？"

"我会帮助费斯坦教授，就是你说他讲话特别严肃的那个人。"

"你害怕吗？"小女孩问道。

"你抢了我的话。现在应该是我来问你问题才对。"

这孩子表示她并不害怕，因为她很有信心。

"那我先上去了，我们一会儿见。"

"今天晚上，我就赢了。"

"你赢了什么？"

"我猜了一下你的眼睛是什么颜色的，还把答案写在了一张纸条上，折好放到了床头柜的抽屉里面。动完手术之后，你跟我一起打开来看吧。"

"我保证会跟你一起看。"劳伦离开的时候说。

玛西亚弯下了腰，她完全不知道劳伦在走出房间以后又倒了回来，在门口静静地看着这个孩子滑到了床底下。

"我知道你肯定是在哪个地方躲起来了。不过，你真的完全没有必要害怕呀。"小女孩说。

她用手在地上摸索着，终于抓到了一个毛线公仔，她的手指轻抚着这个猫头鹰身上的毛，然后把它正对着自己立了起来。

"你必须离开这里，完全没有必要害怕光啊。"她说，"如果你相信我的话，我马上就能告诉你颜色是什么样子。你相信我的，对吗？现在，轮到我了。你以为我不害怕黑暗吗，我啊？你知道吗，很难跟你讲白天是怎样的，反正就是很美就对了。我更喜欢绿色，但是红色，我也很喜欢啊。颜色都是有味道的，可以通过味道来分辨各种颜色啊。你等一下，别乱动，我这就做给你看。"

小姑娘从她藏身的地方爬起来，尽其所能地以最快速度向床头柜的方向靠近，从那里拿出一个藏了许久的小碗，还有一个瓶子。然后，她又重新回到床架的下面，非常自豪地向她的毛线公仔展示着一个草莓："这是红色的。""还有这个，是绿色的。"她一边说一边把装薄荷糖的瓶子递上前。"你瞧，这些颜色闻起来多香啊！你如果愿意的话，可以尝一尝，至于我嘛，我可不行，因为等一下还要动手术呢，我必须空着肚子才行。"

劳伦走向床边。

"你在跟谁讲话呢？"她问玛西亚。

"我就知道你还在这里。我在跟一个朋友讲话，不过啊，我可不能告诉你他在哪里。他总是爱躲起来，因为他很怕光，嗯，他也很怕见人。"

"他叫作什么名字啊？"

"艾米利奥！不过，你不可能听到他在讲什么的。"

"为什么呢？"

"因为你听不懂啊。"

劳伦跪了下来。

"我能到床下来跟你在一起吗？"

"嗯，如果你不害怕黑暗的话。"

小姑娘挪了挪位置，让劳伦挤到了床底下。

"我可以带着他到上面去吗？"

"不行啊，有一个很傻的老规矩，动物是不能进手术室的。不过，你别担心，总有一天，这种情况会改变的。"

❈

这一天，天色看起来很不错。阿瑟干脆走着去了杰克森街的建筑设计工作室。保罗已经在那里等着他了。

"怎么样？"保罗打开门，一脸欢快的他刚在门缝里面露出半个身子，就迫不及待地问道。

"什么怎么样？"阿瑟进了门，摁着咖啡机上的按键反问。

"那条狗在那里待了多久啊？"

"二十分钟！"

"我多么想拥有像你这么充实的夜晚啊，我的老伙计！我们在卡梅尔碰到的那两个姑娘，我跟她们通过电话，她们也回来了，而且今天晚上很乐意再和我们来一次四人晚餐。你如果担心到时候会太闷的话，就带着你那条小狗一起来吧。"

说完，保罗敲了敲自己手表的表面，差不多该出发了。他们两个跟工作室的一个重要客户约好了。

✦━━◈◈◈◈◈◈◈◈◈━━✦

劳伦走进了消毒室，高举着双手，套进了旁边一位护士为她张开的手术服。穿上袖子，系好背后的带子，她朝着不锈钢洗手盆走去。这个年轻的神经外科女医生心里还是有点忐忑不安，在水池前面仔仔细细地把双手好好洗了一遍。等她把手晾干以后，护士姑娘往她手心撒上了爽身粉，并为她撑开了一对无菌手套，劳伦马上把手伸了进去。然后，她戴好浅蓝色的手术帽，围上口罩，深吸了一口气，这才走进了手术室。

在手术室里，神经功能成像专家阿达姆·皮特森已经坐到了操控台的后面，正在调控超声波检查系统，做着手术前的准备工作。玛西亚脑部的核磁共振胶片早已安放到了机器里面。通过比较核磁共振胶片以及等一下手术过程中超声波实时监控的画面，电脑就可以分析并精确定位需要切除的肿瘤部分。

手术开始之后，阿达姆将通过不断输出并随时更新的超声波系统观察小姑娘脑部的情况。几分钟之后，费斯坦教授陪着他的同行、专门从蒙特利尔赶来的拉隆德医生走了进来。

拉隆德医生跟手术室里的整个团队点头示意，然后坐到了神经导航仪的后面，两手抓住了把手。与电脑主机连接的机械臂将会在医生熟练而灵活的操纵下，分毫不差地切掉病变的肿块。在整个手术过程中，外科医生的每一个动作都要求极度精确。切割的时候，哪怕是最细微的小小偏差都可能导致玛西亚丧失说话或者行走的能力，而与之相反，如果过于谨慎小心的话，手术的效果又可能会大打折扣。此刻的劳伦很安静，全神贯注，在脑袋里一遍遍过着每一个细节和流程。手术马上就要开始了，为此，她几乎毫不停歇地准备了好几个礼拜。

一直在旁边的房间等着的玛西亚终于被推进了手术室。她躺在一张担架床上面，护士们小心翼翼地把她抬起来安放到手术台上，然后把插在她手臂上的输液管架了起来。

医院的护士长诺玛告诉玛西亚，她刚刚收养了一只熊猫小宝宝。

"可是，您是怎么把它带到这里来的呢？您可以这么做吗？"玛西亚问道。

"不是的。"诺玛笑着回答，"它还待在家里面，在中国，不过呢，我们会给照顾它的人提供一切必需的东西，一直到它断奶为止。"

诺玛告诉玛西亚，她还没想好应该给这个小动物取什么名字，一只熊猫，它能叫什么名字呢？

当小姑娘思考这个问题的时候，诺玛在她的胸腔位置安好了心电图检测所需的小圆片，与此同时，麻醉师把一个极细极小的针扎在了玛西亚的食指上。通过这个"小探头"，他就能实时监控病人血液里氧气的饱和度了。然后，麻醉师往输液袋里注入了麻药，一边向玛西亚保证她可以在手术结束醒来之后再继续去想那只熊猫宝宝的名字。而现在，她必须跟着他一起从一数到十。麻醉剂顺着导管淌下来，一直流到了血管里。玛西亚在数到二和三之间的时候就已经睡着了。负责监护的医师在不同的仪器上查看着病人的生命体征是否稳定。

为了防止玛西亚的头在手术过程中晃动，诺玛把她额头上的头罩合了起来。

费斯坦教授就好像身经百战的乐队指挥一样，用眼光扫了所有人一遍。每个参与这台手术的人都在各自的岗位上向他示意已经准备妥当。于是，费斯坦给拉隆德医生发出了信号，后者抓住神经导航仪两边的把手，在劳伦专注的目光凝视下，机械臂开始动了起来。

9点27分，第一道切口完成，接下来，在这个小女孩大脑最深处的"远航"将一直持续12个小时。

* * *

保罗和阿瑟提出的建筑方案看起来似乎令他们的客户很满意。会议室巨大的桃木实心桌子旁边坐满了这家财团的各个负责人，他们把保罗和阿瑟招来，是想要让他们建一个新的总公司大楼。一整个上午，阿瑟都在详尽地展示各种设计效果图：未来的大堂、会议场所，还有内部的公共空间。到中午的时候，保罗把话题接了过去，他指着投射在背后屏幕上的各种图表，逐一解读。当墙上挂着的大钟时针指向下午四点钟时，主席开始发言，他先是对两位建筑师的工作表达了谢意，接着表示，公司董事会成员将从当天开始开会讨论，最迟在周末之前就会决定，在两个进入决选的建筑方案中，哪一个将赢得最终的胜利。

阿瑟和保罗站起身，跟对方握手致意，然后就告退了。在电梯里，保罗长长地打了一个大呵欠。

"我觉得，咱们情况还不错，对不对？"

"可能是的。"阿瑟的声音很低沉。

"有什么事搞得你不爽了吗？"他的朋友问道。

"你觉得，在梅西百货有没有可能买到可以伸缩的狗绳呢？"

保罗夸张地举起了双臂，翻着白眼向上看。铃声响起，电梯门打开，他们来到了地下三层的停车场。

在上车坐到驾驶位之前，保罗先做了几个弯腰的伸展动作。

"我整个被掏空了。"他说，"像这样子过一天真是令人筋疲力尽啊。"

阿瑟并没有理他，直接钻进了车子。

<hr />

玛西亚的心电图很平稳。费斯坦要求逐渐增加麻醉的剂量。第二轮的超声波检查表明，切除肿瘤的进程暂时一切顺利。拉隆德医生控制着电子机械臂一毫米一毫米地割掉了长在玛西亚大脑枕叶深处的肿块，然后接着向表层的病变部分发起了攻击。四个小时之后，他抬起了头。

"换班！"这个神经外科专家显然已经到了疲劳的极限，几乎连眼睛都睁不开了。

费斯坦向劳伦示意，让她坐到那个仪器前面。她略微有点迟疑，但很快就从教授平静而鼓励的眼神中找到了她此刻最需要的勇气。在模拟实操课程里，她已经千百次重复过这样的手术动作，可是，今天毕竟有一条鲜活的生命就在眼前，一切都要看她的表现了。

从开始操控仪器的那一刻起，劳伦心里的忐忑就自然消失无踪了。劳伦的脸上容光焕发，通过电子机械臂那两个钳子的末端，她触碰到的其实不是病人的身体，而是自己的梦想。

她的操控堪称完美，动作灵活轻巧令人信服。整个团队都在看着她工作，而诺玛甚至觉得自己分明可以从费斯坦教授的眼睛里面读出他对于这个学生有多么自豪。

劳伦一下不停地一直干到了第七个小时。当她终于表示需要换班的时候，电脑显示，肿瘤已经有76%的部分切割完成。拉隆德坐到了劳伦让出的位置上，在开始工作之前，他还冲着这位年轻的女同事眨了眨眼睛，祝贺她刚刚完成了出色的工作。

※※※

"我把你放在办公室门口，然后我就回家。"保罗表示。

"你还是让我在联合广场下车吧，我得去买点东西。"

"我能不能知道你为什么想要买一根狗绳啊？你都没养狗啊。"

"这是给一个女性朋友买的！"

"你能确定吗，她至少真的有条狗吧？"

"她都已经79岁了，如果我这么说能够让你稍微安心一点的话。"

"其实并没有。"保罗叹着气把车停到了靠近梅西百货公司的人行道旁。

"我们晚饭到哪里吃？"阿瑟下车的时候问。

"晚上八点约在悬崖餐厅。拜托你就稍微用一点心吧。上一次我们四个一起吃饭的时候，你那表现可是远远称不上是有礼貌有教养的哈。现在等于是你有了第二次机会，可以给人家留下好的'第一印象'。这一次，你可千万别搞砸了！"

阿瑟看着敞篷车远去，他瞅了一眼百货公司临街的橱窗，然后走进了商场的旋转门。

⁕❖⁕

麻醉师发现监视器上的数据线出现了波动，他马上去核查病人血液中氧气的饱和度。手术室里其他的人都感觉到，他的脸庞突然严峻起来，出于本能的反应，他整个人瞬间进入了警觉状态。

"哪里有出现血液渗透吗？"他问道。

"超声成像暂时没有异常。"费斯坦弯下腰去看皮特森医生面前的监视器。

"好像有哪里不对劲！"麻醉师再次强调。

"我再扫描一次吧。"负责超声成像的专家医生表示。

手术室里，此前一直宁静泰然的气氛瞬间消失，一去不复返。

"小姑娘的数值在下降！"科布勒医生的语气很干涩，随即加大了供氧量。

劳伦感到无能为力，她无助地望着费斯坦，从教授的眼神里可以看出，形势正变得越来越严峻。

"抓起她的手。"教授在她耳边低声说道。

"我们怎么办？"拉隆德问费斯坦。

"继续努力！阿达姆，超声波现在的情况怎么样？"

"暂时看不出什么东西。"被问到的医生回答。

"开始出现心律不齐。"诺玛盯着不停闪烁的心电图机向大家报告。

理查德·拉隆德用手掌心狂怒地拍着控制台。

"后脑大动脉破裂！"他苦涩地宣布。

手术室里所有的人都面面相觑。劳伦觉得自己简直已经无法呼吸，她闭上了眼睛。

此刻的时间是17点22分。在短短的一分钟之内，主要为玛西亚后脑腔供血的大动脉血管壁剥离，撕开了一个两厘米的口子。血如泉涌，压力陡增，裂缝越来越大。经由张开的创口迸发出来的血浆很快流到了整个脑腔。尽管费斯坦已经第一时间安置了导流管，颅骨里面的血水还是在不停溢出，以飞快的速度冲刷着脑干。

17点27分，四位医生，还有全体护士，就这么眼睁睁地看着玛西亚永远地停止了呼吸。小姑娘被劳伦紧握着的小手此刻已经张开，就好像是刚刚才释放了她一直藏在自己掌心的人生最后一口气。

一片寂静，参加这次行动的整个医疗团队成员一个个走出了手术室，消失在走廊里面。对于这个结果，大家都无能为力。肿瘤实在是太恶毒了。即便是现代医学最精密的仪器也无法看到藏在玛西亚脑袋里那个小小动脉上的肿块。

劳伦一个人待在那里，依然抓着小女孩已经了无生机的手指头。诺玛走了过来，把逝者的手指一根根从这位年轻的神经外科女医生手里掰开。

"我们走吧。"

"我答应过她的。"劳伦还在喃喃自语。

"这可能就是您今天犯下的唯一过错。"

"费斯坦在哪里？"她问。

"他应该是去见小姑娘的父母了。"

"我想应该是我去做这个事情，是我。"

"我觉得，您今天负担的感情债已经够多了。如果您能让我给您提个建议的话，我想您在回家之前，最好先去找一家大商场逛一逛。"

"去干什么呢？"

"去感受一下生活的意义，那里到处都是鲜活的生命！"

劳伦用手指抚过玛西亚的额头，拉起绿色的床单盖上了这个孩子的眼睛，然后离开了房间。

诺玛看着她在走廊里渐行渐远，摇了摇头，熄灭了高悬在手术台上方的灯，整个房间陷入彻底的黑暗当中。

⊰⊱

阿瑟在商场的第四层欣喜地找到了想要的东西：一条带卷盘的狗绳应该可以让莫里森小姐感到高兴吧。以后再碰到天气不好的日子，她就能待在房檐下避雨，而任由巴布洛自己在排水沟里冲来冲去了。

在中心区域的收银台付款之后，阿瑟正准备离开，前方有一个原本在挑选男士睡衣的女子对着他露出了笑脸。阿瑟也对她微微一笑，然后径直向手扶电梯走去。

当他来到电梯的台阶上，一只娇嫩的玉手突然搭在了他的肩头。阿瑟转过身来，那个女子走下一节台阶，靠得离他更近了。

在以往曾经有过的感情经历当中，有一段是他最不堪回首的……

"你该不会是没认出我来吧？"卡萝尔·安娜问他。

"对不起，我的心思刚才不在这儿。"

"我知道啊，我听说你去了法国。你现在的情况更好一点了吧？"她的语调中充满了同情。

"嗯，好啊，为什么要这么问呢？"

"我还听说，那个女的，你为她而离开了我……嗯，我听说她死了，你现在是一个人，这该有多伤心啊……"

"你究竟在说什么呢？"阿瑟感到很困惑。

"上个月，我在一次鸡尾酒会上遇到了保罗。对于你的事情，我真的感到很遗憾。"

"很高兴能再次遇到你，不过，我还有事，现在已经迟到了。"阿瑟回答道。

他正想几步跨下电梯，卡萝尔·安娜却一把拽住他的胳膊，伸出手，充满自豪地展示着戴在手指上闪闪发亮的戒指。

"下礼拜，我们就要庆祝结婚一周年了。你还记得马丁吗？"

"不太记得了。"阿瑟转过第三层的栏杆，走向通往第二层的电梯。

"你不可能记不起马丁啊！他是曲棍球队的队长！"卡萝尔·安娜责备着他，语气中满满的都是骄傲。

"哦对了，那个高个子金发碧眼的家伙！"

"他的头发是深褐色的呀。"

"哦，是的。"阿瑟只好盯着自己的鞋尖看。

"那么，你一直都没有走出来，没能重新开始吗？"卡萝尔·安娜依然很同情地说。

"有啊有啊！在一起然后又分开，生活可不就是这样子嘛！"阿瑟感到越来越恼火。

"你该不会是要告诉我，像你这样的男生竟然还一直是单身汉吧？"

"不，我干吗要跟你说这个，反正不管跟你说什么，过十分钟你都有可能会忘掉。况且，单身不单身又有什么关系呢。"阿瑟低声嘟囔着。

又是一层栏杆，又是一重希望，但愿卡萝尔·安娜在这一层还要去买其他的东西，可是并没有，她跟着他一直下到了一楼。

"我这儿可是有好多好多单身女青年！如果你来参加我们的结婚周年派对，我肯定可以给你挑一个未来能陪你一辈子的老婆。在给人做媒这方面，我简直是太强了，一看就知道谁跟谁能在一起，这是一种天赋啊。对了，你还是喜欢女人的吧？"

"我已经有一个爱人了！谢谢你，能再见到你，我很高兴，顺便向马丁问好。"

阿瑟向卡萝尔·安娜挥手作别，快走几步逃开了。他经过一排法国化妆品柜台，旧日的回忆突然涌上心头，感觉甜蜜蜜的，就好像旁边那个女销售员拿着在顾客面前晃的小瓶子里散发出来的香水味道。他闭上眼睛，想起了某一天，他就是走在这个化妆品柜台通道里，心中充满了虚无缥缈却又真真实实的爱情。那个时候，他这一辈子还是第一次感到那么幸福。一边想着这段往事，他一边快步走进了商场的旋转门。

从门里面"旋"出来的时候，阿瑟已经在联合广场旁边的人行道上。商店橱窗里的模特披着一件睡袍，腰带优雅地束在腰间，瘦长的木头手臂伸出一根懒洋洋的手指，指向街上的行人。在橘红色夕阳的照耀下，橱窗里的鞋子看起来十分轻盈。阿瑟站在原地一动不动，心却已经不知飘到了哪里。所以，他根本就没有听到身后有一辆三轮摩托车正冲着他的后背而来。开摩托车的人驶到与联合广场交汇的四条街之 的波克街，在转弯的时候失了控，他想避开横穿马路的一个妇女，车身已失去平衡，呈之字形往前冲，马达轰鸣。街上的行人一片恐慌：一个穿着一身西装的男子为了躲开"飞车"不惜纵身跃向地面；另一个男人倒退了几步，踉跄向后跌倒；还有一位女士尖叫着藏到了电话亭的后边。而三轮摩托车还在继续疯狂地"赛跑"。摩托车的拖斗越过护栏压到了人行道上，先是带倒了一块广告牌，接着撞上了结结实实安在地上的路边咪表计时器，结果一下子就被干净利落地切断，跟摩托车车身分离开来。这一下，就再也没有什么可以约束它了。此刻，这个拖斗不仅外形酷似一颗大炮弹，跑起来的速度也跟出膛的炮弹差不多，直直地向着阿瑟冲过来，一下子撞到他的两条腿上，把他整个掀翻，抛向了天空。在那一瞬间，时间仿佛停滞，被拉扯成一段寂静无休止的空白。摩托车拖斗的锥形前端继续前冲，撞进了橱窗，一整块巨大的玻璃碎裂为成千上万块碎片。阿瑟在地上打着滚，一直翻到了此刻已横躺在一片"碎玻璃地毯"上的模特手臂旁边。橱窗里的一片轻纱飘落在他的脸上，眼睛望出去只剩下一片朦胧的光，嘴巴里尽是铁锈一般鲜血的味道。阿瑟整个人昏昏沉沉，感觉麻痹迟钝，他本想对围上来的行人说这只是一个愚蠢的意外，然而，话还没有说出口，就堵在了喉咙里面。

他想站起来，但显然还有点为时过早。他的膝盖颤颤巍巍，旁边有人在拼命尖叫着让他躺下来，说救护车马上就到。

如果他晚上迟到的话，保罗会发飙的。他还要去帮莫里森小姐遛狗，哦对了，今天是礼拜天吧？不，或许应该是礼拜一？那他就得去事务所签合同啊。停车票又到哪里去了？他的口袋肯定是被撕碎了，他的手本来是放在口袋里面的，现在却戳在自己的背上，搞得他很不舒服。对了，现在可别用手去摸头，这些玻璃碎片可锋利了。光线依然模糊，周围的声音倒是慢慢地回来了。头晕目眩的感觉逐渐消失。他睁开眼睛，看到的是卡萝尔·安娜的脸庞。所以，她就是不肯放过他吗？他根本就不想让谁来给他推荐什么一辈子的爱人，该死的，他早就有对象了！看来，他以后最好还是在无名指上戴一个戒指吧，这样别人就不会再来烦他了。等一下，他马上就回商场去买一个。保罗肯定很不高兴，但他自己倒是觉得这个想法蛮好玩的。

远远地似乎传来一下汽笛声，不行，他必须在救护车到达之前站起来，没必要让大家担心，他哪里都没受伤，可能就只是嘴巴里有点不舒服，大概是自己的牙齿咬到脸颊的里面了吧。脸颊应该不会有什么大碍，就是日后口腔溃疡的话可能会有点不舒服，但这也不是什么大不了的问题。糟糕的是，他这件外套算是彻底给毁了，阿瑟最喜欢这件呢子外套了。萨拉觉得他穿这件外套有点显老，可是他才不管萨拉怎么想呢，她自己穿的都是什么啊，你瞧瞧她那全世界最庸俗的浅口薄底高跟鞋，鞋头也太尖了吧！幸好他早就跟萨拉讲清楚了，那天晚上他们之间发生的事情也只是一场意外。他们其实属于两个完全不同的世界，这里面并没有谁对谁错的问题。开摩托的人还好吧？肯定是这个戴着头盔的家伙。看他一脸愧疚的样子，应该是在这起事故里面基本没有大碍吧。

我还是把手伸给卡萝尔·安娜吧，这样她就能跟每一个朋友讲是她救了我的命啊，因为，可不是她帮助我站起来了嘛。

"阿瑟？"

"卡萝尔·安娜？"

"我倒是很确定，你的确刚刚经历了这么恐怖骇人的事情。"这位年轻女子看起来吓得不轻。

他淡定地拍了拍自己外套肩膀上的灰尘，然后把正在凄惨地随风飘荡的口袋残片扯掉，同时晃动着脑袋想把一头的玻璃碎片弄下来。

"好恐怖啊！你的运气真好啊！"卡萝尔·安娜尖着嗓子喊。

阿瑟盯着她看了很久，一脸严肃。

"一切都是相对的，卡萝尔·安娜。你看，我的外套毁了，身上到处都被割破了，而我遇到这么倒霉的事情，却仅仅是因为想要来这里为我的女邻居买一根遛狗的绳子。"

"为你的女邻居买一根狗绳……这样的事故，你几乎没有什么损伤，真是够幸运的了呢！"卡萝尔·安娜一副义愤填膺的样子。

阿瑟看着她，表面上好像是在沉思，但其实内心里翻江倒海，他竭尽所能地想要让自己保持应有的教养。可是，惹怒他的绝非仅仅是卡萝尔·安娜说话的腔调，而是她从头到脚整个人都令他无比抓狂。他努力尝试着让自己表现得更加平和一点，语气坚定而沉静。

"你说得对，我刚才那么说不是很公平。事实上，我的确运气不错，因为我离开了你，然后又遇到了那个一辈子的爱人，但她却陷入了昏迷！她自己的母亲想要让她安乐死，可是，我的运气还真不错，因为我最好的朋友愿意帮助我，我们一起去医院绑架了她。"

卡萝尔·安娜感到有些不安，往后退了一步，阿瑟却跟着她往前迈了一步。

"你说'绑架了她'，这是什么意思啊？"她的声音里透着一丝怯意，同时把背包抱紧在胸前。

"我们把她的身体'偷'了出来！是保罗去搞的救护车，这也是为什么他会觉得必须告诉所有人我的老婆死了；可是事实上，卡萝尔·安娜，我充其量只算是半个鳏夫。像我这种情况，还真是少见呢。"

阿瑟感到双腿有些乏力，身子轻轻摇晃。卡萝尔·安娜想要上前搀扶，但他还是自己一个人重新站直了。

"不，真正的运气是劳伦可以帮助我让她自己维持生命。当自己的身体和心灵暂时分开的时候，作为一个医生多少还是有点优势的。她可以自己照顾自己！"

卡萝尔·安娜张大了嘴，似乎有点透不过气。而阿瑟根本就不需要透气，他现在最需要的是平衡力。他一把抓住了卡萝尔·安娜的袖子，她吓了一大跳，禁不住大喊了起来。

"她终于清醒过来，而这个，还真的就是靠了好运气！所以说，卡萝尔·安娜，你看嘛，真正的运气并不是我们两个当初分开了，也不是我在巴黎修的那个博物馆，更不是今天碰到的这个摩托车，而是她，遇到她就是我这一辈子最大的运气！"他说完之后已是精疲力竭，顺势就坐到了摩托车的车架上。

急救中心崭新的救护车闪着警报器停到了人行道的旁边。主管医生快步冲向阿瑟，卡萝尔·安娜在一旁呆呆地看着他。

"先生，您感觉还好吗？"救护人员问道。

"一点也不好！"卡萝尔·安娜表示。

救护人员抓住阿瑟的手臂，想带他走向救护车。

"一切都很好，我向您保证。"阿瑟挣开手说。

"您前额的伤口必须缝针。"急救中心医生坚持着。卡萝尔·安娜向他悄悄打着手势，示意他赶紧把阿瑟弄上车。

"我哪里都没问题，现在感觉很好。请行行好，让我回家吧。"

"您的头上都是玻璃片，很有可能其中一些碎屑已经进到您的眼眶里面了。我必须把您带回去。"

阿瑟感到很疲惫，只好听凭人家处置了。救护人员把他安放在担架床上，用两条消过毒的绷带蒙住了他的双眼，既然现在还不能清理他的眼睛，那就必须尽量避免任何晃动，以免里面的玻璃碎片割破他的眼角膜。于是就这样，绷带绕着脸缠了几圈，阿瑟仿佛陷入了黑暗，感觉很不舒服。

救护车拉响汽笛，沿着苏特街一路前行，在万尼斯大道转了个弯，然后朝着旧金山纪念医院的方向驶去。

　　铃声回响，电梯的门打开，第四层到了。贴在墙上的导向牌显示，这里是神经科的入口。劳伦跨出电梯，并没有跟走进来准备到下面楼层去的医院同事打招呼。沿着走廊，天花板挂着一溜日光灯，反射在油光锃亮的地板上。她的鞋踩在油地毡上，每走一步都会嘎吱作响。她抬起手，本想轻轻地敲一敲307病房的房门，但最终却无力地将手垂落在腰间，感到无比沉重。推开门，她还是走了进去。

　　床上没有了床单，也没有了枕头。输液吊瓶的撑杆光溜溜地伫立着，直挺挺的就好像是一个骨架，被推到了房间的角落，紧挨着洗浴间里了无生气的帘子。搁在床头柜上的收音机静默无声，今天早晨还在窗台上笑逐颜开的毛线公仔此刻已经全部离开，到另外的病房里去继续做它们应该做的事情。而之前挂在墙上的那些孩子的图画，如今只在原来的位置留下几块胶布的印痕。

　　今天下午，小玛西亚消逝了——他们有些人是这么说的，而还有一些人更直接，就说她死了，但不管具体的说法怎样，对于所有在这一楼层工作的医护人员来说，这一间病房这几个小时都还是属于这位小姑娘的。劳伦坐在了床垫上，抚摸着床架。她的手心发烫，贴着床沿一直摸到了床头柜，拉开抽屉，取出了那张折成四叠的纸，然后又等了一会儿，她才下定决心去看玛西亚在纸上留下的秘密。这位小姑娘虽然被天使带走之前眼睛是瞎的，但至少这一次，她看得千真万确。劳伦眼睛的颜色，此时此刻，却早已在喷涌而出的泪水中被洗刷得模糊一片。她弯下了腰，哭得胃部一阵痉挛。

　　病房的门开了，可是劳伦并没有听到从身后传来的一阵呼吸声，那是一个两鬓斑白的男子，他站在那里，看着她哭。

一身黑色的西服典雅而端庄，银白色的络腮胡紧贴着双颊修剪得当，桑蒂亚戈悄无声息地走上前来，坐到她的旁边，然后把手放在了她的肩膀上。

"这不是您的错。"他细声说着，带一点阿根廷口音，"您只是医生，而不是神。"

"您呢？您又是谁？"劳伦哽咽着低声问。

"我是她的父亲，到这里来是为了收拾一下她剩下的东西。她妈妈已经没有办法跟我一起来了。您必须重新振作起来。这里还有其他的孩子需要您的帮助。"

"应该是反过来才对啊。"劳伦哭得直打嗝。

"反过来？"那人有些疑惑。

"应该是我来安慰您才对啊。"她哭得更加伤心了。

这个男子心里还有点顾忌，犹豫了好一阵子，终于还是揽住了劳伦的肩头，把她拥入怀中。她蔚蓝色的双眸起了涟漪，随即盖上一层厚厚的雾气；于是，为了不让劳伦独自哭泣，同时也算是出于礼貌吧，他终于陪着她一起，让自己心中的苦痛就此彻彻底底地释放了出来。

救护车在急诊室门前停下。司机和医护人员引导着阿瑟的脚步，带他一直走到了挂号处的窗口前。

"到了。"担架员说道。

"你们能不能把我头上的绷带取下来？我跟你们保证，我什么问题都没有，我现在就是想回家。"

"这可真巧了！"贝蒂很有威严地回应，一边浏览着急救中心医生一路给阿瑟救护的医疗记录，"我也一样啊，我也希望您能回您的家。"她继续说着："我希望所有在这个大厅里等着的人都能够各回各家，再然后嘛，我自己，我也想好端端地回我的家。不过呢，我们在等待上帝给我们恩典的同时，还是可以给您做一个检查的，当然还有他们，也都一样。医生等一下就会来看您。"

"要等多久呢？"阿瑟的声音听起来竟然有些怯怯的。

贝蒂翻起眼睛看着天花板，抬起双臂向空中大喊：

"只有独一无二的他才知道！快把他带到候诊室里去。"她对担架员吩咐着，然后走开了。

━━◆◆◆◆◆◆◆◆◆◆━━

玛西亚的父亲站起来，拉开壁柜的门，拿出了一个装着他小女儿遗物的小盒子。

"她很喜欢您。"他依然背对着床说。

劳伦又低下了头。

"嗯，我说这个其实不是想让您难过的。"玛西亚的父亲继续说道。

由于劳伦一直不说话，他紧接着又提了另外一个问题。

"无论我在这四面墙里面说了什么，您都会当作职业秘密一样来保守，对不对？"

劳伦告诉他，这一点不用担心。于是，桑蒂亚戈向前一直走到床前，坐在她旁边，低声说道：

"我想谢谢您让我能够在您这里痛哭了一场。"

接下来好一阵子，两个人都不讲话，几乎一动不动地待在那里。

"您有时候也会给玛西亚讲讲故事吧？"劳伦的声音很低沉。

"我待的地方离女儿挺远的，这一次是为了手术专门赶回来。不过，每天晚上我都会从布宜诺斯艾利斯给她打电话，她把话筒放到枕头上，我给她讲森林中央有一群动物和植物的故事，它们生活在一片人类从来没有到过的林间飞地当中。这个童话故事讲了三年多。童话里面有会魔法的兔子，有各种鹿，每一棵树都有自己的名字，那里的鹰总是转着圈子飞，因为它们的翅膀一边长一边短。讲了这么多东西，有时候我自己都会忘记前面讲过些什么，但无论我所讲的跟之前的版本有多么细微的差别，玛西亚总是能够毫无例外地指出来。前一天我要是跟她讲到那个有学问的西红柿，或者是一个笑得发狂令人讨厌的黄瓜，那么第二天再讲的时候，它们原来在哪里就必须在哪里，绝对不可以让它们挪到另外一个地方。"

"在这个林间飞地里面是不是还有一只猫头鹰？"

桑蒂亚戈笑了。

"那是一个可笑的怪家伙！艾米利奥是夜间的卫士。当所有其他动物睡觉的时候，只有它保持清醒站岗放哨。但事实上，干这个活只是一个借口，那猫头鹰绝对是个胆小鬼。每天一大早天快亮的时候，它就会全速飞回到自己的洞穴里面去，然后一直躲在那里，因为它最怕的就是光了。兔子是个好人，明明知道这个情况却一直没有暴露这个秘密。玛西亚经常是没等到这个故事讲完就睡着了，而我还会再静静地听着她的呼吸，一直到她妈妈在那边挂掉电话为止。她那柔细的呼吸声就好像是美妙的音乐，我总是带着她的'音符'进入自己的梦乡。"

小女孩的父亲沉默了，他站起来，向门口走去。

"您知道吗，在那边，在阿根廷，我的工作是建大坝，这可是大工程啊，可是，对于我来说，最让我自豪的还是她！"

"等一下！"劳伦很温柔地说。

她弯下腰，向床底下看去。在床架的阴影里面，有一只白色的小猫头鹰收起了翅膀，正在静静等候。她拿起这个毛线公仔，递给了桑蒂亚戈。他朝着她重新走了回来，接过小动物，轻轻地抚摸着它的羽毛。

"拿着吧。"他把猫头鹰还给了劳伦，"治好它的眼睛吧，您是医生，应该可以做得到的。让它重新获得自由，再也不会感到害怕。"

他向她示意告别，然后离开了房间。当来到只剩下他一个人的走廊的时候，他把手里捧着的纸箱紧紧地抱在怀中。

劳伦的寻呼机振动起来，是急诊室接待处在找她。于是，她走到这一楼层的护士站，拿起了电话。在电话那头，贝蒂说感谢上帝她还在医院没有离开，急诊室现在很缺人手，希望她能立即前来增援。

"我马上就下来。"劳伦挂了电话。

在走出房间之前，她把那只可笑的猫头鹰藏到了白大褂的口袋里面。这个小生灵现在肯定很需要他人的温暖，因为它刚刚失去了自己最好的朋友。

— ❦ —

阿瑟再也等不下去了，他伸手到上衣右边的口袋里去掏手机，可是，他的上衣右边原来口袋的位置，现在已经是空空如也。

眼睛绑着看不见，他只能大概估摸着时间。保罗肯定要大发雷霆了，他突然想起来，今天某个时候，他也曾经担心会让保罗大发脾气，但具体是什么事情，他已经记不起来了。阿瑟站起身，摸索着向急诊室接待处靠近。贝蒂看见他，赶快走了过来。

"您不至于吧！"

"我对医院有恐惧感。"

"好吧，您既然已经过来了，那就顺便填一下入院情况表吧。您以前来过我们医院吗？"

"为什么要这么问？"阿瑟有点慌，靠在接待处的柜台边上。

"因为，如果您的资料已经录入了我们医院的系统，那么现在填入院表就可以快很多了。"

阿瑟给出了否定的回答。贝蒂对于别人的模样往往有比较深的记忆，尽管面前这人蒙着眼睛，但他脸上的轮廓看起来还是有那么一点熟悉。会不会，她曾经在某个别的地方遇见过他呢？唉，不管他了，这并不重要，她现在有大把的事情要做，还顾不上去想这个。

阿瑟想回家，在这里已经等得够久了，他只想把脸上的绷带取下来。

"您现在很忙，而我，自己感觉真的很好。"他说道，"我要回家。"

贝蒂一把拽住他那还没有经过处理的一双手。

"您倒是试试看！"

"我就是走了又会有什么风险呢？"阿瑟觉得自己几乎要被她给逗乐了。

"未来的6到12个月里，您哪怕是感受到任何一点点不舒服，只要是真的需要相关医疗救护，您都可以启动保险条款，不用自己给钱！但是，您如果跨出这里半步，哪怕只是去外面抽一根烟，我都会马上把您的入院表打回去，还要在上面注明这是因为您拒绝接受我们的医疗检查。这样的话，以后您哪怕只是有那么一点点牙痛，如果去找保险公司，人家也会跟您讲：我们无能为力，您到别家去问吧。"

"我又不抽烟！"阿瑟回答完毕，重新把他的胳膊搭到了柜台上。

"我也知道，一直待在黑暗里，这挺让人焦心的。不过，您还是要耐心一点。瞧，医生来了，她刚刚从您背后那个电梯里面走出来。"

劳伦走向接待处。自从离开玛西亚的房间以来，她就再也没能说一句话。她从护士的手里接过了病人的档案，然后挽起阿瑟的胳膊，把他带向4号诊室，一边走一边看着救护车医生留下的诊疗记录。走进房间，她拉上帘子，扶着他在床上躺了下来。等他安顿好以后，她就开始一圈一圈地拆他头上绑着的绷带。

"您暂时还是闭着眼睛吧。"她说。

她语气平静地从嘴巴里蹦出来的这几个简简单单的词，却已经足以让阿瑟的心开始疯狂跳动。她从他的眼上取下那两块纱布，掀起他的眼帘，用生理盐水冲刷着他的眼睛。

"您感到哪里不舒服吗？"

"没。"

"您有没有觉得有玻璃碎片掉到眼睛里面了呢？"

"完全没有。是救护车上的医生觉得有这么一回事，我自己真的感觉完全没问题。"

"他做得对。您现在可以动一动眼睛了！"

还要再等几秒钟，眼睛里面的液体才能排出去。当阿瑟的视线逐渐清晰，他的心跳得就更厉害了。那一天，他在莉莉坟前许下的愿望，刚刚终于实现了。

"您还好吗？"劳伦注意到她的病人脸色发白，于是问道。

"还好。"他觉得喉头一阵发紧。

"您放松一点啊！"

劳伦倾下身靠近他，透过放大镜查看他的眼角。当她在做这些检查的时候，两个人的脸庞挨得那么近，他们的嘴唇几乎都快要碰到了。

"眼睛里应该是绝对没问题了，您的运气还真不错呢！"

阿瑟没做任何表示……

"您没有昏厥吧？"

"到现在为止，暂时还没有！"

"您这是在开玩笑吗？"

"看来不太成功啊。"

"有没有感到头痛呢？"

"也没有。"

劳伦把手伸到阿瑟的背上，摸着他的脊柱看有没有问题。

"这里不会痛吧？"

"完全没有。"

"您的嘴唇有一大块瘀血。张开嘴！"

"必须得这样吗？"

"对，既然我刚才给您下了这个指令。"

阿瑟乖乖执行了指令。劳伦拿出了她的医用小手电。

"啊哈，要想缝好您的伤口，这里面至少要开五个洞啊。"

"有这么严重？"

"我这也是开玩笑！您只要在接下来的四天里，每天到医院来洗洗嘴巴里的创口就可以了。"

她给他额头的伤口消了毒，用医疗胶水把创口周边破损的地方黏合起来，然后拉出抽屉，撕开一个绷带包装，剪了一块贴在他的伤口上。

"有一点粘到眉毛了。您以后撕下胶布的时候可能会感到有点疼。至于其他的，都是些小伤，很快就能自己愈合的。我会给您开一些广谱抗生素，以防万一嘛。"

阿瑟扣上了衬衣的袖口，站起来对劳伦表示感谢。

"别急啊。"她把他推到做检查的台子前说，"我还得量一下您的血压。"

她从墙边的支架上取下了测量仪器，然后把皮套缠到了阿瑟的手臂上。这个血压计是自动的，皮套很有节奏地收紧，放松。几秒钟之后，已经有数字显示在检查台顶端的液晶屏上。

"您时常会心跳过速吗？"劳伦问。

"没有。"阿瑟答道，神情很不自然。

"但是您这问题很严重啊，您的心跳已经超过每分钟120下，血压也有18千帕❶，对于一个像您这样年纪的男子来讲，这两个数字都太高了啊！"

阿瑟看着劳伦，真想说出藏在他心底的那个真正理由。

"我老是怀疑自己有病，所以一到医院就会很害怕。"

"我的前男友只要一看到我的白大褂，就忍不住要翻白眼。"

"您的前男友？"

---

❶译者注：血压18千帕相当于135毫米汞柱。

"哦，这没什么关系。"

"那您的现任男友呢，他能受得了您的听诊器吗？"

"我还是希望您能去心脏病科看一下，如果您愿意的话，我现在就可以帮您找一个医生过来。"

"没什么用的。"阿瑟的声音都在颤抖，"这也不是第一次发生了，嗯，在医院里面倒是第一次。平常我在准备'大考'的时候，心跳得也蛮厉害的，我比较容易怯场呢。"

"您是干什么职业的啊，竟然还要参加大考？"劳伦感到挺有趣的，一边开着处方一边问道。

阿瑟犹豫了一会儿没有回答。借着她正在专心写处方的工夫，他静静地，专心地看着她。劳伦一点也没有变，嗯，可能就是发型略有不同了吧。当初他曾经那么爱看她额头的那一道伤疤，如今它却几乎消失不见了。她的眼神一如既往地难以名状，充满了自信。就在他的眼皮子底下，她讲着话，脸上泛出各种神情，每一个都那么清晰可辨、触手可及，爱神丘比特射出的箭又一次推开了他的心扉。她笑起来的样子真好看，令他想起了昔日美好的回忆。这个世界上，人真的有可能思念另一个人到这般田地吗？手臂上的皮套又鼓了起来，很快电子屏上显示出一行新的数据。劳伦抬起头看了过来。

"我是建筑师。"

"您周末还上班吗？"

"有时候连晚上都要加班。我们经常要'赶图'。"

"我知道您说的这个词是什么意思！"

阿瑟一下子挺直了身子。

"您认识一位建筑师？"他带着颤抖的声音问。

"在我的记忆里，没有。不过，我说的是我的职业，在这一点上我们是相同的，那就是我们工作起来都没有时间的概念。"

"那您的男朋友是干什么的呢？"

"您这可是第二次问我是不是单身了……您的心跳太快了。我还是希望您能让我的同事检查一下。"

阿瑟从手臂上拿下血压计的皮套，站了起来。

"现在啊，焦虑不安的不是我而是您了！"

他想回家休息。明天一切都会好起来的。他保证接下来几天还会回医院量血压，到时候如果还是有异常的话，他就马上去看医生。

"您这算是一个诺言咯？"劳伦追着问。

阿瑟祈求上天不要再让她像这样看着他。如果他的心脏不是眼看就要爆炸的话，他真想一下子把她抱在怀中，告诉她，他疯狂地爱着她，现在两个人同在一个城市却相互说不上话，这对于他来说简直是太难太难的事情。他要把一切的真相都告诉她，但是她会不会喊来安保人员并让人把他带走永远关起来呢？必须赶在这之前把想讲的话都讲完啊。他拿起了外套，或者应该说是外套剩余的部分，可是又不想在她的面前穿上这样的"衣服"，于是就向她表示感谢之后，径直走出了诊疗室。突然，背后有人在喊他的名字。

"阿瑟？"

这一次，他感到自己的心一直跳到了头顶上。他转过身。

"这是您的名字，对不对？"

"是的。"他一字一顿地回答，嘴巴发干，感觉里面一点口水都没有了。

"您的处方！"劳伦把那张玫瑰红的纸递给了他。

"谢谢。"阿瑟接过来回答。

"您刚才已经谢过我了。穿上外套吧。这个时候外面挺冷的，您的身体今天受到的刺激已经够多了。"

阿瑟笨手笨脚地套上一边袖子，在准备离开之前，他还是转过身，长久地看着劳伦。

"怎么了？"她问。

"在您的口袋里面有一只猫头鹰。"他说着，嘴角泛起一丝苦笑。

然后，阿瑟就离开了这间诊疗室。

当他穿过大堂的时候，贝蒂在接待处的玻璃窗后面喊他。于是，他又折返回来，一副很迟钝笨拙的样子。

"签字画押，然后您就自由了。"她把一张很大的黑色表格递过来说。

阿瑟在这份急诊室入住记录上签了名。

"您确定自己没什么事吧？"护士长有些担心，"您看起来有点失魂落魄啊。"

"很可能就是这么回事吧。"他说完就走了。

阿瑟在急诊室门前等的士。与此同时，在医院里面，贝蒂正整理着手头的入院登记表，在她的窗口跟前，劳伦静静地远远望着阿瑟，而他对此一无所知。

"你不觉得他跟'他'有点像吗？"

"我都不知道你在说什么。"护士长的脑袋依然埋在材料堆里，"总是这么多文件，有时候，我常常在想我们这到底是一家医院呢，还是一个政府机构啊？"

"两个都是吧，我猜。你赶紧看看他，然后告诉我你觉得他怎么样。看起来还算不错，对不对？"

贝蒂稍稍抬起架在鼻梁上的眼镜，匆匆扫了一眼，然后又把头埋到她那堆东西里面了。一辆出租公司的黄色车刚刚停了下来，阿瑟爬了上去，车子马上开走了。

"一点都不像！"贝蒂表示。

"你就看了他两秒钟！"

"是的，不过你问我这个都不下一百遍了，所以我也算是训练有素了好吗？更何况，我跟你讲过，在人脸辨识方面，我可是有天赋的。如果这真是你的那个真命天子，我马上就能认出来。我啊，我可没有失忆哈！"

劳伦拾起一堆登记表，开始帮护士长整理。

"刚才，我在给他做检查的时候，还真有点感觉是'他'呢。"

"那你为什么不直接问他啊？"

"你的意思是，我去对我的病人讲：'当我从失忆里面恢复过来的时候，会不会恰好就这么凑巧，真的是您在我的床头陪了我15天？'这样，真的好吗？"

贝蒂被她逗得笑了起来。

"我猜今天晚上我还会梦到他。可是一觉醒来，我却总是想不起他长什么样子。"

"如果真是他的话，他应该也能够认出是你啊。我们这里还有20个'客人'在等着你呢，你得赶紧把这些念头从脑袋里面踢出去，快去干活吧。还有，把这一页翻过去吧，你现在已经有一个男朋友了，不是吗？"

"可是，你确定不是他吗？"劳伦低声追问着。

"完全确定。"

"再跟我说说他吧。"

贝蒂终于放下了她的材料，坐在脚凳上转起了圈。

"你到底想要我跟你说什么！"

"这也太匪夷所思了吧。"劳伦表示很愤慨，"咱们整个医院的人有两个礼拜的时间，跟这个人打过交道，可是现在竟然没有一个人可以告诉我任何一点有关他的情况。"

"那得要说，这个人还真是够谨慎的！"贝蒂嘟嘟囔囔地说着，把一沓粉红色的登记表订在了一起。

"就没有一个人问问他在这里究竟干什么？"

"既然你的母亲同意他待在这里，那我们就再也不能掺和进来了。这里所有的人都以为那是你的一个朋友，甚至可能是你的男朋友！一整层楼的人都在羡慕你。对你感到嫉妒的人，那可是绝对不止一个啊。"

"妈妈以为那是一个病人，费斯坦以为那是某个病患的父亲，而你，以为那是我的男朋友。很显然，在这个事情上，每个人的看法都不一样啊。"

贝蒂轻轻咳嗽，站起身去拿了一个小文件盒过来。然后，她任由眼镜在自己的鼻梁上滑下来，带着很严肃的表情从眼镜上方盯着劳伦。

"你自己呢，你当时也在场的啊！"

"你们究竟想要对我隐瞒些什么啊，所有的人？"

护士长难以掩饰心中的尴尬，于是又一次把头埋进了表格堆里。

"根本就没有什么可隐瞒的！我知道这听起来似乎有点奇怪，但这整件事里面，唯一最不可思议的就是你竟然完全恢复了过来，而且没有留下什么后遗症。你现在应该感谢上苍，而不是整天绞尽脑汁地去想这里面有什么秘密。"

贝蒂猛地摁了一下她面前的小按铃，喇叭里开始呼叫第125号候诊的病人。她把文件塞到劳伦的手里，示意她回到自己的工作岗位上去。

"可是，该死的，在这里发号施令的医生应该是我才对啊。"劳伦一边发着牢骚一边走进了第4号诊疗室。

的士把阿瑟一直带到了他的公寓楼下。他在身上翻了翻自己的钥匙，但却没能找到，他犹豫了一会儿，终于还是决定去摁响莫里森小姐家的门禁对讲机，可是她似乎没有听见。一连串水珠从阳台上飘下来，他仰起头，正好看见他的那位女邻居正在浇花。他冲着她挥了挥手。莫里森小姐看到他这般凄惨的样子，不免有些担心。公寓的大门"啪"的一声开了。

他来到自己住的那一层的楼梯间，莫里森小姐已经在那里等着了。她两手叉腰，审慎而又小心地看着他。

"你这是刚刚跟一个女拳击手勾搭了一场吗？"

"不，是有一辆三轮摩托车'爱'上了我。"阿瑟说。

"你开摩托出车祸了？"

"不，我是在人行道上出车祸了！最离谱的是，当时我甚至都没有横穿马路，而是在梅西百货大楼的门口被人家撞了个底朝天。"

"你到那里去干吗？"

那条狗绳已经被埋葬在了商店橱窗的废墟里了，阿瑟想，还是什么都不要跟他的女邻居讲的好。而莫里森小姐还在左右打量着他那惨不忍睹的外套。

"令人担心啊，这种事恐怕还会再发生。你甚至连自己的口袋都没保住啊？"

"没呢。"阿瑟不禁笑了起来，但是他那肿得鼓起一大块的嘴唇已经开始隐隐作痛。

"下一次，你再跟女朋友亲热的时候，先给她套上手套，或者先给她剪一剪指甲，这样终归是要好一点的。"

"别逗得我像狗一样笑，萝丝，这样我会很麻烦的！"

"如果早知道一辆摩托车把你撞飞一次，就能让你直呼我名字❶的话，那我早就该喊我的一个老哥们'地狱天使'❷来干这活了。说到狗嘛，巴布洛今天吠了一整个下午，我还以为它马上就要死了呢，结果并没有，它就仅仅是在那儿叫唤而已。"

"我得回去了，萝丝，我还是躺到床上去吧。"

"我给你带一杯热茶过来吧，另外，在我家里哪个地方好像还有一些治跌打损伤的药水。"

阿瑟对她表示感谢，然后告辞了。可是，他走了没几步，女邻居又在后面喊住了他，一串钥匙在她的手指上打着转。

"我猜，你大概不一定能在哪个电梯间里找回你自己的钥匙吧？这是你放在我这儿的备用钥匙，你如果想要回家的话，估计还是得需要这个吧？"

他打开了自己的房门，还是把钥匙交还给了女邻居。在办公室里，他还有另一把钥匙，所以更情愿把这一把留在她家。走进自己的公寓之后，他顺手开了客厅里的白炽灯，但很快又把它关掉了，一阵剧烈的头疼袭来，令他感觉天旋地转。于是他径直走到洗手间里面，打开药箱，取了两片阿司匹林

---

❶译者注：在欧美礼仪中，直呼其名而不是其姓氏，意味着两人已经非常亲近了。

❷译者注：这里指的是1969年在美国出品的动作剧情片Hell's Angels '69，中文名为《地狱天使69》。

出来。要想平息此刻在他天庭盖下汹涌澎湃的大风暴，除了加大药的剂量，别无他法了。他把阿司匹林含在了舌头底下，希望这样就能够让药片直接融进血中，快一点起作用。毕竟也算是曾经跟一位学医的高才生共处了四个月的时光，他多少还是学会了一些医疗方面的小窍门。药真苦啊，让他直打冷颤。他弯下腰把嘴靠近水龙头喝水。又是一次天旋地转，他整个人撑在洗手池上，这才勉强站住了脚。阿瑟感到身子阵阵发虚。这也没什么好大惊小怪的吧，他可是从早上开始就没吃进过任何一点食物呢。尽管已经开始有点作呕，但他还是应该强迫自己吃点东西。空腹会引起心脏不适，这两个可是绝配啊。他把外套扔到沙发上，走进了厨房。拉开冰箱的瞬间，他整个人打起了冷颤。阿瑟从冰箱里面拿出了那个装着一块奶酪的小碟子，然后是放在夹层的那一袋吐司面包，里面装了好多片三明治，但是他刚刚咬下了第一口，就再也没有了吃下去的欲望。

还是不要再顽抗了吧，他已经被彻底打败了。回到自己的房间，他终于来到床头柜前，摸索着找到床头灯的位置，然后按下了开关。他朝着门的方向转过头来，是不是哪根保险丝烧断了？厅上怎么一片漆黑啊。

阿瑟有点搞不明白到底是什么状况，在他的左边，床头灯看上去几乎全熄了，只剩下昏暗苍白得近乎浅橘黄色的一点点光线，可是他如果从正面看过去，一切却又恢复了自然。想要呕吐的感觉更加强烈了，他本想冲到卫生间里去，但双腿却已经不听使唤，他一下子就摔到了地上。

阿瑟瘫倒在床脚，完全没有力气重新站起来，他努力想要在地上拖着身体爬到电话那边去。在他的胸腔里面，心脏跳得就好像脱缰的野马，每一下脉冲都会带来体内一种难以言状的苦痛。他觉得有点缺氧，但不知道哪里才有新鲜的空气，只听见门铃声响了起来，他彻底昏了过去。

保罗看了一下手表，非常愤怒，然后向酒家的老板招手示意买单。不久之后，直到穿过餐馆停车场的时候，他还在不停地向两位女伴道着歉。毕竟，跟这么一位粗俗无礼的家伙做朋友，这倒也不是他的错。

奥妮佳还在为阿瑟说话：在当今社会，爱的永恒承诺就好像是古董一样珍稀，如果说有人在跟自己女朋友相处四个月之后还一心想要娶她，那么这个人本质上应该是不坏的。

"他们又不是真的结了婚。"保罗在为奥妮佳拉开车门的时候嘟囔了一句。

阿瑟应该睡下了吧，可是莫里森小姐心里还是有些放心不下，他刚才的脸色看起来有点奇怪。她关上公寓的大门，把一罐药酒摆到了厨房里面的桌子上，然后回到了客厅里面。巴布洛卧在篮子里睡觉，很安详的样子。她把它抱起来，坐到了正对电视的那个大沙发椅上面。她的听觉是不怎么样了，但她的眼睛看东西可一点也不差，刚才阿瑟的脸色像纸一样白，她注意到了。

"你今天晚上值班吗？"贝蒂问。

"我这一班是到凌晨两点钟结束。"劳伦回答。

"这是在礼拜一的晚上，一滴雨都没有下，咱们离月圆之夜也还远着呢，瞧着吧，今天晚上肯定很平静。"

"但愿如此吧。"劳伦一边系着头发一边说道。

利用这一段难得的宁静时光，贝蒂开始整理药箱。劳伦本打算帮一帮她，无奈衣服口袋里的传呼机又响了起来。她翻出了显示屏上的号码，第三层楼有一间病房需要她前去支援。

✻✺✻

保罗和奥妮佳先陪玛蒂尔德回了家，然后两个人又去了渔人码头之39号码头夜游。是奥妮佳选的地方，这令保罗也大吃一惊。在那里，顺着太平洋海岸线延伸出巨大的防波堤，顶上是木头铺砌的大路，一眼望去尽是各种旅游用品商店、熙熙攘攘的餐馆，还有灯火通明的娱乐场。在浮桥的尽头是一个眺望台，海浪拍打着卷起白色的飞沫，那里竖着一长溜双筒望远镜，只要往里面塞25美分，就可以近距离地看到坐落于海湾中间小岛上著名的"恶魔岛"监狱❶。在望远镜的前面，栏杆上挂着几块铜牌，上面的文字告诉大家，由于海湾里打转的水流和鲨鱼，这个监狱里以前从来就没有一位犯人可

---

❶译者注："恶魔岛"监狱（Alcatraz），正式名称为"鹈鹕岛"，18世纪被西班牙人发现时因岛上多水鸟鹈鹕而得名。鹈鹕岛与旧金山市近在咫尺，但四周被奇冷的海水环绕，特殊的地理环境让它于1934年被联邦政府设置为监狱。据称，许多囚犯试图越狱都因海水受阻，不是被抓回就是得病身亡，"恶魔岛"的名声就此传开。

以涉水逃离，或许，唯一的例外是"克林特·伊斯特伍德"[1]。

保罗揽住了奥妮佳的腰。她转过身直勾勾地盯着他。

"你为什么想要来这里？"他问。

"我喜欢这个地方。从我的祖国来美国的移民，很多人都会讲到他们坐船抵达纽约时的感受，当曼哈顿的大楼终于在雾霭中现形，那一刻，挤在甲板上翘首以盼的人们，心中的那一份喜悦真是难以形容。可是我不同，我是坐亚洲航空公司的飞机来的。当飞机穿过云层，我第一眼看到的，就是这个'恶魔岛'监狱。我更愿意把这个看作命运向我传达的一个信号。那些在纽约看到了自由[2]的人在接下来的日子里往往会辜负甚至危害自由，而我，既然第一眼看到的是一个没有自由的地方，那么我接下来也就没有什么好损失的了！"

"你是来自俄罗斯吗？"保罗有些激动地问。

"真倒霉！我来自乌克兰！"奥妮佳故意发出了强烈的大舌音，"永远也不要跟我的同胞说他们是俄罗斯人！你要是出现这样的疏忽的话，那付出的代价可能就是我再也不会吻你了，嗯，至少几个小时之内不会。"她稍微舒缓了一下语气补充道。

"你来这里的时候是多少岁啊？"保罗被她的魅力折服了。

奥妮佳却向着防波堤的尽头离开，边走边发出一阵银铃般的笑声。

"我就出生在这里的索萨利托，笨蛋！毕业于加州大学伯克利分校，我现在是市政厅的法律顾问。如果你之前多问我几个问题而不是自顾自在那儿

---

[1] 译者注：1979年美国电影《逃出亚卡拉》，由克林特·伊斯特伍德等人主演。

[2] 译者注：这里指的是纽约港湾的自由女神像。

说话的话，你早就可以知道这一切了。"

保罗觉得自己像个傻子，他靠在了栏杆上，望着远方。奥妮佳向他靠了过来，从后面抱住了他。

"对不起，可是你真的很可爱啊。我总是忍不住想要逗你玩。况且，我刚才说的也不全是谎言，大约一代人之前吧，这个故事是真实的，它就发生在我的母亲身上。你能带我回家吗？明天早上我很早就要去上班。"话刚说完，她的嘴唇就已经贴到了保罗的嘴唇上面。

＊＊＊＊＊＊＊

电视机已经关了。莫里森小姐应该是刚刚看了一场电影，但今天晚上，她的心不在这里。她把巴布洛放到脚下，去拿起了邻居家的备用钥匙。

当她找到阿瑟的时候，他已瘫倒在沙发跟前，不省人事。她弯下腰，拍打着他的脸颊。终于，他睁开了眼睛。莫里森小姐试图让自己脸上的表情尽量显得更平静、更让人放心一点，但很可惜，她完全做不到，甚至是恰恰相反。他似乎听到她的声音从遥远的地方传来，眼睛里却什么也看不见。阿瑟尝试着想讲两句话，却无能为力，连一个字都说不出来。他的嘴巴好干啊。莫里森小姐去灌了一杯水，润湿了他的双唇。

"安心躺着吧，我马上喊救护车。"她抚着他的额头说道。

于是，她站起来，走向书桌去找电话。阿瑟终于用自己的右手拿起了杯子，但他的左手还是完全不听使唤。冰凉的液体一直流到他的喉咙里面，他咽了下去。他想站起来，但两条腿却一动不动。老妇人打完电话又回来照顾他，看起来，他的脸上有了一点血色。就在这个时候，电话铃响了起来，她马上拿起了话筒。

"你这是在耍我吗？"保罗在电话那一头怒吼。

"是谁这么给面子，劈头盖脸地让我挨这么一通骂？"莫里森小姐问道。

"这里不是阿瑟家的电话吗？"

❈❈❈❈❈

小憩的时间真短。贝蒂一阵风一般卷进了劳伦睡觉的那一间诊室。

"赶紧起来，调度室刚刚打电话过来说，有十辆救护车正在朝我们这边赶过来。在一家酒吧里刚刚发生了一场斗殴。"

"检查室还有空位置吗？"劳伦一下子就从床上弹了起来。

"暂时只有一个病人，还行。"

"那就给我把那个家伙搬开，然后呼叫其他同事支援。十辆救护车，那就意味着有可能给我们送过来20个伤员。"

❈❈❈❈❈

保罗听到警报器鸣笛的声音远远地传来，他扫了一眼后视镜，时不时地可以看见一辆救护车闪着灯，距离他越来越近了。他踩下油门，焦虑不安地用手指敲打着方向盘。终于，他的车停到了阿瑟住的那栋小屋旁边。楼下的大门敞开着，他快步奔向楼梯间，三步并作两步地爬上楼，气喘吁吁地冲进了房间。

阿瑟躺在沙发跟前，莫里森小姐握着他的手。

"真是吓死我们了。"她对保罗说，"不过，我想他现在应该好多了。我已经打电话喊了一辆救护车。"

"车正在过来的路上。"保罗走上前，"你现在感觉怎么样了？"他问他的朋友，声音里透着难以掩饰的焦虑。

阿瑟把头转到他的方向，保罗马上就意识到，好像哪里有什么不对。

"我看不到了。"阿瑟喃喃说道。

毫无二致的抉择

总有一天，一切都会改变，我们再也回不到跟当初长大时一模一样的地方。

　　救护车上的医生在检查担架是否安放妥当，在把安全带缠上以后，他敲了敲与驾驶舱相隔的那扇玻璃窗，于是救护车就上路了。与此同时，莫里森小姐靠在阿瑟公寓的阳台栏杆上向下看，见救护车在十字路口拐了弯，消失不见了，只听见警报器的汽笛还在声嘶力竭地响着。她关上窗，熄了灯，回了家。保罗答应她，只要有进一步的消息，就会马上给她打电话。于是，她就坐到了扶手椅上，在一片寂静中等候着电话的铃声。

　　救护车里，保罗坐在医生旁边，医生正在量着阿瑟的血压。他的老友招手示意让他靠近一点。

　　"别让他们带我去旧金山纪念医院。"阿瑟凑到他的耳边说，"我刚刚才从那里出来。"

　　"那我们就更要回去那里了，这简直是一个丑闻。他们竟然让你在这样的状态下出院，这绝对可以称得上医疗失误。"

　　保罗突然住了口，一脸慎重地看着阿瑟。

　　"你看到她了？"

　　"就是她给我做的检查。"

　　"简直难以置信！"

阿瑟转过头去，没有说话。

"我说你为什么会犯这毛病呢，我的老伙计，看这情况，你的心都要碎了吧，这个病啊，也折磨得你够久了。"

保罗打开隔离门板上的小窗户，问司机打算把他们带到哪一家医院去。

"圣佩德罗信使医院。"救护车司机回答道。

"太好了。"保罗一边关玻璃窗一边发着牢骚。

"对了，今天下午，我碰到了卡萝尔·安娜。"阿瑟喃喃低语。

保罗看着他，这一次是同情的眼光。

"没什么大不了的，放松一点吧，你这大概是有那么一点妄想症，还以为自己一下子就看到了所有的前女友了呢。没关系，会好起来的。"

救护车十分钟以后就来到了目的地。跟着担架刚刚进到空空如也的圣佩德罗信使医院候诊大厅，保罗就意识到了，让他们把阿瑟带到这里来，是多么愚蠢的决定。护士长席贝尔放下手中的书，离开自己的位置，引导着急救人员将担架抬进了一间检查室。他们把阿瑟安放在病床上，然后就告退了。

同一时间，保罗到接待处将病人的情况补充完整了。然后，一直等到午夜过后，席贝尔才走了回来，她表示已经呼叫了内科医生，并且保证他很快就会过来了。

布里松医生在楼上查房。而在楼下的检查室里，阿瑟已经不再感到难受了，他整个人轻飘飘的、混混沌沌，就好像是陷入了深沉的梦乡。头终于不再剧痛，真是太神奇了。身上的痛感一旦消失，阿瑟感到真舒服，他的眼睛又能看得见了……

玫瑰园姹紫嫣红，千万种颜色的玫瑰争相竞放。就在他的眼前，有一朵白颜色的红衣主教花绽开了花蕾，长得那么高，他以前从来没见过这样的。
莫里森小姐哼着小曲走了过来。她小心翼翼地沿着花茎上生出的节子的上沿
剪下了这朵白色的花，拿着回到了门前的游廊里。她舒舒服服地坐在了摇椅
上面，巴布洛就卧在她脚边睡觉，莫里森小姐开始一片一片地摘下花瓣，然
后一瓣一瓣地绣到了他那件呢子大衣上面，看起来无比精巧而细致。把那朵
花这样用来替代两边被撕碎不见的口袋，这个主意还真不赖啊。屋子的大门
打开了，他的妈妈从台阶上一级一级走下来，手里捧着一个柳条编织的托
盘，上面放着一杯咖啡，还有几块饼干，那是为小狗准备的。她弯下腰，把
饼干放到了这个小动物的跟前。

"这是给你的，嘉莉。"她说。

莫里森小姐为什么不告诉莉莉事实的真相？这个小狗只有听到"巴布
洛"的名字才会反应，把它喊作嘉莉，这多奇怪啊。

可是，莉莉一遍又一遍地越喊越大声："嘉莉，嘉莉，嘉莉。"而莫里
森小姐在摇椅上越荡越高，一边笑着一边也跟着喊："嘉莉，嘉莉，嘉莉。"
两个女人全都向着阿瑟的方向转过身，威严地把一根手指竖在嘴唇中间，示意
他闭嘴不要讲话。阿瑟很生气。她们两个突然这么有默契地做这个动作，简直
令他烦透了。他猛地一下站了起来，而与此同时，一阵风也猛地刮了起来。

起自太平洋的风暴来得很急。豆大的水滴瞬间已经敲打在屋顶上面。卡
梅尔小镇天空的积雨云彻底撕裂，无情的暴雨恣意倾注在玫瑰园里，很快他周
围的地面上就出现了几十个水洼，看上去就好像是一个个超级袖珍的火山口。
莫里森小姐把大衣抛在了摇椅上，自己却跑进屋躲雨。巴布洛紧跟在她后面，
尾巴夹在两腿之间，刚刚跨过门槛，这个小家伙却又掉转头，冲着外面咆哮，
就好像在提醒人们，危险即将到来。阿瑟喊着妈妈，声嘶力竭，可是强烈的风

把他喊出口的每一个字又全都灌回到了喉咙里面。莉莉转过身来，她看着儿子，脸上却写满了遗憾，终于她也消失不见了，被吞噬在走廊通道的阴影里。书房玻璃窗外挂着的百叶窗，每一根链条都在嘎吱作响，一下一下狂暴地拍打着屋子的外墙。巴布洛一直冲到了第一级台阶前面，疯狂地嚎叫着。

在屋子下边，太平洋波涛汹涌，宛如脱缰的野马。阿瑟心想，这个时候估计是不太可能去到悬崖底下那个山洞里了。可是，那里还真是一个最理想的藏身之所啊。他面朝大海，望向波涛起伏的远方，肚子里也开始翻江倒海。

他一阵强烈的恶心，禁不住向前弯下腰来。

"我不是很确定自己还能够忍受多久。"保罗端着一个脸盆说。

席贝尔护士扶住了阿瑟的肩膀，唯恐他从检查台上摔下来，肚子里的每一次翻动，都使他整个人不由自主地强烈震颤。

"这个浑蛋医生到底能不能马上来这里？或者还是需要我带着一根棒球棍子到上面去找他呢？"保罗怒不可遏。

⋯⋯✦❀❈❀✦⋯⋯

在圣佩德罗信使医院最高一层楼，某位病人的病房当中，内科医生布里松坐在阴影里的一张椅子上，跟自己的女朋友打电话。她已经决定要离开他，于是从家里打电话给他，正在一个一个地数着两人不可调和的矛盾，并以此说明，他们之间不可能有其他的出路，最终难免还是要分离。年轻的医生布里松不乐意听人家说他自私自利、一心钻营，而薇拉·兹里克，当然也不会告诉他，当她在上面收拾东西的时候，她的前男友就在楼下的车子里面等着她。还有，他怎么可以在医院的一间病房里跟她打这个电话呢？就连分手也要搞得这么没有隐私吗？她最终得出的就是这么一个结论。布里松把手机凑到病房里的心率监测器跟前，让薇拉听一听他的病人心脏跳动时监测器里传来的虽然微弱却有规律的哔哔声。他冷冰冰地表示，鉴于这位病人目前的状态，他应该是不至于会打搅他们的谈话了。

薇拉还在想着她正折叠的这一件T恤到底是不是自己的，所以在电话那一头有一小会儿没讲话。对于她来说，要在同一时间集中精神做好两件事情，这可真是一点也不容易。布里松还以为她最终改变了主意，但其实薇拉只是觉得在目前的这种情况下继续谈下去不太妥当，大家不是一直都在说，手机信号会干扰医疗设备吗？可是，这位内科医生却大声嚷嚷着说，此时此刻，他可根本不管这个问题，他还要求已经成为他前女友的薇拉至少能顾及一点情面，等到明天早上他下班回去以后再说。十分抓狂的布里松伸手到衣服口袋里摁掉了已经第三次响起的传呼机，而在电话的那一头，薇拉刚刚挂掉了电话。

❦⟡❦

阿瑟摔进橱窗的时候，后脑位置的小静脉受到了强烈冲击。事故发生之后最初的三个小时，只有极细微的血丝从破裂的血管里面渗出来，可是到了晚上，渗血的情况已经足够严重，引起了初步的平衡力下降和视力障碍。接下来，数千毫克阿司匹林经由舌下血管渗入，极大地改变了血液流通的情况。仅仅用了十分钟的时间，阿司匹林里的乙酰水杨酸就已经融入了血浆，一路畅通无阻，经由破损的裂口，直接灌进了脑腔，像决堤的洪水一样四处扫荡。当阿瑟被运往医院的时候，渗进颅盖骨底下的血液已经再也找不到新的发展空间，于是就开始挤压里面的脑干。

覆盖着脑干的三块脑膜当中的第一层随即做出反应。由于判断这是受到了某种感染，这一层脑膜逐渐发挥出自己生来就被赋予的功能。22点10分，为了击退入侵者，脑膜开始发炎肿胀。几个小时之后，渗入脑腔的血液越来越多，不断挤压脑干，最终将导致生命运行的终止，阿瑟也就会彻底失去意识。保罗又转过来找护士；可是她却要求他还是老老实实在椅子上待着，因为值班的内科医生是一个严格遵守医院规章制度的人，保罗不应该跑到窗口的这一边来。

与此同时，布里松正在电梯里狂怒地猛撮着通往楼下一层的按钮。

在距离不太远的另一家医院里，正对着急诊室大厅的电梯门打开了。劳伦从电梯里面出来，一直走到了接待处的窗口前，从贝蒂的手里又接过了一份病历。

这是一位45岁的男子，在打斗中被狠狠地扎了一刀，腹部遭到重创。刚刚办完入院手续，这个病人的血压就已经掉到了警戒线以下，显然是大出血的征兆。他的心跳随时都有可能出现纤维性颤动，事不宜迟，劳伦决定马上就给他开刀做手术。她直接划开一道口子，找到并钳住了那条正在喷血的大动脉；可是，在把刀从肚子里拔出来的时候，刀锋又带出了新的创口。病人的血压逐渐开始上升，劳伦接着又在第一个创口下方继续进行切割。

她不得不把整个手都伸进那人的肚子里，用自己的大拇指和食指夹住对方体内一部分肠子，控制住血液流失最严重的地方。这个举动卓有成效，病人的血压开始重新上升。贝蒂在旁边一直用手臂托着心脏电击除颤器，随时候命，如今终于可以暂时放下除颤器那两个用于电击的手柄。她拨动点滴瓶下面的小齿轮，调大了给病人静脉注射的剂量。现在，劳伦发现自己的姿势特别别扭，她一刻也不能松手，因为在她手下按住的是这个人生命的脉搏。

又过了五分钟，外科医疗组赶过来了，可是，劳伦依然不得不陪着他们去了手术室，她的手由始至终一直摁在病人的肚子里。

又过了二十分钟，负责动手术的外科医生才示意她可以把双手撤出来，流血已经止住，剩下的工作就交给他们做吧。于是，劳伦甩着已经麻木的双手又坐电梯下到了急诊室大厅，那里此刻依然是人满为患，伤者躺满了一地。

⚜

布里松走进了诊疗室。他看了看病历，然后检查了一下阿瑟的生命体征，一切看起来似乎都很稳定。只是病人一直在昏睡，这多少令人有点担心。保罗根本没理会护士之前的警告，他一看到内科医生从病房里面走出来，就立即迎上前去询问情况。

可是，这位值班医生却反而要求他马上回到医院设立的公共区域等候消息。保罗表示抗议，说在这空空荡荡的医院里，除了四面墙壁就没其他人了，还有谁会在意他越过这脏兮兮的地面上随便画的一条黄色警戒线呢。布里松肺都快气炸了，他用一根充满威严的手指头指着警戒线说，对方如果真的是那么想跟他谈的话，那么就必须乖乖站到线的那一边去。保罗犹豫了一会儿，心里在盘算到底是现在马上就掐死眼前的这位内科医生呢，还是等到听完他的诊断以后再干。最后，还是保罗让了步。对此，年轻的医生感到很满意，他表示目前暂时还看不出什么毛病，但会尽快让人带阿瑟去照X光。保罗问有没有可能进行CT扫描，但却得知这家医院根本不具备这样的条件。布里松尽量安慰对方说，只要X光显示哪怕有一点点异常，他明天一早肯定会安排阿瑟到专门的医疗成像中心去拍CT。

保罗又问为什么不能现在马上就安排转院。可是，这位年轻的医生驳回了这一诉求，并且表示，自从被送进圣佩德罗信使医院的那一刻起，阿瑟就应该是由他来全权负责了。这一下，保罗心里面盘算的就已经不再是什么时候动手，而是要把这个内科医生的尸首藏在哪里的问题了。

布里松转过身朝着楼梯的方向走去。他这是要去找一台移动的X光机。当他在视线里消失以后，保罗马上进到了诊疗室里，摇晃着阿瑟的身体。

"你别睡了啊，千万不能放弃，你听到我说的话吗？"

阿瑟睁开了眼帘，他眼神空洞，伸出手摸索着找他朋友的手。

"保罗，你还记得我们的青春期究竟是在哪一天结束的吗？"

"这又有什么难的，就是刚才啊！……你看起来好像好一点了，现在最好还是休息一下吧。"

"当我们从寄宿学校回来的时候，所有的东西都跟以前不一样了。于是，你就讲了一句：'总有一天，一切都会改变，我们再也回不到跟当初长大时一模一样的地方。'而我跟你不同，我还想再回到过去的时光。"

"你还是省一省力气吧，我们以后还会有大把的时间来讨论这个话题。"

保罗看着阿瑟，然后拿了一条毛巾，走到洗手池旁扭开了水龙头。他把毛巾沾湿又扭干，然后搁到了他朋友的额头上。阿瑟看起来似乎感觉舒服了一点。

"我今天跟她讲了话。可是这一段时间以来，在我的内心深处一直有一个声音告诉我，其实我面对的可能只是一个幻象；她就好像避难所，或者说是我用来进行某种自我麻醉的方式，因为既然一心想着要去寻找的本来就是某个遥不可及的东西，那么在这个过程中，你又有什么可损失的呢？"

"这些话是我在这个周末跟你讲的，傻瓜，现在，你赶紧把我这些哲学大道理全都忘掉吧，那是我当时在气头上说的蠢话。"

"是谁惹你生气了啊？"

"我生气，是因为我们两个再也不能像以前一样在同一时刻感受到快乐和幸福。对于我来说，这才是我们正在老去的标志。"

"慢慢老去，挺好的啊，你知道吗，这可是天大的运气。现在是时候告诉你一个秘密了。当我看到那些老人家的时候，我的心里总是会很羡慕。"

"羡慕什么，羡慕他们一把年纪了？"

"羡慕他们终于进入了老年，羡慕他们一直撑到了最后一刻！"

保罗看了看旁边的仪器。血压还在下降。他握紧了双拳，在心里下定了决心，必须有所行动了。这个庸医眼看着就要害死他在这个世界上最宝贵的人，对于他来说，没有了这一个朋友，就等于没有了一整个家庭。

"就算我这一次真的挺不过去了，你也什么都不要跟劳伦说。"

"如果你想讲的只是这些白痴一样的东西的话，那你还是省一省，不要再说话了吧。"

阿瑟又一次昏了过去，他的头垂到了担架的旁边。现在是凌晨1点52分，诊疗室墙上挂着的钟，秒针嘀嘀嗒嗒，一直在隐约地计算着时间。保罗一下子站了起来，强使阿瑟再次睁开眼睛。

"你将来还有大把时间慢慢变老呢，呆瓜，一切都交给我吧。当你有一天全身都关节疼，当你甚至都举不起拐杖来敲我的头的时候，我就会告诉你，你承受的这一切苦难都是拜我所赐，因为在我一生中最糟糕的某一个晚上，我本来是有可能让你将来不用遭受所有这一切罪的。不过，其实，你只要别开始就好了。"

"我开始什么？"阿瑟喃喃细语。

"我多么希望你没有开始去喜欢那些我不感兴趣的东西；我多么希望你没有开始以一种我不能理解的方式拥抱幸福；我多么希望你没有逼着我跟你一起变老。"

布里松走进了诊疗室，旁边跟着那个护士，她推着装有移动X光机的小车。

"你，马上给我出去！"他怒不可遏地冲着保罗吼道。

保罗从头到脚打量了他一番，又扫了一眼护士席贝尔在床头安放的那台仪器，然后语气平稳而又淡定地问：

"这玩意有多重啊？"

"具体的数字就不说了，总之当我不得不推着这个该死的仪器到处走的时候，对于我那可怜的腰来说，这玩意显然是太重太重了。"

保罗猛地转过身，一把扯住了布里松医生大褂的领子，然后语气非常坚定地向对方逐条阐明了他打算对圣佩德罗信使医院的规章制度予以修正的各项条款，而所有这些由保罗来规定的新条款全部都将在他松开医生领口的那一秒钟开始生效。

"怎么样，您听明白我跟您说的话了吗？"他最后这么补充了一句。而站在旁边的席贝尔护士一直看着他，眼睛里充满了笑意。

重获自由的布里松忍不住一阵阵咳嗽，然而，保罗的眉毛仅仅是那么微微一挑，他马上捂住了自己的嘴巴，不敢再咳下去了。

"我觉得，看起来没有什么好担心的。"十分钟之后，内科医生布里松看着显光板上贴着的X光底片，做出了诊断。

"可是，这种情况能不能让一个真正的医生感到担心呢？"保罗语带讥讽地问道。

"无论如何，可以等到明天早上再说。"布里松板着脸说，"您的朋友只是有点精神失常了。"

布里松要求护士把移动X光机搬回到放射科大厅里去。可是，保罗对此提出了异议。

"医院或许并不是适宜保留绅士风度的最后一片净土，但在这方面我们总还是要争取试着去做一下！"他表示。

带着难以掩饰的怒气，布里松还是遵行了指令，从席贝尔手里接过了装有X光机的小推车。等到他的身影消失在电梯里以后，已经回到自己岗位的护士马上站起来敲了敲接待处橱窗上的玻璃，示意保罗走到近前来说话。

"他现在的情况很危险，是不是？"保罗迫不及待地问，显得越来越焦虑。

"我只是一个护士而已，我的观点真的很重要吗？"

"总好过这里的某个庸医吧。"保罗鼓励着她。

"既然是这样，那听好了。"席贝尔压低声音说，"我需要保住这份工作，就算哪一天您真的要起诉那个大蠢驴，我也不可能出来为您做证。他们这些医生啊，跟'条子'一样习惯相互打掩护。一旦发生了医疗事故，谁要是胆敢出来讲真话，那接下来肯定是一辈子都甭想在这一行找到工作了。没有一家医院会愿意雇用这样的人。只有那些遇到麻烦懂得自动抱团的人才能混得开。可是，这些白大褂忘记了很重要的一点，那就是，在我们这里，所谓的'麻烦'背后其实也就意味着一个个鲜活的生命。总而言之，您赶快带着您的朋友离开这里吧，如果不想让布里松把他害死的话。"

"我不知道该怎么办，而且，您觉得我们现在还可以去哪里？"

"我本来是要告诉您：只有结果才最重要。但相信我的直觉吧，就您朋友目前的状况来看，时间同样很重要。"

保罗在大厅里走过来又走过去，不停打着转，心里真是恨死了自己。早在他们踏进这家医院的那一刻起，他就知道这是一个巨大的错误。现在，他试图让自己平静下来，可是巨大的恐惧感却令他根本没有办法集中精力做出决定。

"劳伦？"

保罗快步冲到阿瑟跟前，他正在低声呻吟，眼睛瞪得大大的，眼神却十分空洞，就好像是在直勾勾地看着另一个世界。

"对不起，只有我一个人在这里。"保罗抓起了他的手。

阿瑟的声音颤抖，断断续续。

"向我发誓……以我的生命……保证不要告诉她事情的真相。"

"这个时候，我宁愿以我的生命来做担保。"保罗回答。

"怎么都行，只要你能坚守誓言！"

这，就是阿瑟留下的最后一句话。此时此刻，渗出的血已经灌满了他整个后半部的脑腔。为了保护到目前为止还没有受损的中心脑干，人体奇妙的应激机制决定关闭外围所有次要的身体机能：视觉系统、语言系统、听觉系统，以及运动系统，它们全部停止了运行。诊疗室墙上挂着的大钟走到了凌晨2点20分。阿瑟从那一刻开始彻底陷入了昏迷。

保罗在急诊室大厅里不停地转着圈圈。他把手探进衣服口袋里，掏出了手机，但是席贝尔马上打手势令他明白了，在医院的范围里面是禁止使用无线设备的。

"可是在这个鬼地方，除了那台自动饮料机之外，还有什么科学仪器有可能会受到干扰呢？"他大吼了起来。

席贝尔摇了摇脑袋，重申医院的禁令，然后向他指了指急诊室外停车场的方向。

"根据医院新的内部章程第二条，"保罗坚持着，"我的手机可以在这个大厅里使用！"

"您的这些所谓新条例，也就是在布里松那里有效，所以，您还是赶紧到外面去打电话吧。如果您在这里打电话给保安看到的话，那我就要被炒鱿鱼了。"

保罗气鼓鼓地发着牢骚，穿过自动滑门走出去了。

过了很长一段时间，保罗还在满是救护车的停车场里逡巡，一边看着手机屏幕上显示的一行行联系人名录。

"该死的，"他声音低沉地嘟囔着，"这还真是需要一点勇气呢！"

他摁下一个按键，手机随即拨出了一串早就预存好的号码。

"这里是旧金山纪念医院，有什么事能为您效劳？"接线员问道。

保罗要求对方转到急诊室。几分钟过后，贝蒂拿起了电话听筒。保罗表示，今天晚上早些时候，有一辆救护车曾经把一个在联合广场被三轮摩托车撞倒的年轻男子送到旧金山纪念医院的急诊室。

贝蒂马上问，在电话那头的是不是受害者的家属。保罗回答说他是那位病人的兄弟，这一点他倒不完全算是在撒谎。旧金山纪念医院的护士长记得很清楚，她说病人是在大约21点的时候自己离开医院的，当时他看起来状态不错。

"情况并不是真的那么好。"保罗表示，"您能不能让当时给他治疗的那位医生来听电话？我想应该是一位女医生。这事非常紧急。"他最后补充了一句。

贝蒂明白，这应该是有麻烦了，或者应该说是医院可能会有麻烦了。通常来说，急诊室接纳的病人里面，有10%在接下来的24小时里还会再回到医院，有的是遇到了医疗事故，有的则是医生诊断时低估了病情的严重性。总有一天，当缩减人手省下来的那一点钱还不够支付医疗纠纷赔偿的时候，那些管理阶层才会明白还是要认真考虑医学界人士一直以来不停呼吁实施的措施的吧。想到这里，她再次埋头于档案堆里，寻找阿瑟入院记录的复印件。

在阿瑟的档案材料里，贝蒂看不出有任何医疗检查方面的疏漏或者缺失。在确定了这一点之后，她敲了敲接待处的玻璃窗，劳伦再次出现在走廊里。贝蒂向她做着手势，示意她过来看一看，有人打电话找她。

"如果是我妈妈的话，你告诉她我现在没空。我本来在半个小时之前就应该下班走人的，可是这里还有两个病人等着我去处理呢。"

"如果你妈妈真的是在凌晨两点半打电话过来的话，就算你在手术室里，我也要把你'挖'出来。现在啊，你还是过来接这个电话吧，听起来似乎很紧急的样子。"

一脸疑惑的劳伦把听筒搁到了自己的耳朵边。

"今天晚上，您曾经治疗过一个被三轮摩托车撞倒的男子，您还记得吗？"电话里有一个声音问道。

"是的，我记得很清楚。"劳伦回答，"您是警察吗？"

"不，我是他最好的朋友。您的病人回到家里以后又犯病了，他现在已经失去了意识。"

劳伦感到自己的心在胸腔里急剧跳动。

"您赶紧打911，马上把他带到这里来，我等着他！"

"他已经入院了。我们现在在圣佩德罗信使医院，可是这里的情况一点也不好。"

"如果您的朋友已经被收进另一家医院的话，那我恐怕就无能为力了。"劳伦表示，"不过，我相信我的医生同行们会很好地照顾他的。当然，我可以跟你们那边的医生聊一聊，如果您希望如此的话，但是，除了发现他有点心跳过速之外，我也没有其他什么特别的可以交代了。他离开我们这里的时候，一切看起来都很正常。"

保罗描述了阿瑟目前的状况：这里负责的医生宣称这也没什么大不了的，让他等到明天早上再说，可是，保罗根本就不认同这个看法，只有固执得像头驴的人才会看不出他最好的朋友现在一点也不OK。

"我本人没看过病人的X光照片，连这个都没有，我实在没办法对同行的诊断表示异议。CT扫描的结果怎么样？"

"这里就没有CT机！"保罗在那一头说。

"值班的内科医生是谁？"劳伦问。

"是一个叫布里松的医生。"保罗说。

"帕特里克·布里松？"

"他的胸牌上写着'帕'，应该就是他吧，您认识他吗？"

"我在医学院读到第四年的时候跟他打过交道，的的确确固执得像头驴。"

"我现在应该怎么办？"保罗恳求着对方。

"我绝对没有权利插手这件事情，不过，我可以试着在电话里跟他谈一谈。只要布里松同意，我们就可以安排您的朋友转院，让他今天晚上就做CT扫描。我们这里的CT机是24小时待命的。既然是这样，你们为什么一开始没有马上到我们医院来呢？"

"这事说来就话长了，我们现在可没有那么多时间。"

保罗看到那个内科医生走进了席贝尔所在的接待处，于是请求劳伦暂时不要挂断电话，然后跑着穿过了急诊室大厅，气喘吁吁地出现在布里松的跟前，直接把手机扣到了他的耳朵边。

"这是找您的电话。"他表示。

布里松吃惊地望着他，接过了电话。

两位医生在电话里的交谈并没有持续多久。布里松听劳伦讲完之后，首先对她不请自来的帮助表示感谢，然后表示他的病人现在病情已经得到控制，倒是陪着病人来的那个人已完全失控。他说这家伙毫无必要地干扰他，有着强烈的歇斯底里倾向，为了摆脱此人的骚扰，他甚至差一点就要报警了。

他接着道，既然劳伦也已经感到安心，那么他这就要挂电话了，他还表示很高兴在相隔这么些年之后又再听到她的消息，希望有一天两人能有机会见个面，喝喝咖啡，或者干脆一起吃个晚餐什么的。就这样，他挂断了电话，然后把手机直接放到了自己的口袋里。

"怎么样？"保罗问道，他的两只脚紧贴着黄色警戒线不安地挪动着。

"直到您离开这里的时候，我才会把这个手机还给您！"布里松神情傲慢地说，"在医院的范围以内禁止使用手机。席贝尔想必已经提醒过您了。"

保罗横身站到医生的跟前，挡住了他的去路。

"那好吧，我把它还给您，不过您能向我保证，如果还要打其他的电话，就到外面的停车场去吗？"说着这话的布里松显得远没有刚才那么自信。

"您的医生同行说了什么呢？"保罗一把从这位内科医生的手里夺回了手机。

"她说完全相信我的判断，这么明显的事实却并不是所有人都看得见。"

布里松用手指着地上的标识，那里写得清楚明白：本区域严禁非医疗人员进入。

"如果您下一次再越过这一条警戒线，哪怕只是过到我们这边十厘米，席贝尔也要马上报警，而我就会让人家把你赶出去。但愿我已经跟您讲得足够清楚了。"

布里松转过身来，在走廊里渐渐远去。护士长席贝尔耸了耸肩膀。

劳伦刚刚处理完酒吧打斗事件的最后一名伤者。

一位实习护士走过来请她去看看她的病人。劳伦忍不住爆发了，护士只要去看看今晚的排班表，就应当知道，她早就该在深夜两点下班了，现在既然都已经快三点了，年轻的护士怎么还要来找她呢？艾米莉·史密斯眼巴巴地看着她，愣在了那里。

"唉，好吧，病人在哪里？"劳伦最终还是心软了，跟着护士走向病房。

　　这是一个发着严重高烧的小男孩，他一直在喊耳朵疼。劳伦检查了一番，得出的结论是这个男孩患了急性中耳炎，于是为他开了一些药，并且叮嘱贝蒂帮着那位年轻的护士照顾好这个孩子。一切安排妥当之后，筋疲力尽的劳伦终于离开了急诊室，甚至都没有来得及脱下身上的白大褂。

　　在穿过空无一人的停车场时，劳伦脑袋里唯一的念头就是赶紧回家洗个澡，钻到鸭绒被里，舒舒服服地躺到枕头上。她看了看表，距离下一次上班还剩下不到16个小时，看来，她需要至少比平时多一倍的睡眠时间，才可能像这样子一直撑到周末啊。

　　她坐到驾驶位上，扣好了安全带。车子开进波特雷罗大道，然后转到了23号街上。

　　劳伦很喜欢深夜在旧金山市区开车，感觉好像整个城市就属于她一个人一样。柏油大马路在敞篷车的车轮底下急速退去，劳伦打开收音机，挂上三挡，凯旋车在这个曼妙夏夜星星点点的穹顶下飞驰。

　　市政工程人员正在麦卡利斯特街街口维修地下管道，途经车辆均被限行。现场负责的小工头弯下腰凑到车玻璃窗跟前告诉劳伦，只要再等几分钟，他们就能完工了。这条街是单行道，劳伦本想顺着来的方向倒回去，但看到街口工人们劳作的地方停着的一辆警车正在布置警戒线，她只好放弃了原来的念头。

　　圣佩德罗信使医院的侧影出现在车子的后视镜里，就在她后面相隔两大片房了的地方。

　　市政工程维修车的司机关上了后车厢门，然后爬回到自己的驾驶舱里。在车子的旁边，竖着一块有关公路安全的广告牌，上面的文字在提醒着市民："一秒钟的分神就足以致命……"

路口的警察朝着劳伦挥手致意，告诉她可以通行了。市政工程的一辆辆设备车正在离开马路中央，靠到人行道边上去，她开着车在其间穿行，终于来到了红绿灯的位置，却突然掉转方向。在她的记忆里面，还没有其他哪位学医的同学像布里松这个人那样自大而自恋。

❧❧❧

靠在玻璃窗上望着外面空荡荡的停车场，保罗正在紧张地思考。一辆关闭了闪灯的救护车开了进来，停在医护车辆专用的停车位上。司机下了车，锁上车门，然后走进了医院一楼大厅。他跟值班护士打了个招呼，然后把脱下来的行装挂在了接待处内墙的一个钉子上。席贝尔把一间诊疗室房门的钥匙交给他，他表示了感谢之后，就拿着钥匙到那间空出来的诊疗室里睡觉去了。

透过玻璃窗，保罗还在打量着那救护车，却看见一辆绿色的凯旋车开了进来，就停在救护车的旁边。

那个从车上下来以后带着坚定的步伐朝急诊室自动玻璃门方向走来的年轻女子，保罗一眼就认出了她来。没一会儿的工夫，她走进了大厅，保罗急忙迎上去。

"我猜，您就是克莱恩医生吧？"

"给我打电话的就是您吗？"

"是的，您怎么知道是我？"

"因为在这个大厅里只有您一个人。您呢，您又怎么会知道我是谁？"

保罗有点尴尬，低头看着自己的鞋尖。

"过去的两个小时里，我不停地恳求满天神佛，盼望着有人能赶来帮我，而您就是及时出现的第一位天使……我刚才看见您在停车场里脱下了白大褂。"

"布里松在这附近吗？"劳伦问。

"不太远，他就在这几层楼转悠。"

"您的朋友呢？"

保罗指了指护士站后面的第一间诊疗室。

"那我们赶紧过去吧。"她拖着他往前走。

可是，保罗却有一点犹豫，他表示，之前刚跟布里松吵了一小架，后者禁止他跨过黄色警戒线踏进走廊哪怕一步，否则就要报警把他给赶出去。因此，他有点担心，如果自己真的越过雷池，席贝尔会真的执行医生的指令。劳伦叹了口气，这种有小小权力就颐指气使的作风，可不就是当年她在医学院四年级时认识的那个内科实习医生吗？劳伦告诉保罗，不要把事情搞得太复杂，还是让她一个人走进去吧，就说是病人的女朋友好了。

"他们会相信我的。"她让他放宽心。

"您还是尽量喊他的名字吧，'病人'，这恐怕难免会引起怀疑。"

保罗担心在布里松那里没那么容易蒙混过关。

"我们已经有好几年没见过面了。更何况，他这个人整天只会在镜子面前看自己，我怀疑啊，他现在恐怕连自己的母亲长什么样子都不记得了。"

劳伦走到席贝尔的窗口前面介绍自己，这位值班的护士放下手里捧着的书，从她的"玻璃牢笼"里走了出来。在她身后的这片区域，只有医护人员才能够进入。然而，20年的职业经验令她拥有一种几乎从不落空的直觉：现在她陪着走向诊疗室的这位年轻女士是那个病人的女朋友也好，不是也罢，这其实都已经不重要了，重要的是，她，首先是一位医生。这样的话，布里松也就没有什么可以责怪她的了。

劳伦走进了阿瑟躺着的那间病房。她首先观察了一下病人胸腔起伏的状况，看起来，呼吸绵长而有节奏，皮肤的颜色也是正常的。她假装牵起了自己男朋友的手，但其实是在摸着他的脉搏。心脏跳动得似乎不像之前他在她那里检查时么快了，不过，通过把脉的手指尖，她可以感觉到对方血管搏动的频率倒是增加了不少。如果这一次真的能帮他渡过这个劫的话，不管他乐不乐意，她都一定要让他去做一次心电图检测了。

她向着贴有几张头部X光照片的显光板走过去，并且问席贝尔，在这面墙上展示的是否就是她未婚夫脑部的"照片"。

席贝尔一脸狐疑地看着她，然后眼睛向上翻了个白眼。

"我就不打搅您和您的'未婚夫'了，你们大概也需要一点私人空间吧。"

劳伦发自内心地感谢了她。

在走到门口的时候，这位护士转过身，再次看着劳伦。

"您可以靠得更近一点去看这些X光底片，医生，我对您唯一的要求是，您最好在布里松下来之前就搞定。我可不想给自己惹麻烦。既然话都已经说到这里了，我希望您的医术还是比您的演技更高明一点吧。"

当脚步声在走廊里渐渐远去的时候，劳伦凑近了显光板，仔仔细细地研究着上面的X光照片。布里松原来比她之前想象的还要更无能。一个好的内科医生早就应该想到病人的后脑里面可能出现了血液渗透。现在躺在床上的这个男子必须尽快进行手术，她很担心这人的脑子还经不经得起像现在这样浪费时间。为了确保诊断无误，最好现在马上安排他做一次CT扫描。

与此同时，布里松两手插在大褂的口袋里，逛进了席贝尔的护士站。

"这家伙还在这里啊？"他指着坐在大厅另一头椅子上的保罗，感到十分惊讶。

"是的，他的朋友也还在那间病房里，医生。"

"他醒过来了吗？"

"没有，不过他呼吸顺畅，生命体征稳定，我刚刚去检查过。"

"你觉得会不会是在他的脑颅里面有一个血肿啊？"布里松的语气显得不是那么有底气。

席贝尔低头在自己面前的各种文件里乱翻着，其实只是为了避免跟医生的眼神相交。在她内心深处，此刻代表人性的灵魂正在拷问她为何对于这种人竟然还能够如此宽容。

"我只是一个护士，自从您来到我们这里以后，您就已经让我充分地认识到这一点了，医生。"

布里松脸上立刻变成了另一副更有把握的模样。

"不要对我这么无礼！只要我愿意的话，我随时都可以把你从这里调走！这家伙只是有点精神错乱，很快就会好起来的。为了以防万一，明天早上，我们就让他去做CT。你赶紧给我填好转院单，然后去找一找附近社区的私人诊所或者医疗中心明天有没有空出来的CT机。你告诉他们，布里松医生本人希望能够安排这个病人在上午的时间里进行CT扫描。"

"我会照做的。"席贝尔嘟囔着说。

在向走廊里走过去的时候，他听到护士从后面喊着告诉他，病人有一个女性伴侣前来看望，她已经放进病房里去了。

"他太太来了？"布里松转过身问。

"是他的女朋友！"

"别像这样大喊大叫的，席贝尔，我们这是在医院里面！"

"这里没别人，只有我们，医生。"等到布里松走远了以后，席贝尔低声补充了一句，"幸亏这里人还不算多……"

护士转身回到了她的窗口前面。保罗正盯着她看，她耸了耸肩膀。他听到那个内科医生走进去以后，诊疗室的房门又关了起来。接下来，内心里又挣扎了好几秒钟之后，他终于站起身，迈出坚定的一步，跨过了那一条众所周知的黄色警戒线。

布里松对着那个坐在她未婚夫旁边圆凳上的年轻女子介绍自己。

"你好啊，劳伦。真是有好久没见了。"

"你还是老样子。"她回答道。

"你也没变啊。"

"你在跟这个病人玩什么把戏？"

"这跟你有半毛钱关系吗？你们旧金山纪念医院难道就这么缺病人？"

"我来这里是因为这个人在今天晚上早一些时候曾经是我的病人。我知道我这么说，你可能不太容易理解，不过在我们中间的确还是有人干这份职业是出于心中对医学的热忱。"

"你的意思是说，有些人来这里其实是担心会有麻烦，因为他们可能低估了某位伤者的病情，竟然就那么让他离开了自己的医院。"

劳伦一下子爆发了，她的声音在走廊里面回荡。

"你搞错了，而且很显然，这还不是你今天晚上犯下的最严重的错误。我来这里是因为这个人的伙伴打电话向我求助，就算是在电话里面，我也能够听得出来，你这一次又诊断错误了。"

"你的态度这么可亲，这是要求我办什么事吗？"

"求你，那绝不可能，我是给你忠告！我可以打电话到旧金山纪念医院，请他们派一辆救护车来接这个人转院，因为他很有可能要在尽可能短的时间里接受一次颅骨穿刺手术。你让我来做这个安排，作为交换，我也让你去修改你的临床检查记录。你尽可以自己签字让这个病人转院，为此，你的领导肯定会表扬你的。考虑考虑吧，救活一个病人，这对于你的职业生涯可不会有什么损失。"

布里松对此表示异议。他向劳伦逼过来，从她手里一把夺过了那几张X光底片。

"如果我认为他的健康状况的确很糟糕，需要动用这样的资源，我自然会去安排。不过，这里的情况并非如此，他现在很好，明天早上就会醒过来，最多也就是头疼得厉害而已。在此之前，我命令你离开我的医院，赶紧回到你自己的医院里去。"

"这个地方充其量也就是一个医务室而已！"劳伦继续说道。

她从布里松的手里又夺回了一张X光底片，把它贴到了显光板上面。这是从病人的正面拍的。她指了指有点钙化的松果体所在的位置，这个小小的内分泌腺本来应该正好骑在脑中线上面，也就是说正好位于大脑两个半球之间，可是现在在这个图像里面，松果体显然已经错位，而这很可能是由于后脑受到了异于常态的挤压。

"你竟然连这么明显的差异性都看不出来吗？"她喊了起来。

"这只是底片上的一个小小瑕疵，那台手提式X光机质量有问题！"布里松就好像一个偷东西吃被当场逮住的小孩子，尽管手还来不及从装蜜饯的罐子里抽出来，嘴里却依然在狡辩。

"松果体从脑中线移位，唯一可能的解释就是大脑枕叶内壁正在渗血。

你的固执将会害死这个人，而如果真是这样的话，我敢发誓你一定会为此而感到后悔的。"

布里松恢复了平静，他傲气十足地朝劳伦逼近，迫使她向着诊疗室的门口退去。

"你首先必须解释清楚，凭什么跑到我们这里来，你出现在这间诊疗室里，既没有得到授权，也不合乎规矩。五分钟之后，我就会打电话报警，让你马上滚蛋。当然，你要是想跟我到哪里去喝杯咖啡，倒也不是不行。今天晚上没什么人，挺安静的，我可以走开一阵子。"

劳伦轻蔑地上下打量着眼前这位住院实习医生，她的嘴唇因愤怒而不住颤抖。布里松大大咧咧地伸出一只手，撑在劳伦肩膀上方的墙上，同时，脸也贴了过去。劳伦猛地一下子把他推开。

"在医学院的时候，帕特里克，你就已经是出了名的好色而又小肚鸡肠。在这个世界上，你最辜负的那个人其实就是你自己，但是你却偏偏还想把这种对自己的失望转嫁到别人的身上。如果你还是执迷不悟的话，就算是最理想的情况，这个人恐怕接下来一辈子也都要待在轮椅上面了。"

布里松粗暴地推着劳伦，把她赶向门口。

"赶紧从这里滚蛋，否则我就要喊警察来逮捕你了。快点走，顺便替我问候一下费斯坦，告诉他，尽管他给我的评语那么严厉、不近人情，但是我现在不也混得好好的嘛。至于说这个人，"他用手指着阿瑟，"他就待在这里，哪儿也不去，这是我的病人！"

布里松一脸的狂怒，青筋毕露。劳伦恢复了平静。她很同情地把一只手放到了面前这位内科医生的肩膀上。

"上帝啊，我是多么同情你的家人哪；算我求求你了，帕特里克，如果在你的内心深处还有那么一点点人性的话，你还是保持单身就一个人过吧！"

保罗突然冲了进来，两只眼睛闪耀着激情。布里松被吓了一大跳。

"我刚刚是不是听到你们在讲，阿瑟有可能会瘫痪？"

他瞪着布里松，心里涌起一股抑制不住的冲动，想要立刻当场把他掐死。就在这个时候，护士席贝尔跟着冲了进来。她对那位住院实习医生道着歉，说她已经尽力想要阻止保罗，可是毕竟自己的气力有限，实在是没有办法把他挡在走廊外面。

"这一次啊，你们两个实在是太过分了。席贝尔，马上打电话给警察！我要报警。"

布里松看起来简直是心花怒放。护士走上前，一只手从口袋里抽出来，偷偷地把什么东西塞到了劳伦的手里面。年轻的女医生马上就意识到这是什么，同时也明白了眼前这位护士的意图。她用心领神会的眼神看了一下对方，以此表示感谢，然后毫不犹豫地把手里的针管扎到布里松的脖子上，摁下了活塞推头。

布里松看着她，惊恐万状，他不住向后退，手里摸索着想要拔掉插在脖子上的针头，但可惜已经太迟了，地板在他的脚下塌陷，天旋地转。就在他倒下的那一刻，劳伦向前迈了一步，一把抓住了他。

"这里面是咪唑安定！他要迷糊好一阵子了。"席贝尔谦逊地表示。

在保罗的协助下，劳伦把布里松放倒在地上。

眼前已经不再是悬在天花板上的日光灯，而是一个连着转盘的小飞机。他父亲为什么不愿意让他坐进那个驾驶舱呢？旁边格子间里的管理员已经摇响了铃声，飞机转盘游戏马上就要开始了。所有的孩子都在欢笑，唯有他待在下面，只能在旁边玩沙子。因为，一堆沙子不需要花任何钱。而飞机游戏，转一次30美分，这可是一大笔钱。如果就这么不停转下去，一直转到天上的星星那里，那得花多少钱啊？

席贝尔递过来一床折叠好的毯子，劳伦把它垫到了布里松的脑袋下面。

她真美，我面前的这个女人，她的马尾辫，两边的脸蛋，还有那一双闪闪发光的眼睛。她几乎就没有正眼看过我。渴望一个人可不是什么罪。我希望她能够跟我一起上飞机。我要把平庸还给我的父亲和母亲，他们两个能够就这样过一辈子。我憎恶身边这些人，他们笑得毫无理由，什么时候都那么开心。天已经黑了。

"他睡着了吗？"保罗低声说。

"看起来的确是这么回事。"劳伦还在检查着布里松的脉搏。

"我们现在该怎么办？"

"他这样大概还要半个小时。我想我们最好在他醒过来之前把一切都搞好。到时候，他肯定不会有什么好脸色。我们三个全都离开这里吧。我去找我的车，我们把您的朋友放到后座，然后直接开到旧金山纪念医院去，现在可是一分钟的时间都浪费不起了。"

她走出了病房。护士把绑在阿瑟身上的系带解开，保罗帮着她一起把他推出诊疗室，一路上还要小心别碾到了地上布里松的手指。病床的轮子在大厅的油毡地面上嘎吱作响。保罗突然抛下他的朋友跑开了。

劳伦关上了凯旋车的后车厢，一抬头却吃惊地看到保罗正穿过停车场跑过来。在从她旁边经过的时候，他喊了一嗓子"我马上回来"，一边继续向前跑着。她套上白大褂，看着他远去，心中满是疑惑。

"保罗，这可真的不是时候……"

几分钟过后，一辆救护车停在她面前。副驾驶一侧的车门打开，保罗坐在驾驶位上，满脸堆笑：

"我能带您一程吗？"

"您还知道怎么开这种东西？"她一边爬上车一边问道。

"在这方面，我可是专家啊！"

他们把车开到了急诊室出入口的门廊底下。席贝尔和保罗把阿瑟搬到担架上，然后抬起放进了救护车的后车厢。

"我真是很希望能够陪你们一起去。"席贝尔凑到保罗的玻璃窗跟前叹着气说。

"感谢您为我们做的一切。"他回答。

"这没什么。我可能会丢掉这份工作，不过我还真的很少能有机会像今天这么开心呢。如果您那里总是能有这么好玩的事情的话，记得给我打个电话，我还是能够挤出时间来的。"

保罗从他的口袋里面掏出一串钥匙，递给了他面前的这位护士。

"我把那间诊疗室的房间门锁起来了，以防他提早醒过来又惹什么麻烦！"

席贝尔接过钥匙，嘴角浮起了一丝微笑。她在车门上轻轻敲了一下，就好像是马鞭抽在马屁股上一样，一切就绪，可以上路了。

独自一个人站在空旷的停车场上，挨着那张担架床，席贝尔目送救护车远去，直到转过街角。她往医院大厅走回去的时候，在自动门前停了下来，脚下是一个通往下水道的金属网格，她拿出保罗递给她的那一串钥匙，然后一松手，任由其从指尖滑落。

"要是开我那辆车的话，"救护车里的劳伦说，"可能会更低调一点。"

"您刚才说我们连一分钟也耽搁不起了！"保罗拉响了救护车的警报器。

他们全速飞驰，如果一切顺利的话，用不了一刻钟，他们就能抵达旧金山纪念医院了。

"多么特别的一个晚上啊！"劳伦感慨着。

"您觉得阿瑟醒来以后还能回忆起什么东西吗？"

"可能会留下一些记忆的碎片，这需要有一个意识重建的过程。这些碎片最终能否合理串联起来，再现当时真实的情况，现在我也无法跟您保证。"

"如果有人长时间昏迷之后醒了过来，这个时候唤醒失去的记忆是不是一件很危险的事情？"

"为什么会觉得这很危险呢？"劳伦问道，"昏迷是颅脑创伤的结果。有时候，大脑受到了不可逆转的损害，但也有时候大脑一点事都没有。还有一些案例，病人一直昏迷，但我们根本就不知道到底是为什么。对于人脑的作用和运行机制，人类医学现在还知道得太少太少。"

"您说的这个简直就好像是汽车的化油器一样。"

劳伦被这句话逗乐了，她马上想到了自己那辆还留在圣佩德罗信使医院停车场里的凯旋车，心里不禁祈祷，改天她回到那里去取车的时候可千万别再碰到布里松啊。以这家伙的脾性，他还真有可能会睡在她那辆小车里一直等到她回来为止呢。

"也就是说，假如一个植物人醒过来，就算是受刺激想起了曾经失忆的东西，这也不会有任何风险喽？"

"不要把失忆和脑昏迷混为一谈，这是完全不同的两个概念。没错，一个人受到冲撞或者打击而陷入昏迷之后，一旦醒过来往往会不太容易记得起受撞击那一刻之前发生的事情。不过，假如这个人记忆缺失的时间跨度延展到一个更长的范围，那么导致这种情况出现的就是另外一种脑部损伤，我们称作'失忆'，而导致失忆跟昏迷的诱因却可以说是各有不同的。"

保罗还在咀嚼着这一番话，劳伦转过身去看阿瑟。

"您的朋友并没有陷入昏迷，他现在只是失去了意识。"

"您觉得，当一个人陷入昏迷一段时间之后醒过来，还能记得起昏迷时发生的事情吗？"

"可能只是一些萦绕在身边的声音吧。这就有点像是睡着了一样，只不过，昏迷的时候可能要比睡着了的时候稍微有意识一点点。"

保罗心中翻江倒海、万般犹豫，最终还是忍不住把那个一直徘徊在他嘴边的问题抛了出来。

"如果是被催眠的话，能想起来吗？"

劳伦十分惊愕地看着他。保罗是一个迷信的人，在他的内心深处似乎有一个很小的声音发出了警告，他可是发过誓要保守秘密的；而他最要好的伙伴现在依然人事不省地躺在后车厢里的担架床上，所以，尽管百般不情愿，他还是闭起嘴巴，为自己这一路的问题画上了一个句号。

劳伦再次转过身去。阿瑟的呼吸绵长而有规律。如果不是他的脑部X光扫描结果显示那么糟糕的话，单看外表，她还以为他现在睡得有多香呢。

"他看起来似乎还不错。"她说完又转身坐回到自己的位置上。

"哦，他真是一个很不错的家伙呢！尽管有时候他也会让我烦透了，从早上直到晚上，一刻也不消停。"

"我是说他现在的身体状况不错！你们两个，看起来好像是在一起已经很长时间的一对伴侣。"

"我们就好像是兄弟一样。"保罗咕哝着说。

"您没打算通知他的女朋友吗？嗯，我说的是他真正的女朋友。"

"他还是单身汉呢，嗯，千万别问我这是为什么！"

"为什么？"

"他有一种'天赋'，总是很容易让自己陷入很复杂的境况里去。"

"比如说？"

保罗盯着劳伦看了一会儿，在她的眼睛里分明含着笑意，美得简直无与伦比。

"算了吧。"他摇了摇脑袋说。

"向右转，那边有市政工程。"劳伦重新拾起了话题，"您为什么要问我这么多关于昏迷的问题？"

"想到就问呗！"

"您是干什么工作的？"

"我是建筑师。"

"他也是吗？"

"您怎么知道的？"

"今天下午他告诉我的。"

"我们一起开了一家建筑设计工作室。您的记忆力真不错啊，是不是能够像这样子记得所有病人的职业啊。"

"建筑师。这个职业真不错。"劳伦低声表示。

"那得看遇到什么样的顾客了。"

"干我们这一行啊，情况也差不多呢。"她笑着说。

救护车快到医院了。保罗摁了一下喇叭，把车开到了救援车辆专用的通道里面。保安人员抬起了入口处的防撞栏。

"我超喜欢这种特权。"他笑逐颜开。

"您把车停到门廊下面，然后再按一下喇叭，医院里的工作人员就会冲过来接您的朋友了。"

"好奢侈的享受啊！"

"这就是一家医院啊。"

他把车停在了劳伦指定的地方。两位担架员果然已经等在了那里。

"我跟他们一起进去。"劳伦表示，"您去停好车，稍晚一点，我会到候诊大厅找您。"

"谢谢您为我们所做的一切。"保罗说。

她打开车门下了车。

"您是有某个很亲近的人曾经长期昏迷吗？"

保罗盯着她看。

"真的是很近呢！"他回答。

劳伦陪在担架的旁边，走进了急诊室。

"你们两位'恋人'聚到一起的方式还真是蛮特别的呢。"他望着她在大厅里远去的背影喃喃自语，"可真是天造地设的一对啊！"

❈

移动式病床的四个轮子转得太快，轮毂绕着轴不停地颤动。劳伦和贝蒂在拥挤的急诊室过道里硬生生开出了一条路。她们险些碰倒了一个药箱，然后在拐角处更是差一点就跟迎面而来的另一组抬着担架的同事撞个满怀。在天花板上方，日光灯连成一长溜乳白色的亮光。前方，电梯关门的信号灯在回响。劳伦一边高喊着请等一等，一边加快了脚下的步伐，贝蒂在一旁竭尽全力帮助她保持病床直线向前。一位耳鼻喉科的住院医师挡着电梯门，帮着把她们的病床推到了电梯里另外两个也是要上去手术室的病床中间。

"CT扫描！"在电梯开始上升的时候，劳伦喊道。

一位护士摁下了第五层的按钮。来到那一层之后，疯狂的"赛跑"又开始了，她们在一个又一个走廊呼啸而过，走廊与走廊之间的活页门在她们身后打着转。终于，医学成像CT室就在眼前了。跑得几乎已经喘不过气来的劳伦和贝蒂拼尽了身体里最后一丝力气。

"我是克莱恩医生，在来之前已经通知了工作人员，我需要马上安排做一次脑部CT扫描。"

"我们等着您呢。"露西回答，"您带了病人的材料过来吗？"

材料可以迟一点再说，劳伦直接推着病床进了检查室。在CT扫描机隔壁的玻璃间里，伯恩医生弯下腰，靠近了麦克风。

"我们要检查什么？"

"病人的大脑枕叶可能有血肿，在进行颅脑穿刺之前，我想请你帮忙拍一些术前脑部成像胶片看一看。"

"你们打算今天晚上就安排手术吗？"伯恩感到有点吃惊。

"在一个小时之内吧，如果我能够及时组队的话。"

"费斯坦知道吗？"

"还不知道。"劳伦嘀咕了一句。

"那么，你们这么急着要求CT扫描，他同意了吗？"

"当然了。"劳伦撒了一个谎。

在贝蒂的帮助下，她把阿瑟安放到了检查台上，然后固定住他的头部。贝蒂向脑池内注入碘曲仑，与此同时，电脑终端开始启动数据采集程序。伴随着一阵几乎听不到的嘶嘶声，检查台向前移动，一直到了圆环的中央。X射线管开始转动，环状X射线探测头也围绕着阿瑟的头部旋转起来。被采集的X光射线随即转化成信息链，最终整合形成病人脑部的一个个水平"断层"影像。

操作台的两块屏幕上已经出现了最初的扫描结果，毫无疑问，劳伦的诊断是正确的，布里松的谬误显而易见。阿瑟应该立刻接受手术，必须尽快修补受损的血管组织，消除颅腔内部的血肿。

"你认为，病人有多大希望康复？"劳伦通过CT扫描室里的麦克风问她的同事。

"神经外科医生是你不是我啊！不过，如果你想知道我是怎么看的话，我想说，你们如果能够及时采取行动的话，那还是有希望的。我暂时还没有看到大面积的组织剥落，他呼吸顺畅，看来神经运行中枢还没有受损，应该说还是有可能完全康复的。"

伯恩示意劳伦走进玻璃间，然后用手指点着屏幕上显示的病人脑部影像的某个位置。

"我想请你更仔细地看一看这个'断层'影像。"他说道，"这一块区域似乎有点异常。我再给他做一下核磁共振，然后把影像输入Dicom医学数字成像系统❶，到时候，你可以直接在神经导航仪里调用这些数据和影像。然后，就基本上可以让机器人帮你完成手术了。"

"非常感谢。"

"今天晚上挺平静的，你能来找我帮忙，我也挺高兴的。"

一刻钟之后，劳伦离开了医学成像CT室，推着阿瑟前往医院的最顶层。贝蒂在电梯前跟她分了手。护士长必须下到急诊室去，在那里，她要尽其所能在最短的时间内为劳伦组成一个手术团队。

手术室沉寂在一片黑暗当中。墙上的荧光挂钟显示，现在是凌晨3点40分。

劳伦试图把阿瑟转移到手术台上去，可是在没有人帮忙的情况下，要完成这个任务实在是太难了。她觉得自己简直受够了这种人生，受够了医院的作息安排；当别人需要她的时候，她总是在那里，可是当她需要别人的时候，却一个人也找不到，真是受够了！就在这个时候，寻呼机响了起来，令她的思绪回到了现实。她快步走向墙上挂着的电话机。在电话的那一头，贝蒂也马上拾起了听筒。

"我终于找到了诺玛，她几乎不相信我说的话，不过，她还是答应去找费斯坦。"

---

❶作者注：Dicom是一种数字服务器。

"你觉得，再让她去找他会不会需要很久的时间呢？"

"也就是从厨房走到卧室那么一点时间吧。就算费斯坦的房子真的像人家说的那么大，给她五分钟怎么都够了吧！"

"你的意思是说，诺玛和费斯坦……"

"你可是在大半夜的喊我去找费斯坦，而我连这都给你办到了！然后，我就请他直接给你打电话，我的耳膜可没那么厚，经不起他大吼大叫的。我要收线了，接下来还要去给你找一个麻醉师。"

"你觉得他会来吗？"

"我觉得他肯定已经在路上了，你是他的宠儿，全世界都知道，对于这一点，恐怕也就只有你自己一个人不愿意接受罢了！"

贝蒂挂了电话，开始在她的个人通讯录里面查找，看看有哪位重症监护医师是住在医院附近可以连夜赶过来的。在电话那一头，劳伦慢慢地放下了听筒，看着躺在担架床上像睡着了一样的阿瑟。

身后传来一阵脚步声。保罗走到病床跟前，牵起了阿瑟的手。

"您相信他能挺过这一关吗？"他的声音里面充满了焦虑。

"我会尽我所能，不过只靠我一个人，什么事情也做不了。我正在等待支援，而且现在累坏了。"

"我都不知道应该怎么感谢您才好。"保罗低声细语，"这是唯一一件超出我能力范围的事情，而我是绝不允许这种状况发生的。"

劳伦没有说话。保罗于是继续表示真的不能失去他。

劳伦凝视着他。

"来帮一帮我吧，现在每一分钟都很重要！"

她拖着保罗走向术前准备室，打开中央的大衣橱，拿出了两套绿色的手术罩衣。

"张开手臂。"她对他说。

她在他背后系上手术袍的栓带，把一顶手术帽扣在了他的头上，然后领着他来到洗手盘前面，教他怎样洗手，帮助他穿起了消毒手套。当劳伦自己也开始穿戴的时候，保罗对着镜子不停地照着。他觉得自己打扮成外科医生的样子简直是帅毙了。如果不是心里面真的害怕见血的话，其实医学倒还是蛮适合他的呢。

"您如果在镜子里面看够了的话，能不能过来给我帮一个小忙啊？"劳伦张开双臂问道。

保罗帮着她在背后系上了扣子，当他们两个全部穿戴完毕之后，他就跟在她的后面走进了手术室。这个家伙一向对于自己建筑设计工作室里的高科技装备深感自豪，此刻看到这里的各种电子仪器和设备，也不禁惊叹不已，于是走到神经导航仪跟前，伸出手去摸上面的键盘。

"别碰这个！"劳伦大声吼道。

"我只是看一看。"

"请您用眼睛，而不要用手去看！您出现在这里是不合法的，如果费斯坦看到我跟您一起在这间房子里，那我就要被他……"

"……训斥整整两个小时了。"老教授的声音从通话器里传了出来，"你这是要毁掉你自己的职业生涯从而让我延迟退休呢，还是说完全昏了头才干出这种事情来？"

劳伦转过身，在隔着一面玻璃墙的术前准备室里，费斯坦正直勾勾地瞪着她。

"是您当初让我宣誓谨守《希波克拉底誓言》❶的。我现在就是在履行这个誓言，仅此而已！"劳伦对着通话器喊道。

费斯坦在控制台前弯腰，摁下了麦克风的开关，对手术室里另外那位他不认识的"医生"说道：

"我曾经让她发誓把自己奉献给医学。我想到了将来的某一天，当我们的后代有机会研究她的大脑的时候，在解释一个人为什么能够那么执拗这方面，科学必将取得飞跃性的进展。"

"您不用担心。自从他在手术台上把我救活过来以后，他就一直把自己当作我的造物主！"劳伦对着保罗这样说，完全无视费斯坦的存在。

她从抽屉里拿出了消过毒的剃刀，还有剪刀，划开了阿瑟的衬衫，把剪下来的碎片扔到了垃圾桶里。保罗看见她用剃刀把阿瑟的胸毛剃光光，实在忍不住笑了起来。

"他将来如果醒过来，看见自己胸前这个样子，恐怕要笑死了！"

劳伦把电极接头扣在了阿瑟的手腕、脚踝，还有心脏周围七个固定的位置，再通过电线跟心电图机连了起来，然后试了试这台仪器的运行情况。一条缓慢而有规律跳动的长线出现在泛着绿光的显示屏上。

"我简直就是他的一个大玩具！工作了太久，会挨骂；没有在正确的时候出现在合适的楼层，会挨骂；在急诊室没能处理足够多的病人，会挨骂；进停车场的时候太快，会挨骂；甚至有时候自己脸色不好，竟然也会挨骂！如果哪一天，我能够有机会研究他的大脑的话，在理解某些人夫的人男子主

❶译者注：《希波克拉底誓言》是希波克拉底警诫人类的古希腊职业道德圣典，是在约2400年前向医学界发出的行业道德倡议书，也是从医人员入学第一课要学的重要内容。

义行为方式方面，医学也必将取得飞跃性的大发展！"

保罗显得十分尴尬，不停地轻声咳嗽。费斯坦在通话器里请劳伦去他那边一趟。

"我已经进入了消毒区。"她表示抗议，"而且我知道您想要跟我说些什么！"

"你觉得我这么大半夜地爬起来，跑到这里，就仅仅是为了骂你一顿吗？我这是要跟你协商一下手术的流程，赶紧过来，这是命令！"

劳伦噼里啪啦地脱下手套，走出了手术室，只留下保罗一个人在那里陪着阿瑟。

"重症监护医师是哪一位？"术前准备室的滑门刚刚顺着导轨滑向两边，她的声音就已经传了进去。

"我还以为就是这位医生，跟你在一起那个！"

"不，不是他。"劳伦眼睛垂下来看着自己的脚尖低声说道。

"诺玛会负责的，她几分钟之后就能赶过来跟我们会合。好吧，你成功地在大半夜召集了一整队人马过来，可千万别告诉我，这是一台割阑尾的手术啊。"

劳伦的脸上放松了下来，她把一只手搁在她的老教授肩膀上。

"颅脑穿刺，目标是移除脑部硬膜下血肿。"

"渗血是从什么时候开始的？"

"19点。然后可能是到了21点左右，由于病人服用了大量的阿司匹林，渗血量大大增加了。"

费斯坦看了看手表，现在是凌晨4点钟。

"你觉得病人有多大的希望康复？"

"做CT扫描的医生态度比较乐观。"

"我问的不是他的意见,而是你怎么看!"

"坦白地跟您说,我不知道。不过,我的直觉告诉我,这么晚把您喊起来还是值得的。"

"好吧,如果你不能把他救回来,那我可就要怪你的直觉了。CT胶片在哪里?"

"已经输入了神经导航仪。手术野❶也标出来了,相关数据和影像会通过医学数字成像系统传送,我还启动了心电图机,初步设定了手术流程。"

"好,那我们可以在一刻钟之内开始手术。你能挺得住吗?"教授一边穿着手术服一边问道。

"请准确说明您这个问题具体的指向!"劳伦帮他在背后系上了扣子,语气却一点也不客气。

"我指的是你应该很累了。"

"您真是够固执的!"她嘟囔着说,从衣橱里又拿了一对无菌手套出来。

"如果我掌管着一家航空公司,我当然会担心我的飞行员是不是足够精神。"

"您别担心,我的两只脚都好好地待在地上呢。"

"那么,现在在手术室里的这个外科医生到底是谁?手术帽底下的那个面孔,我好像不认识啊。"费斯坦举起双手问道。

"这个就说来话长了。"她感到有点尴尬,"他马上就走,来这里只是

---

❶译者注:术前准备的手术部位的范围,也就是手术时的操作范围,手术野外的地方需要用无菌布遮盖。

帮帮忙而已。"

"他的专业是什么？今天晚上我们人手不太充足，不管谁来帮忙，我们都欢迎。"

"他是心理科医生！"

费斯坦愣在了那里。就在这个时候，诺玛走进了术前准备室。她给教授穿上了手套，还帮他整理了一下手术服。这位护士姑娘看着老教授风度翩翩的样子，一脸的陶醉。费斯坦把嘴凑到他的学生耳朵旁边，低声说道：

"她觉得我老了以后越来越像肖恩·康纳利了。"

就算是隔着外科医生的口罩，劳伦仿佛都能看到此刻他脸上泛起的笑容。

就在这个时候，著名的重症监护医师劳伦佐·格拉雷利大力推开门走了进来。他是大学附属医院研究中心的教授，在加利福尼亚已经待了20年，讲话时从来都是那么优雅，如阳光一般灿烂，让人一下子就能联想到他身上意大利威尼斯人的血统。

"哎，"他夸张地张开双臂大声嚷嚷，"究竟是什么事这么紧急，连等一下都不行啊？"

医疗团队的成员纷纷进入了手术室。令保罗感到十分惊诧的是，每一个人走进来的时候都会喊他医生，跟他打招呼。劳伦冲他使了一个眼色，意思是让他赶紧离开，可是，就在他走向门口的时候，麻醉师却喊住了他，请他帮忙准备静脉输液的药包。一时之间，豆大的汗珠顺着保罗的手术帽边沿不停往下淌，格拉雷利看到他这个样子，不禁有些疑惑。

"就算是我的小指头尖都能感觉得到，您好像已经提前热好身了啊，我亲爱的同事。"

保罗点了点头算是回答，他颤抖着手举起血浆包，挂到了输液支架上。另一边厢，劳伦通过电脑展示着病人脑部CT扫描不同角度的截层图，向医疗组其他成员很快地介绍了一下相关情况。

"我们等到颅内血压降下来以后，再进行一次超声波扫描，看看情况怎么样。"

费斯坦转身离开电脑屏幕，向病人走了过去。当看到阿瑟的面孔时，他不禁往后倒退了一步，心里在感谢上苍，幸亏戴着外科手术的口罩，别人看不到他脸上此刻的模样。

"没事吧？"诺玛感受到了教授心中的涟漪。

费斯坦离开了手术台。

"这个年轻人怎么会来到我们医院的？"

"这是一件很离奇的事情，我猜您可能不会那么容易相信。"劳伦说话的声音低得几乎听不见。

"我们接下来有足够的时间听你讲故事。"他在神经导航仪后面落座，对劳伦坚持着自己的要求。

劳伦于是讲述了阿瑟回家后病情加重，在一片混乱当中被第二次送往急诊室的经历，而这一次很不幸，他去的是圣佩德罗信使医院，落入了布里松的手中。

"为什么你在第一次给病人做诊断的时候，没有更深入地看一看他的神经系统是否有问题？"费斯坦一边检查着他面前仪器的状况，一边问道。

"病人头部没有外伤，不存在失去意识的状况，运动神经方面的数据看起来也挺不错的。一直以来给我们的命令不就是要尽量减少昂贵而又没有什么用处的医疗检查开支嘛……"

"你从来就不是一个乐于服从命令的人。可别告诉我说，你今天突然就决定从此洗心革面要做乖乖女了，这还真的算不上是你改写人生的好机会呢！"

"我当时完全没有要为病人感到担心的理由。"

"那么，布里松……"

"还是那么自以为是。"劳伦抢着说。

"他就这么让你带走了他的病人？"

"也不完全是这么回事……"

保罗故意发出了一阵强烈的咳嗽。手术室里所有的人都看着他。格拉雷利离开了自己的位置，走到他身边轻拍着他的后背。

"您确定自己没有什么问题吗，亲爱的同事？"

保罗对他面前的这位麻醉师点了一下头，然后走开了。

"啊，这真是个好消息！"格拉雷利喊道，"既然您对这一点非常有信心，那么如果您能够控制好自己，不让这间屋子里到处都飘着您的伤寒病菌的话，我跟我所属的这个医疗团队所有成员，都将对您感激不尽。我其实是在为躺在这里的这位亲爱的病人说话，估计他哪怕只是一想到您要靠近他，就已经痛苦万分了。"

保罗感觉就好像有一整个兵团的蚂蚁正在爬上他的四肢准备安营扎寨，他靠近劳伦，在她耳朵边上说：

"趁还来得及，赶紧把我弄出去，我一看到血就会受不了！"

"我尽量吧。"年轻的女住院医生咕哝着回答。

"每当你们两个凑到一块的时候，我的人生就会经历苦难。如果将来哪一天，你们终于可以稍微像一般正常人那样来往的话，我想到那个时候我的日子一定会好过很多的。"

"您到底在说些什么啊？"劳伦感到莫名其妙。

"我知道我在说什么！赶紧帮我想个办法离开这个地方，否则我就要翻白眼昏过去了。"

劳伦离开了保罗。

"您准备好了吗？"她问格拉雷利。

"准备得比现在更好那是不可能了，亲爱的，我在等着开始的信号呢。"麻醉师回答道。

"还要等几分钟。"费斯坦宣布。

诺玛在阿瑟头上设好手术野，他的面孔消失在绿色的无菌布后面。

费斯坦想最后确认一下病人的脑部X光片，他转过身来，却看见显光板上空空如也，一张胶片都没有，于是便看着劳伦，用犀利的眼神对她表示严厉斥责。

"都在玻璃墙的那一边呢，我很抱歉。"

劳伦又一次走出了房间，去找阿瑟头部的核磁共振胶片。当手术室大门关上的时候，诺玛对费斯坦会心一笑，让他的怒气平静了下来。

"所有这些都是不能容忍的。"他伸出手握住了神经导航仪的两个把手，"她大半夜的把我们叫起来，之前谁都不知道要动这个手术，我们甚至几乎都没有时间做准备工作。在这家医院里面，终归还是应该多少守一点规矩吧！"

"可是，我亲爱的同事，"格拉雷利的嗓门依然很大，"往往正是在意料之外的突发事件以及不假思索的行为当中，最能体现出一个人的才能啊。"

手术室里所有人都把脸转向了这位麻醉师。格拉雷利不禁轻轻地咳了起来。

"总之，差不多就这么回事，难道不是吗？"

劳伦正在手术准备室里收集最近一次CT扫描的数据分析资料，房间门突然猛地一下子被推开了。一个穿着制服的警察领着一位便衣探员走了进来，然后就是那个穿着白大褂的医生，劳伦对他再熟悉不过了。

"就是她，马上把她抓起来！"

"你们怎么可以进到这里来？"劳伦十分震惊地问警察。

"看起来，事态比较紧急。所以我们就带着他一起来，让他指认一下。"便衣探员指着布里松说道。

"我来这里是协助调查的。你们涉嫌意图谋杀，非法监禁一位当值医生，绑架他的病人，还偷走了一辆救护车！"

"如果您不介意的话，医生，还是让我来干属于我们的活吧。"便衣探员埃里克·布拉姆对布里松表示。

他问劳伦是否知道发生了什么事。她深深地吸了一口气，然后发誓说她的一切相关行为都是为了救那位受伤的病人。这理应属于正当防卫……

布拉姆探员说他也感到很遗憾，但判定劳伦的行为是否正当，这并不属于他的职权范围，现在他别无选择，只能为她戴上手铐了。

"真的一定要这样吗？"劳伦恳求着对方。

"这就是法律！"布里松乐坏了。

"如果您还要像这样老是抢我们的话，这里还有另外一副手铐为您准备着呢。"便衣探员表示，"我可以以非法篡夺执法机关公务人员职权的罪名逮捕你！"

"有这么一条罪吗？"男内科医生问道。

"您想要试一试吗？"布拉姆的语调十分严峻。

布里松后退了一步，让警官继续询问。

"救护车又是怎么一回事？"

"就在停车场上，我本来是打算在天亮之前还回去的。"

屋里的扩音器噼里啪啦地响了起来。劳伦和警官转过身，看到费斯坦正在手术室里冲着他们喊话。

"你们谁能告诉我，究竟发生了什么事情？"

年轻的女神经科医生双颊涨成了紫红色，她在总控台前弯下腰，抬起沉重的手臂，摁下了通话的按钮。

"对不起。"她用很低的声音说道，"我真的很抱歉。"

"警察出现在这里是不是跟躺在手术台上的这个病人有关？"

"从某种程度上讲，是的。"劳伦不得不承认。

格拉雷利向着玻璃墙走了两步。

"这是个黑帮分子吗？"他问道，语气中甚至有一丝惊喜。

"不是的。"劳伦回答，"这全都是我一个人的错。真不好意思。"

"这也没什么不好意思的。"麻醉师接着说，"我自己在您这个年纪的时候，也曾经有那么两三次开玩笑开得过火了，结果不得不跟宪兵在一起待了几个晚上。话说回来，他们的制服可是要比您这位警察的好看很多呢。"

探员布拉姆靠近麦克风，打断了这位重症监护医师的激情。

"她偷了一辆救护车，把这个病人从另外一家医院搽走，带到了这里。"

"她一个人干的？"麻醉师简直兴奋到了极点，"这个女孩真是太了不起了！"

"她还有一位同谋。"布里松忍不住吭声了，"我敢肯定他就在医院的大堂里，对，这家伙，必须把他也逮起来。"

费斯坦和诺玛同时转身去找手术室里那位一直没有报上大名的医生，但令他们大吃一惊的是，那个人竟然消失不见了。此刻，保罗正蜷缩在手术台下面的狭小空间里，他实在想不明白，今天晚上怎么可以演变成这样一场噩梦。要知道，就在几个小时之前，他还在那么幸福而宁静地跟一个迷人的女人共进晚餐呢。

费斯坦走到玻璃墙跟前，问劳伦为什么要做这么愚蠢的事情。他的学生抬起头看着他，眼睛里满满的都是悲伤。

"布里松会害死他的。"

"晚上好，教授。"她口中这位年轻的男住院医生现在简直乐得合不拢嘴，"我要立即重新接管我的病人。您不可以进行这台手术，我要把他带走。"

"我强烈地质疑这一点。"费斯坦愤怒地表示反对。

"教授先生，我想请您还是按照这位布里松医生说的办吧。"警探有些为难地说。

格拉雷利悄悄地向后一直退到了手术台边上。他检查了一下阿瑟的身体状况，然后把他手腕上面的一个电极接头拔了下来。心电图机的警报器瞬间在手术室里回响起来，格拉雷利马上把手高高举向天空。

"好啊好啊！你们讲吧，继续在这里讨论吧，眼睁睁地看着这个年轻人的状况越来越糟糕。除非这个令大家烦死了的先生愿意承担他导致我们这位病人病情无法避免地恶化的后果，否则现在真的是时候要给病人动手术了。不管怎么说，麻药已经开始起作用，现在也不可能把他搬来搬去的了！"他最后下了断言，暗自有些得意。

诺玛虽然戴着手术口罩，依然无法遮掩脸上此刻泛起的笑容。布里松，气得都快要疯掉了，愤愤地伸出一根手指着费斯坦。

"你们全都要为这件事付出代价！"

"我也相信我们之间的账还没有算完，年轻人，现在请您离开这里，让我们安静地工作！"教授讲完之后转过身，连看都没有看劳伦一眼。

探员布拉姆把手铐戴上，然后挽着年轻的女神经科医生的手臂往外面走，布里松紧跟在他们后面。

"至少，我们还可以说，"格拉雷利把电极接头安回到阿瑟的手腕上，接着说，"这可真是一个非同寻常的夜晚啊。"

手术室陷入一片沉寂，只剩下仪器运转时的嗡嗡声音。麻醉剂顺着静脉注射的导管往下流，一直流到了阿瑟的血管里。格拉雷利检查了一下病人血液里的含氧量，然后向费斯坦示意，手术终于可以开始了。

⚜

劳伦进了探员埃里克·布拉姆那辆没有警方标志的车里，而布里松则坐到了穿着制服的警察车上。来到加利福尼亚大街路口的时候，两辆车分道扬镳。布里松回去圣佩德罗信使医院继续值班。他打算等到天亮以后再去警察局录口供。

"他当时的情况真的很危险，是吗？"探员问道。

"他现在也还是一样很危险。"劳伦坐在汽车后座上回答。

"那这个布里松在这里面又起了什么作用呢？"

"倒也不是布里松把他撞到了橱窗里面，不过可以这么说，布里松的无能使得情况变得更加严重了。"

"那么也就是说，您救了这个人的命喽？"

"当您把我逮捕的时候，我正打算给他做手术。"

"您一直都会为您的病人做这种事情吗？"

"可以说是也可以说不是。嗯，总是想着要救病人，是的；把病人从另外一家医院里面掳走带出来，不会。"

"您为了一个陌生人冒这么大的风险？"探员接着说，"这一点，您可真是让我大开眼界了。"

"这不正是您每一天在做的事情吗？为了陌生的人甘于冒险。"

"是没错，不过，我是一名警察。"

"而我，是一名医生……"

汽车驶进了唐人街，劳伦请求警官打开车窗，尽管这真的不符合规程，但他还是答应了，今天晚上，他实在是已经受够了这些所谓的规程。

"那个家伙真的很令人反感，可是我别无选择，您能理解吗？"

劳伦没有回答，她把头靠在了车窗玻璃上，呼吸着现在已经吹到这个城市东部的海风。

"我喜欢这一块地方，甚于其他全部。"她说道。

"如果换一个场合的话，我或许能带您去尝一尝天底下最好吃的烤鸭呢。"

"您说的是'唐氏兄弟'酒楼吗？"

"您还挺熟悉这一块的啊？"

"那是我的'饭堂'，嗯，应该说曾经是，我已经有两年的时间没空去那里了。"

"您担心吗？"

"我情愿现在跟他们一起，在那间手术室里，不过，费斯坦是这个城市里最好的神经外科医生，所以，不，我其实没有理由感到担心。"

"您以前有没有试过在回答问题的时候只需要说'是'或者'不是'？"

她笑了。

"您真的这么干了，就一个人？"探员继续说。

"是！"

车子停在了第七区的停车场上。探员布拉姆帮着劳伦下了车。两人一起走进警察局之后，他就把她移交给了在那里执勤的警官。

⁂

娜塔莉亚并不喜欢在晚上跟她的男朋友隔得那么远，可是从午夜12点到清晨6点这个时间段是可以计双倍工资的。再过三个月，她也可以退休了。她家那位脾气很臭的老伙计已经答应要带她出去转一圈，那可是她多年来一直梦想的奇幻旅行啊。等到今年秋天快要结束的时候，他们就会一起飞去欧洲。她要在埃菲尔铁塔的下面跟他接吻，他们可以一起畅游巴黎，然后就去威尼斯，在神的见证下最终结合为一对永远的伴侣。只要心中有爱，何妨耐心等待。到时候也不会搞什么特殊的仪式，他们就只是简简单单地两个人一起去找一家小教堂就好，在那座城市里，像这样的小教堂至少也有十几个吧。

娜塔莉亚走进讯问室，抄下了劳伦·克莱恩的身份证号码，这是一个神经外科医生，据说她盗走了一辆救护车，还从一家医院里掳走了一位病人。

娜塔莉亚把她的记事本搁在了台面上。

"我干这一行也见过不少新奇古怪的事情，但您这一桩还真是前所未有呢。"她从电炉上拿下咖啡壶的时候如是说。

　　她久久地盯着劳伦。在30年的警察生涯里，她进行了那么多次问话，以至于现在她很快就能判断一个嫌犯是否在讲真话，甚至都用不了对方犯下罪行时所需的那么长时间。年轻的女住院医生决定好好配合，除了与保罗共谋这一点，其他就完全没有什么可隐瞒的了。她承担了一切责任。就算上天让她再选择一次，她处理这件事的态度也不会改变。

　　半个小时过去了，劳伦还在不停地讲述，而娜塔莉亚一直就那么听着，只是时不时会起身倒一点咖啡。

　　"我说的这些话，您一句也没有记下来啊。"劳伦终于发现了这个情况。

　　"我来这里不是为这个。明天早上会有一名警探过来办案。我建议您在把您刚才跟我讲的这一切告诉其他人之前，最好还是先耐心等一下您的律师吧。您的那位病人，他能活过来吗？"

　　"这个只有在动完手术以后才能知道，为什么要这么问？"

　　假如劳伦真的能够把他救活过来，娜塔莉亚在想，那或许就能够打消圣佩德罗信使医院的管理层对劳伦提起民事诉讼的念头。

　　"真的就没有办法让我出去一会儿，回医院完成那个手术吗？我发誓明天早上一定会到这里来报到。"

　　"首先得有一位法官来确定您要缴纳多少保证金才能取保候审。而这个，就算是在最理想的情况下，恐怕也要等到明天下午才会有法官前来处理，除非是您的那位同行愿意撤诉。"

　　"想都不要想。当初我们在大学里面的时候，他没能得手，现在逮到机会了，那还不报复个够啊。"

　　"你们以前认识？"

　　"在大学读四年级的时候，他是我的同桌，我当时也是受够了。"

"哦，他是越过界了吗？"

"有一天，他把手放到我的大腿上，我当场就翻了脸。"

"然后呢？"

"我能等律师在场的时候再跟您讲这个吗？"劳伦俏皮地说道，"那个时候是在上分子生物课，我狠狠地扇了他一耳光，整个阶梯课室的人都听见了。"

"记得当年还在上警察学校的时候，我也曾经把一个年轻的探员用手铐铐了起来，因为他很放肆地想要吻我，结果却被锁在他那辆车的车门把手上，挂了一整个晚上，好惨啊。"

"后来，您就再也没有遇见过他了？"

"我们两个马上就要结婚啦！"

娜塔莉亚对劳伦说抱歉，按照规章制度，她不得不把她关起来。劳伦看了看讯问室尽头那一间装着铁窗的小黑屋。

"今天晚上挺平静的！"娜塔莉亚继续说道，"我就留着铁门不关了。如果您听到有人走过来，就自己把门关上吧，否则，有麻烦的那个人就该是我了。在电炉下面那个抽屉里有咖啡，杯子和碟子在小壁橱里面。您最好不要干蠢事。"

劳伦对她表示感谢。娜塔莉亚离开房间，回办公室去了。她还要完成自己的夜班记录，在这上面留下那个年轻女子的身份信息，此人被逮捕并带到第七区警察分局的准确时间是凌晨4点35分。

— ❦ —

"现在几点了？"费斯坦问。

"您累了？"诺玛回答。

"大半夜的被叫起来，现在又连续做了一个多小时的手术，我倒是看不出我哪里应该感到累了。"老外科医生嘟嘟囔囔地说。

"真是有其父必有其子啊，对不对，我亲爱的诺玛？"麻醉师格拉雷利接过了话茬。

"您说这话是什么意思啊，我亲爱的同事？"费斯坦表示疑问。

"我一直在想，您那位得意门生是在哪里修炼来的那一套口才，那么特别。"

"按照您这个逻辑，我是不是可以得出这样的结论：您的学生到医院工作的时候，也跟您一样，讲话总是要带一点意大利口音？"

费斯坦在阿瑟的头盖骨上切开一个口子，安下了导流管。一瞬间，血液马上倒灌出来，流到了管子里面。脑部硬膜下的血块终于开始消肿了。然后，激光显微切割针准备就绪，接下来的任务就是要找到并处理出现状况并导致渗漏的那条血管了。神经导航系统的探针一毫米一毫米地向前挪动。颅腔里的血管出现在监控器的显示屏上，看起来宛如一道道地下的暗流。到目前为止，在这个人类智能中心地带的奇妙"旅行"一切进展顺利。不过，在导航器"船头"的这一边和那一边，到处都是大块大块灰白的小脑组织，就好像是一堆有无数道闪电划过的星云。一分钟又一分钟，探头硬是挤出一条道来，朝着终点一路向前。可是，在最终到达目标颅内血管之前，还需要很长很长的一段时间。

娜塔莉亚听着上楼的脚步声就已经知道那是谁了。警探皮尔盖茨的脑袋从门缝里伸了进来。头发乱糟糟，一脸的络腮胡子看上去灰头土脸，他把一个绑着栗色带子的白色小包摆在了桌子上。

"这是什么啊？"娜塔莉亚很好奇地问。

"一个男的，因为你不在他的床上就一直睡不着觉。"

"你这么想我啊？"

"不是想你，是你的呼吸，就像摇篮曲一样。"

"总有一天你能办到的，我敢肯定。"

"办到什么？"

"就是简简单单地承认，没有我你就活不下去了。"

老警探一屁股坐到了娜塔莉亚的办公台上，然后从口袋里掏出香烟盒，拿了一根叼在嘴上。

"既然你当这份差也就还剩下几个月了，那我不妨破一破例，跟你分享一下我在多年丰富的现场调查经历中所取得的丰硕成果。在最终得出一个结论之前，你必须把自己手中掌握的所有线索全部重组起来。具体到你这个案例，现在在你对面的是一个六十来岁、矮矮胖胖的家伙，他离开纽约只为了跟你生活在一起；还是这个老好人，今天凌晨四点钟就从他的床，当然也是你的床上爬起来，开着车穿过整个空空荡荡的城市，去到某个地方停下来，为你买带馅的炸糕，尽管他自己由于胆固醇太高本来应该是离蛋糕店越远越好的——喏，这个袋子里装的就是甜心炸糕，他刚刚才摆到了你的台面上。现在，你还想要他为你提供一份证词笔录吗？"

"我还是更想要你跟我一起到教堂宣誓！"

娜塔莉亚一把从皮尔盖茨的唇间拿下了香烟，取而代之的是一个热吻。

"这还真是不赖呢，这个，你的调查有很大的进展！"退休探员继续说道，"你能把香烟还给我吗？"

"你这是在公共场所，禁止吸烟！"

"除了你跟我之外，我也没看见还有多少人哪。"

"这你就搞错了，2号牢房里还有一个年轻的女人呢。"

"她难道还会对香烟过敏？"

"人家是大夫！"

"你们把一个医生锁起来了？她犯了什么事啊？"

"这件事离奇得就跟一场梦一样，干这一行啊，我恐怕真是要看尽人间百态了呢。她偷了一辆救护车，然后把一个陷入昏迷的病人偷偷带出了……"

娜塔莉亚话都还没讲完，皮尔盖茨已经像弹弓一样弹了起来，直接奔着走廊冲了过去。

"乔治！"她喊了起来，"你已经退休了！"

然而，老警探并没有掉转头，而是直接拉开了那间讯问室的房门。

"我就知道会是这样。"他嘟囔着走进去关上了门。

<hr />

"我想我们已经很接近了。"费斯坦转动着导航仪的把手。

麻醉师格拉雷利俯身去看他面前的监控器，然后马上增加了病人的输氧量。

"您那里有问题吗？"外科医生问。

"血液里的含氧量在下降，您先等一会儿，再给我几分钟。"

护士走向挂着输液瓶的吊钩，调了调静脉注射的剂量，然后检查了一下盖在阿瑟鼻子上的氧气面罩。

"一切正常。"她表示。

"看起来好像是稳定了。"格拉雷利的语气平静了一些。

"现在我能继续了吗？"费斯坦问。

"是的，不过还是有点担心，因为我甚至都不知道这个人是不是有先天性心脏病。"

"我要插入第二根导流管了，血流得到处都是。"

阿瑟的血压下降了，显示在监控屏上的生命值数据倒还不至于令人感到不安，但却足以让麻醉师一直紧绷着心里的那根弦。尤其是病人血液中所含的气体成分分析结果更加应当引起注意。

"我们越早让他醒过来越好，他好像对这个麻醉剂的反应不是很好。"格拉雷利继续说道。

心电图机显示屏上的曲线又一次出现了异动，Q波❶的形态并不是很理想。诺玛盯着这个小小的显示器，屏住了呼吸，然而绿色的生命线很快又恢复了正常的轨迹。

"好险啊，差一点点。"护士放下了手中抓着的心脏除颤仪电极板。

"我倒是希望有人能做一下超声波扫描比对。"费斯坦接着说，"唉，我们今天晚上还是缺了一个医生。可是，该死的，她究竟都干了些什么啊？他们总不至于要把她扣留一整个晚上吧！"

说到这里，费斯坦暗自发誓一定要亲自跟那个混蛋布里松做一个了断。

---

❶译者注：心电图记录中在出现向上的波之前出现的明确的向下的波形。

劳伦走到"铁笼子"最里面的板凳上坐下。皮尔盖茨拉开门，发现并没有上锁，禁不住笑了。他朝着旁边的小方桌走过去，拿起咖啡壶给自己倒了一杯咖啡。

"关于这间牢房门的事，我什么也不会说，而您嘛，我往咖啡里面放奶的事，您也就不要说了吧。我的胆固醇有点高，她如果知道我喝奶要不高兴的。"

"她并没有错啊！您的胆固醇，有多高？"

"您难道就没有留意到这间房子的'装饰'风格有点特别吗？我到这里来可不是找您看病的。"

"至少，您还在坚持吃药吧？"

"那些药会影响我的食欲，而我可喜欢吃东西了。"

"您可以要求换一种药嘛。"

皮尔盖茨浏览了一下出警记录，本来应该由娜塔莉亚填写的口供部分却是一片空白。

"她应该是对您挺有好感的。那又有什么办法呢，她就是这样子啊，性情中人嘛！"

"您这是在说谁啊？"

"说的是我的老婆。就是她，忘了记下您的口供；同样还是她，忘了把您这间牢房的铁门关上。她年纪大了就总是心不在焉的，真荒唐。那么，您'绑架'的那个病人又是谁啊？"

"他的名字好像是阿瑟·阿什比，如果我没有记错的话。"

皮尔盖茨向空中摊开双手，一副很沮丧的样子。

"如果您问我对这事的看法，我想说的是，没有这么巧吧！"

"您能说得更明白一些吗？"劳伦觉得很奇怪。

"他当年在我职业生涯的最后那几个月就差一点毁了我的名声，现在，您可别告诉我说您打算接过他的班，又要来毁掉我的退休生活，嗯？"

"您说的这一切，我怎么完全都听不懂。"

"我担心的就是这个！"老警官叹了一口气，"他现在在哪里？"

"在旧金山纪念医院，神经外科手术室里，我本来此时此刻就应该在那里，而不是在这个警察局里浪费时间。之前，我曾经请求您的老婆放我回去，我跟她保证，一定在做完手术以后马上回到这里，可是她不答应。"

老警官站了起来，又往杯子里倒了一些咖啡。他把背对着劳伦，舀了一勺砂糖，放进了咖啡里面。

"可不就差这个了嘛！"他说话的嗓门有点大，却是为了盖过小勺在杯子里搅拌的声音，"她还有三个月就要退休了，我们已经订好了去巴黎的机票。我知道，对于你们两个来讲，这恐怕就好像是一场游戏，但是你们不能够把别人不当回事，可别再把我们这件大事给搅黄了。"

"我怎么不记得我们以前是认识的啊，您这一路碎碎念，我是完全没听明白，所以，您能够告诉我这究竟是怎么一回事吗？"

皮尔盖茨把一个装着咖啡的大口杯摆上台，然后推到了劳伦的面前。

"小心啊，挺烫的。喝了咖啡，我就带您走。"

"今天晚上，我已经给我身边的人造成了不少麻烦，您确定要……"

"我都已经退休四年了，您觉得现在他们还能对我干什么呢？就是这些家伙，当年把我的工作都搞没了！"

"那么，我真的可以回到那里去吗？"

"不仅固执，而且耳朵还不好使！"

"您为什么要这么做呢？"

"您是医生，干您这一行，就是要救死扶伤，而我是个警察，提问题应该是我们的专长。在这里要说声抱歉，因为我不得不在下一次换班，也就是四个小时之内把您带回来。"

劳伦跟着这位警察来到了走廊里。娜塔莉亚抬起头，看着她的老伙计。

"你这是要干什么？"

"你让'笼子'的大门敞开着，这不，鸟儿就飞走了，亲爱的。"

"你是来搞笑的吗？"

"你不是总抱怨说我从来都不会这么做吗？好吧，今天等你下班的时候，我就过来接你，顺便把这个小姑娘带回来呗。"

皮尔盖茨为劳伦拉开了车门，然后绕到他那辆福特水星大侯爵的方向盘后面坐好。驾驶舱里飘着一股强烈的真皮味道。

"这新车闻起来是有点呛。我那辆老奥兹莫比尔今年冬天报废了，否则的话，您要是有机会听一听它的385匹马力发动机在引擎盖下轰鸣的声音，那才叫带劲呢。我还在干警察的时候，它陪着我追犯人拉风极了，也算是立了不少功呢。"

"您喜欢老爷车？"

"也不是，咱们也就随便聊聊嘛。"

绵绵细雨在城市的上空蔓延开来，一连串雨珠打在挡风玻璃上，溅起的水花绽放如一幅美丽的油画。

"我知道我本没有权利向您提问题，可是，您为什么要把我从牢房里放出来呢？"

"您自己刚才也说了，您待在医院里，可是要比在我们警察局喝劣质咖啡有用得多啊。"

"您对于公用事业合理安排的敏感性这么强啊？"

"您难道更想要我把您带回到局子里面去吗？"

马路两边空空荡荡的人行道在夜色中一闪而过。

"那么您呢，"他继续说道，"今天晚上为什么要这么做：是因为您对于责任和义务的敏感性很强吗？"

劳伦沉默了好一会儿，转过头望着窗户外面。

"我自己也是完全不明白。"

老警探从口袋里掏出了烟盒。

"您别担心，我已经有两年没抽过烟了，就是叼在嘴里面嚼一嚼，感觉已经很满足了。"

"挺好的，这样您就能延长自己的寿命了。"

"我不知道是不是还能活更长的时间，可是总的来讲，不能继续工作，由于胆固醇太高而节食，再加上还要戒烟，这样的日子对于我来说已经太漫长了。"

他把香烟扔出了窗外。劳伦伸手开动了雨刮器。

"您有没有试过，在跟某个陌生人待在一起的时候，感觉特别良好？"

"当年我还很年轻，在曼哈顿的警察局里干活。有一天，一个女人跑到我这里来介绍自己，那时候我的办公室就紧挨着大门口，她说她刚刚被分配到调度室工作。那些年，我在市中心的街道上巡逻的时候，对讲机里噼里啪啦响着的都是她的声音。我想办法让自己值班的时间跟她同步，那个时候，我真是对她着了迷。由于我平时不太容易见着她，后来渐渐地就会不管碰见谁，也不管犯的是多小的事，都要动手抓人，这样做仅仅就是为了能够带着犯人回警察局，然后当着她的面进行交接。她很快就留意到了我的这个'小花招'，于是就提议下班跟我去喝一杯，免得我哪一天或许会因为街头转角的烟贩卖了一盒潮湿的火柴就把人家铐到局子里来。所以，我们就一起去了警察局后面的那个小咖啡厅，坐到了同一张台子上，然后，就是这个样子喽。"

"什么样子啊？"劳伦饶有兴致地问。

"如果我点燃一根烟，您不会说什么吧？"

"只能吸两口，然后就要扔掉！"

"成交！"

老警察又从口袋里掏出了一根香烟，摁下了车里的点烟器，然后继续讲述他的故事。

"那一天，在吧台前面坐着好几个同事，他们装作好像没看见我们一样，但我们两个知道，第二天，这件事就一定会传得沸沸扬扬。后来又过了好长一段时间，我才不得不承认：当她不在警察局的时候，我的心里的确是会感到有那么一点点失落。好吧，现在我算是已经回答完您的问题了吗？"

"那么，当您意识到这一点以后，您又做了些什么呢？"

"我还是继续在浪费时间。"警官如是回答。

车厢里陷入了一片沉寂。皮尔盖茨专心开着车。

"我拐走的这个人，之前跟他也就是一面之缘。我简单地给他做了一下身体检查，他走的时候脸色有些难看，一副魂不守舍的样子。然后，他的朋友就给我打电话了，说他的情况不太妙。"

警官慢慢地把头转了过来。

"我也不知道该怎么跟您解释，"她继续讲着，"不过，在挂掉那个电话的时候，因为知道他在哪里，我的心里面竟然还有一点高兴呢。"

皮尔盖茨看着他身边的这位女"乘客"，嘴角露出了一丝笑容，他弯下腰，伸手到副驾驶座位前面的储物箱里掏出了一盏红色的警灯，然后安到了车顶上。

"想必您现在一定很着急，那就让我们来玩一个小把戏吧。"

他点燃了香烟。车子在夜色中飞驰，接下来再也没有什么交通灯可以阻挡他们前进的车轮了。

❦

诺玛抹去了教授额头的汗水。再过几分钟，导航仪的探头就能抵达目的地了，那个出现异常状况的小血管已经出现在显示屏上。心电图扫描仪突然发出了一下短促的声音。手术室里所有的人都屏住了呼吸。格拉雷利整个身子前倾，研究着在他面前的屏幕上跳跃的光线轨迹。他用手掌心在监控器的顶上拍了一下，心电图数值波动的振幅终于恢复了正常。

"这台机器跟您一样累坏了，教授。"他回到自己的位置上说。

可是，这句话并没能舒缓手术室里紧张不安的气氛。诺玛检查了一下心脏除颤仪的电荷数值，更换了用来装病人脑内流出瘀血的塑料袋，然后又给手术创口周边消了毒，这才回到了自己在手术台边上的位置。

"这个过程要比我之前想象的复杂得多啊。"费斯坦指出，"病人脑回路的情况，我之前完全没有见过。"

"您觉得，会不会是动脉瘤呢？"麻醉师格拉雷利盯着心电图仪器的显示屏。

"肯定不是。看起来更像一个小的脑垂体。我先绕着它转一圈，看看它的粘连面积大不大，现在还不能完全确定是不是应该把它切割取出来。"

当导航仪的探头来到费斯坦所指的区域时，用来记录阿瑟大脑活动情况的脑电图扫描仪引起了诺玛的注意。其中一条波浪线很奇怪地摆动，猛地冲上了一个峰值，振荡的幅度之大前所未见。护士学着麻醉师的样子一掌拍在了监控器顶上。脑电图曲线十分夸张地往下一沉，然后反弹回了正常的范畴。

"您那里有问题吗？"教授问她。

按理说，只要一有异动，与仪器相连的打印装置就应该在记录纸上留下印记才对，可是这一次却一点反应也没有。一瞬之间，那一处奇怪的波纹已经到了屏幕的最右边，很快就要消失了。诺玛耸了耸肩膀，心里面想，如今在这间手术室里的所有东西，包括人和仪器，恐怕都是跟她一样已经无比疲累了吧。

"我想我可以动手切割了。现在虽然还不是很确定是否要把这个东西取出来，"教授表示，"但至少我们可以提取一些组织出来做活检。"

"您不打算休息一下吗？"麻醉师提议。

"我情愿尽可能快一点把它弄完。现在在这里的这个团队人手这么紧张，我们原本不应该在这种情况下进行这样一场手术的。"

格拉雷利并不同意他同事的这个观点，因为他自己倒是喜欢在一个比较小的团队里面工作。至少，在这个手术室里现在已经聚集了这个城市最好的几位医生嘛。不过，他决定还是把这个想法藏在自己的心里吧。这个周末，他打算驾着帆船到旧金山港湾里去转一转，因为他刚刚才买了一艘新的大帆船。

·-·❦·-·

那辆水星大侯爵开到医院的停车场里停了下来。皮尔盖茨弯腰给劳伦拉开车门。她下了车，却待在原地看了好一阵子。

"赶紧离开这里吧。"警官对她下着指令，"您还有大堆事情可以做，而不要仅仅在这里盯着我这辆车子。我这就到对面去喝一杯咖啡。但愿您能在我这个'大马车'变成南瓜之前赶回来找到我。"

"我看的不是车子而是您，我正在想应该说些什么来感谢您！"

劳伦转身向急诊室的入口奔去，她跑着穿过了大厅，猛地冲进了电梯。电梯升得有多高，她的心在胸腔里跳得就有多快。匆匆忙忙地，她套进了手术服，自己伸手到后背系好了绑带，然后戴上了手套。

气喘吁吁地，她用肘子压下了控制手术室入口开关的推杆，闸门马上就滑开了。手术室里的人都在各自忙碌，似乎没有谁留意她的到来。劳伦耐着性子等了一会儿，终于忍不住在口罩底下轻咳了两声。

"我打扰大家了？"

"不，你只是没什么用而已，与其像你这样，或许倒还不如真的能干扰到我们呢。"费斯坦回答，"我能不能够知道是什么耽搁了你这么久啊？"

"耽搁我的是警察局牢房里面的铁窗！"

"那么，他们最终还是把你给放了喽？"

"不，现在出现在这里的是我的鬼魂！"她的语气十分生硬。

这一次，费斯坦终于抬起了头。

"不要在我的面前如此放肆。"教授继续表示。

劳伦走近手术台，用眼光浏览了一下房间里的各种监控器，格拉雷利那边显示出的病人总体生命体征看起来似乎不是很理想。但麻醉师马上示意她不必担心。刚才的确是出现了一点小状况，不过现在一切似乎都已经恢复了正常。

"我们应该不需要再拖太久了。"费斯坦发话了，"我还是不要从里面取组织活检吧，风险太高了。这个年轻人将会带着脑袋里面这个有点古怪的东西继续活下去，就让医学在这个问题上继续无解吧。"

突然，房间里响起了"嘟"的一声，尖锐又刺耳。诺玛赶快拿起了心脏除颤器。麻醉师盯着显示屏，病人心脏律动出现异常，十分危急。劳伦从诺玛手里接过了除颤器的两个电极板，左右相互摩擦一下，然后放在了阿瑟的胸口位置。

"300！"她一边喊着一边放出了电流。

在电击的冲击下，病人的身体整个弯了起来，然后重重地落回到手术台上。可是，显示屏上依然是笔直的一条线，没有变化。

"我们要失去他了！"诺玛在一边说道。

"充电350！"劳伦开始发号施令，同时再一次按下了除颤器的充电键。

阿瑟的胸膛高高地冲向上空。这一次，屏幕上的绿色生命线先是往下一沉，然后又恢复成一道令人悲伤的直线。

"再来，充电400，静脉注射5毫克肾上腺素，再加上125毫克甲强龙。"劳伦狂吼着。

麻醉师马上就执行了这个指令。就那么一会儿的工夫，在费斯坦教授事无巨细一览无遗而一切尽在掌握中的眼神注视下，年轻的急诊室女医生很快接掌了手术室里的话语权。

心脏除颤器刚一充满电，劳伦就再次按下了电极板。阿瑟的身体向上极度伸展，仿佛是要尽最后一次努力留住即将远去的灵魂。

"诺玛，再来一管5毫克的肾上腺素，还要一个单位的利多卡因，快点！"

费斯坦看了看显示屏上没有任何变化的直线，走到劳伦跟前，把一只手放在了她的肩膀上。

"我想，我们恐怕已经尽了最大的努力了。"

可是，年轻的女急诊室医生一把从诺玛手里面夺过了针管，然后毫不犹豫地插到了病人的胸口位置。

她的这个动作完成得真是精准，针头不偏不斜正好从两根肋骨之间扎入，穿过心包，也就刺进心脏壁仅仅几毫米。很快，针管里的溶液就渗入整块心肌的各个纤维末梢。

"我不准你就这么放弃，"劳伦怒不可遏地低声吼着，"你给我顶住！"

她又拿过了心脏除颤器的电极板，可是这一次，费斯坦拦住她，从她手里把电极板拿了下来。

"够了，劳伦，让他离开吧。"

她猛地一把推开了教授，劈头盖脸地怒喝：

"这不是'离开'，而是'死亡'！你们究竟要到什么时候才能够使用正确的词语？死亡，死亡，死亡！"她一拳打在了阿瑟了无生机的胸膛上面。

心电图记录仪持续发出的长音突然停顿了下来，取而代之的是一连串短促的哔哔声。手术室里的人全都呆住了，直勾勾地盯着显示屏上暂时还是几乎笔直的绿色生命线。可是，在显示屏另一边的尽头，这条线开始晃动起来，渐渐地越来越圆，最终形成了一个波浪曲线，整个轮廓看起来几乎已经是正常的模样。

"哈，这个，这个也不叫'回来'，而是'活了'！"劳伦大声吼道，一把又将两个电极板从费斯坦的手里夺了回来。

教授马上转身离开了手术室，一边走一边喊着说她现在大概也不需要他再留在这里帮忙缝伤口了吧，他干脆把病人还给她，自己还是回去上床睡觉好了，看来，他当初根本就不应该从床上爬起来。手术室里一片寂静，气氛很沉重，唯有心电图记录仪随着阿瑟心脏的跳动一下一下地发出哔哔的声音。

格拉雷利医生回到他的工作台前面，去检查病人血液里面的含氧量。

"至少有一点还可以说一下，那就是我们这位年轻人真的是回来了。就个人而言，我一直认为，人有时候稍微固执一点，其实也蛮有魅力的。我给您十分钟的时间，亲爱的同事，您缝好创口，然后我就能够把他带回到这个世界上来。"

诺玛开始准备创口夹子，可是在这个时候，劳伦却听到脚下传来一阵呻吟声。

她弯下腰，看见一个手臂正在下面舞动。

她跪下来，于是看到了保罗。他脸色白得就好像裹尸布一样，蜷着身子缩在手术台的罩布下面。

"您在这里干什么？"她感到十分震惊。

"您回来了？"保罗总算是憋出了一句话，声音却低得几乎听不见，然后他就彻底晕过去了。

劳伦重重地把手摁在他的人中上面，由此而引起的强烈痛感比任何促进呼吸的氯化铵效果都更强。保罗重新睁开了眼睛。

"我想出去。"他哀求道，"可是两条腿一点力气都没有，我现在感觉糟糕透了。"

劳伦强忍住才没有笑出来，她请麻醉师行行好帮忙准备一根氧气管。

"这应该是乙醚的味道吧？"保罗说话的声音都在颤抖，"闻起来有点像是乙醚啊，对吧？"

格拉雷利扬了扬眉毛，很快调好了设备，将氧气输出的量开到了最大。劳伦把氧气面罩扣在了保罗的脸上，他的面容终于恢复了一丝血色。

"啊，这个真好。"他表示，"现在感觉舒服多了，我现在这个样子是不是有点像在登山啊？"

"您别说话，深呼吸。"

"哦，真可怕，我刚才听到的那些声音，还有那边尽头的这袋东西，里面装的可都是血啊……"

保罗又昏了过去。

"我也不想打断你们这段'私密谈话'，亲爱的，不过，现在应该是时候为我们的病人缝合伤口了，他就躺在你们上面这张小床上！"

于是，诺玛接替了劳伦，当保罗自我感觉好一点之后，她就给他绑上眼睛，帮助他站了起来，然后扶着他跟跟跄跄地朝着手术室的门口走去。

来到隔壁的房间，护士让保罗躺在床上，她感觉最好还是让他继续吸氧，于是就把一个氧气面罩又安在了他的脸上。诺玛实在忍不住心里的好奇，她问他的专业究竟是什么，然而保罗却直勾勾地看着诺玛衣服上的斑斑血迹，两只眼睛眼看着又要往上翻了。诺玛伸手拍了拍他的脸庞，等到他恢复意识之后，她就离开他，回到手术室里去了。

凌晨6点，劳伦佐·格拉雷利开始了唤醒程序，这个过程微妙棘手，并不容易。20分钟过后，诺玛推着全身包得严严实实的阿瑟走向重症监护室。

劳伦也跟麻醉师一起离开了手术室。两个人来到隔壁的房间，脱下手套，默默地在水池边洗着手。在离开这间手术准备室之前，格拉雷利又向劳伦转过身，非常认真地看着她，然后说如果她愿意的话，以后他还可以跟她一起合作做手术，因为他非常欣赏她工作的方式。

年轻的女急诊室医生一屁股坐在了洗手池的台子边，筋疲力尽。她把头埋在两个手心之间，当所有人都离开，这里只剩下她一个人的时候，她终于放声痛哭起来。

<hr />

清晨的重症监护室一片宁静。诺玛调整好鼻管，然后检查了一下输氧量。氧气面罩上的球体随着阿瑟的呼吸很有规律地松一下又紧一下。她重新粘好胶布，确保导流管里没有漏进空气。这样，吊瓶里的溶液就能顺着流进病人的血管里了。接着，她填好了手术简报，把病人移交给了下一班的护士。在病房外长长的走廊尽头，她看到费斯坦拖着有些沉重的脚步在向前移动。教授最终推开了通往手术准备室的合页门。

<hr />

劳伦抬起头揉了揉眼睛。费斯坦坐到了她的旁边。

"这个晚上挺难熬的，对吗？"

劳伦盯着她脚上依然套着的无菌便鞋，伸手摆弄了一下，就好像是在触碰两个可笑的玩偶，却没有回答教授的问题。没错，她是有些冒险，缺乏慎重考虑，但手术的结果表明她这样做是有充分理由的。教授继续表示，因此在这里，他想要请她接受他个人诚挚的歉意。她还说，今天晚上，他平时教给她的东西终于结出了硕果。劳伦抬起头望着她的老师，一时间有些不知所措。他挺直了身子，伸手揽住了她的肩膀。

"你拯救了一个我原本可能会放弃的生命！看来，我也该是时候退休了。现在，我就来教你最后一样东西。"

眼角绽开的皱纹流露出老教授内心此刻再也难以掩饰的温柔，他站了起来。

"要平静地接受你不能改变的事实，但与此同时，也要勇于做出力所能及的改变，而最最关键的，是你要能够清楚地分辨以上两者的边界。"

"要到多大年纪的时候才可以做到这一点呢？"劳伦问眼前的这位老人。

"马克·奥勒留❶直到他生命的最后一刻才明白这个道理。"他将手背在身后往外面走，"所以，你还是有时间去慢慢体会的。"话音刚落，他已消失在门的那一边，在他身后，两扇活页门重重地关上。

劳伦又在房间里面待了一会儿。她看了看表，想起了之前的承诺。有一位老警探还在医院对面的咖啡馆里等着她呢。

她来到走廊里面，在重症监护室的窗户跟前停了下来。紧挨着拉上了窗

---

❶译者注：古罗马皇帝，生于公元121年，死于公元180年，著有《沉思录》流传后世。

帘的窗户有一张床，床上躺着一个全身插满各种管子和线路的病人，他刚刚从死神那里回到人间，看起来显然是虚弱得不得了。她就那么看着他。阿瑟的每一下呼吸，都能让她的内心充满喜悦。

在急诊室接待处，一位年轻的护士已经接了贝蒂的班。劳伦在医生值班表上擦掉了自己的名字。这个时候，此前在医学成像CT室见过的那位放射科医生也已经下班了，他迎着劳伦走过来，问她手术进展得是否顺利。劳伦陪着他走向出口，向他大致介绍了刚刚过去的这个晚上发生的情况。她并没有提及自己顶撞费斯坦的小插曲，而只是说了一下老教授更倾向于让病人体内那个小小的血管畸变维持原状。

放射科医生表示他对此倒是并不感到惊讶。病人体内的那个畸形点，在他看来几乎可以说是微不足道的，的确没有必要为此而冒险动手术拿掉。"更何况，就算带着这个样子的小'毛病'，还不是一样可以活得很好？您就是一个活生生的例子嘛。"他补充了一句。劳伦脸上的表情肯定写满了惊愕，看到她的样子，放射科医生于是解释说，她也是在枕骨内腔壁上有一个很小的奇异点。她那一次遇到车祸以后要动手术，费斯坦亲自操刀，当时也是决定不去碰这个奇怪的地方。想起那一个晚上的种种事情，放射科医生感觉就好像是刚刚发生在昨天一样。在此之前，他还从来没有试过为同一个女病患进行那么多次CT扫描与核磁共振，可以说是完全超出了正常需要的范畴。然而，这都是费斯坦作为神经科主任亲自下的指令，其中有一些要求甚至完全不容置辩，必须立刻执行。

"他为什么从来就没跟我讲过这个呢？"

"这我可就完全不知道了。不过，我想您还是不要把我们之间的这次谈话内容转述给他了。我们要保守医疗的秘密啊！"

"可是，这也太过分了嘛，我是医生啊！"

"对于我来说，您首先是费斯坦的病人！"

教授打开了他办公室的窗户，正好看到他的学生横穿马路。劳伦让一辆救护车先开了过去，然后她就走进了医院对面的那家小咖啡馆。有一个男人正在费斯坦和她来这里吃饭时经常坐的那个小包间里等着她。费斯坦转过身，坐回到他的扶手椅上。诺玛刚刚走进来，把一份文件交给了他。他打开封口，刚刚动完手术那位病人的身份信息就在里面。

"就是他，对不对？"

"恐怕是的。"诺玛紧绷着脸回答。

"他在重症监护室里吗？"

"他的身体机能显示稳定正常，神经系统方面的数值看上去也很理想。重症监护室的主任想要让他今天晚上就转到你们的病房，他们那里的床位很紧张。"护士介绍着情况。

"不能让劳伦来照顾他，否则他最后一定会忍不住违背自己的誓言。"

"他到现在为止都没有违反约定，现在有必要那么做吗？"

"他以前能够忍得住是因为没有跟她朝夕相处，而现在如果由她来跟进治疗的话，两个人不就整天在一起了嘛。"

"那么你打算怎么办呢？"

费斯坦陷入了沉思，又一次把身子转向窗户。

劳伦离开咖啡馆，上了停在门前马路边的一辆水星大侯爵。只有警察才这么大胆，敢把车子像这样停在医院急诊室对面的马路边上。他想必是来调查今晚这些事情的。突然，诺玛喊了一句，把他的思绪从远方拉了回来。

"你可以强制性安排她休假！"

"你曾经为了让鸟儿通过而尝试劝一棵树把自己弯成两半吗？"

"没有，不过，我曾经把一棵树砍成了两半，因为它挡住了我家停车场的入口！"诺玛靠近费斯坦说。

她把卷宗夹搁到台面上，伸手揽住了老教授。

"你总是一刻不停地为她担惊受怕。她又不是你的女儿！不管怎么说，就算她知道了事实真相又有什么大不了的呢？不就是她母亲同意让她安乐死吗？"

"那个说服她母亲的医生不就是我吗！"教授口里咕哝着推开了诺玛。

护士拿起文件夹，头也不回地走出了办公室。她刚关上门，费斯坦就拿起了话筒。他请接线员帮忙接通圣佩德罗信使医院负责人的电话。

❦

皮尔盖茨探员把车泊在了过去那么多年由他专用的停车位上。

"告诉娜塔莉亚，我在这里等她。"

劳伦从水星上下来，消失在警察局的围墙里。几分钟之后，这个警察局调度室的女负责人开门上了车。皮尔盖茨启动马达，开着这辆大侯爵奔向了城市的北方。

"就差那么几分钟了。"娜塔莉亚说，"你们两个把我搞得好狼狈。"

"可我们最后不还是及时赶到了嘛！"

"你能跟我解释一下，在这个女孩身上究竟发生了什么吗？你没有问过我意见就把她放出了牢房，然后竟然跟她一起消失，过了大半夜才回来。"

"你这是嫉妒啦？"老侦探窃喜。

"如果哪一天我不再嫉妒了，到那个时候，你可就真的要有麻烦了。"

"你还记得我退休之前办的最后一个案子吗？"

"当然，就好像是刚刚发生一样！"她叹了口气。

皮尔盖茨开着车转上了吉尔利高速路，他的嘴角泛起一丝微笑，这当然逃不过娜塔莉亚的眼睛。

"就是她吗？"

"差不多吧。"

"那个男的，就是他吗？"

"根据出警记录里面提到的情况来看，应该就是同一个人。至少有一点是可以明确的，那就是，这两个古怪的家伙在如何突破重重障碍带人私自外出方面，有着同样了不起的天赋。"

皮尔盖茨容光焕发，他伸出手轻抚着女伴的大腿。

"我知道，你并不认为生活当中一些小的印记可以预示生命的轨迹，可是这个，你得承认，这已经不是什么小的印记了，简直就是一整团耀眼的焰火啊。命中注定，她甚至都没怎么跟他主动靠近，却始终还是跟他凑到了一起。"警官继续说道，"我感到特别震惊的是，似乎谁也没有告诉她，这个人曾经为她做过的一切。"

"还有，她也不知道，你曾经做过些什么！"

"我？我什么也没做！"

"哦，最多也不过就是到卡梅尔那幢房子里去找到了她，并且把她带回医院而已，不，你说得对，你什么也没有做。而我现在当然也完全不是想要影射你，因为关于这起案件的档案早已莫名其妙地人间蒸发了呀。"

"这个嘛，绝对跟我毫无关系！"

"也可能是吧，不过，我倒是搞卫生的时候在家里壁橱的角落里找到了这么一份档案。"

皮尔盖茨摇开了车窗，叱责着一位没有在人行横道穿过马路的行人。

"你呢，跟那个小姑娘，你什么也没有说吧？"娜塔莉亚继续说道。

"话都到嘴边了，烧得我好心慌。"

"那你就没想办法灭灭火？"

"直觉告诉我，最好还是闭嘴吧。"

"你能偶尔把你的直觉借给我用一下吗？"

"要来干吗？"

水星滑进了警官和他女伴共同生活的那栋小屋的车库里。如向日葵般金黄色的太阳已经升起在旧金山港湾。要不了多久，它放出的光芒就将彻底驱散这清晨时分一直笼罩着金门大桥的雾霭。

❧❧❧

躺在警察局牢房里的长凳子上，劳伦一直在想她怎么可以一夜之间就毁掉自己成为神经内科医生的梦想，她可是为此没日没夜地拼命工作了整整七年啊。

━━◆❖◆━━

　　嘉莉离开了羊毛地毯。克莱恩夫人的卧室不能进去，阳台的落地窗开了一半，它从底下钻了过去，嘴巴从阳台的护栏之间伸出，眼睛盯着一只紧贴着浪花掠过的海鸥，接着它用鼻子嗅了嗅清晨新鲜的空气，然后掉过头，回到客厅里去睡觉了。

━━◆❖◆━━

　　费斯坦把话筒放回到架子上。刚才跟圣佩德罗信使医院负责人的谈话一如他事先预料的那样。他的这位医学同行将会要求布里松撤销诉讼，另外对救护车被"借用"的事情也不再追究，而至于他，虽然一度威胁对方说要召集一个医学委员会去审查他们的急诊室工作是否存在疏漏，但最终也不会再付诸实施了。

━━◆❖◆━━

　　一辆的士在苏特大街的一家法式面包店短暂停留了一会儿之后，又带着保罗继续向"太平洋高地"社区的方向驶去。

　　车子停在了一幢建筑物旁边，这里住着一位热情得有点过了头的老太太。昨天晚上，就是她救了他最好朋友的命。莫里森小姐正在遛她的小狗巴布洛。

保罗下了车，请她一起吃热乎乎的羊角面包，顺便把阿瑟的好消息告诉了她。

❖❖❖

一位护士悄无声息地走进了重症监护室102病房。阿瑟还在熟睡。她换了血袋，里面装着阿瑟脑内血肿彻底消散流出的最后一点瘀血，病人的生命体征一切正常，她感到十分满意，于是在一张玫瑰色的纸上记下了相关的情况，然后把它夹到了阿瑟的病历里。

❖❖❖

诺玛敲响了办公室的门。费斯坦伸手挽住她的胳膊，两人一起进了走廊。这还是他第一次在医院里面放任自己做出如此亲密的举动。

"我有个主意。"他说，"我们一起去海边吃早餐吧，然后我们还可以在沙滩上打个盹。"

"你今天不用工作吗？"

"我昨天晚上已经完成任务了，白天可以休息一下。"

"那我得去告诉排班的人，我也要休息。"

"我刚刚已经替你打过招呼了。"

电梯门在他们面前打开了。两位麻醉师，还有一个骨科医生正在里面热烈地谈话，看到教授纷纷点头打招呼。令诺玛没有想到的是，教授并没有放开她的手臂，而是挽着她走进了电梯。

上午十点，一位警官走进牢房，叫醒了熟睡中的劳伦。布里松医生已经撤诉了，而圣佩德罗信使医院的管理层也表示不希望再去追究他们医院救护车被"借用"的事情。警方的拖车已经把她那辆凯旋车拖到了警察局的停车场里。所以，劳伦只需要结清拖车的相关费用，就可以重获自由，回自己家去了。

站在警察局前面的人行道上，劳伦被太阳烤得有点发晕。在她的周围，这一整座城市正在苏醒。然而，此时此刻，劳伦却觉得自己异常地孤独。她坐上凯旋车，重新驶到了前一天晚上走到一半却中途变道折返的回家路上。

"我可以去看他吗？"莫里森小姐跟保罗沿着过道往前走。

"我要是能看他了，马上就给您打电话。"

"您还是直接过来找我吧。"她紧紧拉住保罗的手臂，"我可以为他准备一盒油酥饼。您明天就来拿去带给他吧。"

萝丝回到自己家里，拿了阿瑟公寓的备用钥匙，然后去那边帮他浇花。她还真有点想这位邻居了。令她大吃一惊的是，巴布洛竟然也跟着她一道过去了。

诺玛和费斯坦教授一起躺在贝克湾白白的沙滩上。他握着她的手，望向天空高处盘旋的海鸥，只见它展开两个翅膀，在空中驾驭着上升的气流翱翔。

"你为什么事担心成这个样子？"诺玛问他。

"没什么。"费斯坦回答。

"你就算离开医院也还有好多事情可以做，比如说去旅游啊，开研讨会啊，又或者是打理你那个花园啊，退休的人不都是这样生活的嘛，对不对？"

"你这是在跟我开玩笑吧？"

费斯坦转过身，非常认真地盯着诺玛看。

"你这是在数我脸上的皱纹吗？"她问道。

"你知道，我在神经外科干了40年，可不是为了最后修一修叶子花、剪一剪侧柏叶来过完这一辈子的。不过，你刚才讲的开研讨会和旅游，我倒是蛮感兴趣的，当然，前提是你得陪我一起去。"

"你竟然害怕退休到这种程度啊，竟然会跟我提出这种要求？"

"不，完全不是那么回事。现在是我本人主动要求提前退休，我想追回之前失去的大好时光，希望能够给你留下一些关于我们的美好记忆。"

诺玛坐了起来，温柔地看着这个她爱的男人。

"瓦莱斯·费斯坦，您为什么就那么固执，不愿意接受治疗呢？哪怕就只是试一试也好啊！"

"求求你了，诺玛，我们不要再谈这个话题了好吗？我们还是去旅行，不要参加什么研讨会了。等到哪一天我被'螃蟹'❶打败了，你就把我埋到之前我嘱咐过你的地方去。我希望自己是在旅游的时候离开这个世界，而不是在那个我动了一辈子手术的台子上死去，至于在台子下面的观众席上坐着等死，这种可能性就更不用考虑了。"

诺玛给了老教授深深的一吻。沙滩上的这两个人看起来就好像是一对无与伦比的甜蜜爱侣。

⋯⋯⋯

劳伦关上了公寓的门。嘉莉没有出来迎接她，它好像不在家。电话留言机上的提示灯一闪一闪的，她摁下了播放键，听到是妈妈的留言，就没有再继续听下去了。劳伦走到可以俯瞰旧金山港湾的小卧室里，拿起了手机，手指在数字键盘上轻轻地拂过。一只海鸥从贝克滩的方向径直飞过来，停在了她窗户前的电线杆上。小鸟把头歪向一边，就好像是要好好地打量她一番，然后振了振翅膀，又向着大海飞翔。她在键盘上输入了费斯坦的号码，电话那头传来的却是留言信箱的声音，她挂掉了电话，紧接着又拨通了旧金山纪念医院的总机，在表明身份之后，她请对方让当值的住院医生跟她连线。她想知道昨天晚上连夜动手术的那位病人，现在情况怎么样了。白天值班的神经科医生正在查房，于是，劳伦就留下了自己的手机号码，请对方方便的时候给她打电话。

---

❶译者注：法语口语里癌症的代名词。

保罗坐在候诊室靠墙的一排椅子上，已经等了超过一个小时。病人家属在下午一点以后才可以进去探视。

一个头上缠着绷带的女人，双手紧紧抱着装X光片的牛皮纸袋，就好像捧起的是一个百宝箱。

一个顽皮好动的孩子，在地毯上玩耍，推着一辆小车，使它沿着地毯上橙色和紫色相间的三角形图案滚动。

一位老先生，双手背在后面，迈起优雅的步子，非常仔细地研究墙上挂着的几幅水彩画复制品。如果不是空气里弥漫着那么特别的医院里的味道，人们可能还会以为他这是在博物馆里参观呢。

在走廊里，一个年轻的女子躺在担架床上，身子严严实实地裹在被子里，在她旁边有一个支架，上面挂着吊瓶，静脉注射的药水沿着管子流进了她手臂上的血管里。两个救护车随车医生分别倚在担架两边的墙上，照看着这个女病人。

那个孩子把一份报纸抓在手上，开始撕扯着里面的纸张，发出时断时续、恼人心扉的声响。孩子的母亲完全没有留意他的举动，显然她还在尽情享受着这个弥足珍贵的短暂休息时光。

保罗盯着挂在他对面墙上的大钟。终于，一位护士姑娘朝着他走了过来，可是她很快就从他身边经过，继续向自动饮料机的方向走去，原来她刚才脸上露出的微微一笑，只是对陌生人的客气礼貌而已。她站在饮料机前，翻遍了工作服上的每一个口袋，想要再找出一些硬币来，于是，保罗站起身，向她走了过去。他把一个硬币塞进了投币口，然后用询问的眼光看着女护士，一只手已经悬在了自动饮料机的智能按键上。

"一罐红牛！"年轻的女护士脸上有些惊讶。

"您都累成这样了？"保罗按下了与搁板上的饮料相对应的数字键。

弹簧开始转动，那罐饮料向着玻璃窗的方向移动，然后滚到了下面的槽口里。保罗把它取出来，递给了护士。

"喏，这是您要的提神饮料。"

"我是南希！"她向他表示感谢。

"您的名字在工作服上写着呢。"保罗显得有点郁郁寡欢。

"有什么事不对劲吗？"

"我还在等着呢。"

"等谁？医生？"

"等着开放时间，好进去探病。"

护士看了看手表。

"您想去看谁？"

"阿瑟……"

可是，他还没来得及说出他朋友的姓氏，南希马上打断了他，拖起他的手臂，带着他进了走廊。

"我知道您说的是谁，跟我来！我带您去。规章制度存在的意义，不就是总有人时不时要违反一下嘛。"

她领着他一直来到了307病房的门口。

"他本来应该在重症监护室一直待到今天晚上，不过，住院医师认为他恢复的情况很好，所以，他现在就到这里来了。我们还抽了签，我赢了。"

保罗盯着她，目瞪口呆。

"您赢了什么？"

"由我来照顾他！"她冲着他眨了眨眼睛。

一个衣橱、一把藤条椅，还有一个带轮子的台子，这就是病房里所有的家具了。阿瑟还在睡觉，鼻孔里插着氧气管子，手臂上打着点滴。他的脑袋侧向一边，头顶缠着绷带。保罗慢慢地凑上前去，努力压抑着心中几乎就要喷涌而出的感情。

他把椅子靠近床边。看着阿瑟静静地躺在那里，两人以前经历的林林总总，万千回忆瞬间涌上心头。

"我看起来是什么样子啊？"阿瑟细声说道，眼睛都没有睁开。

保罗轻咳了两声。

"你看起来就好像一个喝得烂醉的土邦主。"

"你还好吧？"

"咱们先不管这个，你呢，感觉怎么样？"

"头还有点疼，我感觉很累。"阿瑟的声音听起来还很迷糊，"我搞砸了你晚上安排的'节目'，对吧？"

"这个事情我们得这么看：你啊，其实是都快把我给吓死了。"

"别老耷拉着个脸，保罗。"

"你的眼睛不是闭着吗！"

"就算闭着眼睛我也知道。你啊，还是别再担心了。医生们都说了，只要血肿消了，就能很快康复。你瞧，我这不就是活生生的例子嘛！"

保罗向窗口迈了一步。窗户下面就是医院里面的花园。一对夫妇沿着两边布满花丛的小道慢慢地往前走。男人穿着睡袍，扶着他的腰。他们走到银白色的菩提树下，在一张凳子上并肩坐了下来。保罗依然望着外面。

"我这个人还有太多的毛病，所以到现在为止都没有遇到真正命中注定的那个人，不过你知道吗？我也想改变一下。"

"你想改变什么？"

"我想改掉自私的毛病，比如说明明是我坐在你的病床前面，但现在却要让你来为我担心，讨论我的问题。我想变成像你这样。"

"你是说像我这样包着脑袋，头重得像抹香鲸一样，痛起来要死要活的？"

"我是说，要像你那样全心全意地投入，一点也不害怕；把对方的缺点都看作美丽的风景。"

"你想说的是'爱'吗？"

"差不多就是这么回事吧，是的。你干的这些事真是令人难以置信啊。"

"你是说我被一辆摩托车撞翻这件事？"

"我是说你毫无保留地继续爱着她，你懂得如何只对她一个人倾注所有的感情，同时又尊重她的自由，只要知道她的存在就足够了，却并没有强求要再看到她，而你这么做，却只是为了保护她。"

"这不是为了保护她，保罗，而是要给她时间，让她能够找回自我。假如我告诉她真相，假如我们再经历这一段往事，那很可能就会导致她偏离原来的生活轨迹。"

"你就打算这么一直等下去？"

"一直等到天荒地老。"

护士悄无声息地走了进来，向保罗示意，探视病人的时间已经结束了，阿瑟需要好好休息。难得有一次，保罗乖乖听命而没有争辩。当他来到门口的时候，他转过身，望着阿瑟。

"以后再也别这么吓唬我了。"

"保罗？"

"嗯。"

"昨天晚上，她也在场，对不对？"

"你先休息吧，我们晚一点再讨论这个问题。"

保罗进了走廊，感觉好沉重好累。南希快步在电梯口赶上了他，跟他一起进了电梯，然后摁下了到三楼的按键。低下头，南希望着自己的鞋尖。

"您知道吗，其实您并没有您自己说的那么不堪。"

"您是没看见我穿着外科医生手术服时候的样子呢！"

"是没有，不过我听到了你们刚才的谈话。"

保罗看起来似乎不太明白她在说些什么，于是她就直接望着他的双眼，告诉他，她其实也想有一位像他这样的朋友。就在这个时候，电梯来到了三楼，门打开了，她踮起脚，在他的脸颊上印下了一个吻，然后就走开不见了。

❖❖❖❖❖❖

费斯坦教授在劳伦的语音信箱里留了言。他希望能够尽快跟她见一面。他表示今天晚上之前，他会到她这里来一趟。不过，他并没有说这是为什么，然后就挂掉了电话。

"我不知道我们是不是应该这么做。"克莱恩夫人说。

费斯坦收起了手机。

"现在才改变计划，您不觉得太晚了吗？再也不能失去她了，您不是一直这么跟我说的吗？"

"现在我也不知道了。或许，还是把真相告诉她吧，这样我们两个就再也不用背负那么沉重的包袱了。"

"承认自己曾经对别人犯错，这样就能让自己的良心过得去，想法听起来是不错，不过，这其实说到底还是自私啊。您是她妈妈，的确有理由担心她将来不能原谅您。至于我，我不能忍受的是，她有一天会知道我曾经放弃她，会知道我竟然打算切断她的生命线。"

"您那么做确实是有根据的，在这个事情上，您完全不必过于责备自己。"

"对于我来说，这个事情的所谓真相并不重要。"教授接着说，"重要的是，假如是我处在她当时的境地，假如我的命运要由她的医学判断来决定，我知道她无论如何也不会轻言放弃。"

劳伦的母亲坐到了旁边的一张凳子上。费斯坦也跟着坐了下来。老教授目光呆滞，他的视线消失在这个小游船码头平静的水面之下。

"我还剩下最多18个月的时间了！在我离开以后，您觉得该怎么做就怎么做吧！"

"我还以为您到年底就打算退休了。"

"我说的不是我退休的时间。"

克莱恩夫人把手放到了老教授的手上面。他的手指都在颤抖。从口袋里面拿出一个帕子，他擦了擦自己的额头。

"我这一生中救了无数的人，但我想我恐怕从来也没懂得应该怎么去爱他们，唯一令我感兴趣的就是治疗本身。面对死亡和疾病，我赢得了胜利。我以为自己比死亡和疾病更加强大，但好吧，其实只是暂时而已。我甚至都没能为自己在这个世界上留下一个孩子。对于一个号称要全身心致力于拯救生命的人来说，这该是多么讽刺的一件事啊！"

"您为什么要这样保护我的女儿？"

"因为她做了我本来想做却一直没能做到的事情。当我固执己见的时候，她却勇往直前；当我只会按部就班的时候，她却总能想出好的办法；当我坐着等死的时候，她却死里逃生，继续好端端地活着。我现在心里可真是怕死了，晚上甚至会因为恐惧而惊醒，有时候真想狠狠地踹路边这些树几脚，因为连它们都比我活得更久啊。在这个世上，我还有那么多的事情没有来得及做。"

克莱恩夫人伸手拖起了教授，带着他往旁边的小道走去。

"我们这是去哪里？"

"跟着来，别说话。"

他们沿着玛丽娜格林公园的边上走着。前方靠近防波堤的位置，一群年龄很小的幼童在一个小乐园里嬉笑玩耍。三个秋千在空中越荡越高，守在下面的孩子父母一下一下不停地推着，就算是已经筋疲力尽，却依然激发身体里面最后一点潜能，丝毫不敢松懈；旁边的滑梯上面挤满了小朋友，尽管有一位老爷爷试图维持秩序，让大家一个接一个排着队来，但似乎一点也没有效果；还有一些小屁孩拿着树枝和长草，把自己打扮成侠盗罗宾汉的样子，正在向一个由木头和粗绳搭起来的"建筑"发起攻击。可是有一个小不点却卡在了红色的管道中间动弹不得，他害怕极了，不停地高声号叫。离他们稍微远一点的地方，有一位母亲正在说服她的小天使从沙池里面出来吃些下午的点心，但显然没有那么容易。而在她们旁边，一群孩子杂乱无章地高唱着印第安部落歌曲，围成一个"恐怖"的圈子，装出面目狰狞的模样，绕着圈子中央一个看起来像是保姆的年轻女孩子不停打转，还有两个小男生则自顾自地在争抢一个皮球。一时间，哭声、号叫声、各种大喊大叫的声音全部混杂在一起，拼凑成一场极不和谐的大乐章。

克莱恩夫人倚在栏杆上，端详着眼前这个迷你版的"小地狱"。她脸上洋溢着充满同情的笑容，然后转过头来望向教授。

"您瞧，就算是错过了这一切，大概也没什么好遗憾的吧！"

一个小女孩正骑在弹簧木马上玩耍，突然抬起了头。她的父亲刚刚推开儿童乐园的小栅门，走了进来。小女孩立刻下了马，朝她爸爸冲过去，一下子就跳到了在她面前大大张开的两个手臂当中。男人把她高高举起，而孩子则弓起腰，头抵在父亲的颈窝里，这个场面看起来真是温馨无比。

"嗯，您这招挺有效的。"这一下，轮到教授笑了起来。

他看了看表，表示自己这就告辞吧，跟劳伦约好的时间快要到了。他说他已经决定去做的事情可能会让她感到不舒服，但所有的一切都是为了她好。克莱恩夫人看着他一个人沿着小道越走越远。他穿过停车场，最后钻进了自己的小车。

格林大街人行道两旁排成一溜的大树被绿叶压弯了腰。这个季节，哪里都是五颜六色、缤纷灿烂。一幢幢维多利亚式建筑的小花园里到处开满了鲜花。教授摁响了劳伦家的门铃，然后爬上了楼梯。他坐在客厅的沙发上，装出最严肃的样子告诉她，她暂时被停薪留职了，接下来的两个礼拜，她绝对不可以踏进旧金山纪念医院半步。劳伦简直不敢相信自己的耳朵。类似这样的处理意见本来应该交由专门的纪律委员会来决定，而在这个过程中，她是可以为自己做出辩护的。费斯坦请她先耐心听一听他的解释。圣佩德罗信使医院方面没有什么大问题，他已经成功说服对方放弃追诉的权利，可是布里松医生就没那么好说话了，他也可以撤诉，但是有条件，那就是要对劳伦进行一定的惩罚，以做效尤。两个礼拜强制性不带薪休假，这已经是他能为她争取到的最好条件了，如果不尽快平息事端，后果可能会更加严重。尽管心里面只要一想到布里松过分的要求，就会油然升起一股难以抑制的怒火，尽管觉得像这样的混账同行犯下不可饶恕的大错竟然可以丝毫不受惩罚，这实在是令人愤恨不平，但劳伦心里面其实很清楚，她的教授这是在挽救她的职业生涯。

她最终让步，接受了处罚。费斯坦要她发誓一定严格遵守规定：无论在什么情况下，她都不会靠近医院，也不跟相关医疗组的成员取得联系，甚至就连医院对面的巴黎人咖啡馆，这段时间，她最好也不要去。

劳伦问他，那这两周的时间就这么白白浪费了，她能做些什么吗？费斯坦带着笑回答："这一次，你终于可以好好休息一下了。"劳伦看着她的教授，既充满了感激，心里面却又很生气。她得救了，但同时也输了。这一番谈话持续了还不到一刻钟。费斯坦开始恭维她房间里面的布置，还说什么这比他原来想象的更像是一个女孩子的闺房。于是，劳伦很严肃地伸出手，指着门口的方向。然后，在他们来到电梯对出的平台时，费斯坦又补充道，他已经嘱咐医院的电话总机不要转接她打过来的电话，在受纪律处分期间，她不能参与任何与医学有关的工作，就算是打电话也不行！相反，利用这一段时间，她倒是可以通过网络教学好好补一补之前落下的最后一点医学课程。

重新上路以后，费斯坦突然感到一阵强烈的疼痛袭来，一直在不停吞噬他生命的癌症刚刚又发作了。利用等红灯的机会，他揩了揩额头不断淌下的汗水。紧跟在后面的司机不耐烦了，拼命摁着喇叭，想要提醒他继续往前开，可是又有什么用呢，他觉得自己连踩油门的力气都没有了。这位老医生摇开了车窗，张开大口，用尽全力呼吸，此时此刻，他最需要的就是新鲜的空气。可是，疼痛感还在不断地加强，他的视力都开始模糊了起来。拼尽最后一点气力，他换了挡，终于慢慢把车停在了一家花店前面为顾客预留的车位上。

关掉引擎之后，他解开了领带，松掉衬衣领口的纽扣，把脑袋搁在了方向盘上。等到冬天，他打算带着诺玛去阿尔卑斯山再看一次雪，然后他们可以一直开车北上到诺曼底去。在那里，他从小就深受其影响、同样也是医生的姑父现在就长眠在一个墓园里，跟其他九千个坟墓在一起。终于，疼痛感渐渐地隐去，他重新启动马达，开车上路，心里面还在感谢上帝，幸亏这一次不是在他给病人动手术的时候发了病。

一辆灰色的奥迪朝着玛丽娜港区驶去。夜幕快要降临，气温慢慢降低。有不少美丽迷人的尤物总是会在这个时候出现，沿着游艇小码头边上的小道慢跑。而此时此刻，一位年轻的姑娘正带着她的小狗在这里散步。保罗把车停在了旁边的空地上，然后下车走到了那个姑娘的跟前。

劳伦还陷在沉思当中，保罗走过来打招呼把她吓了一大跳。

"我没想到会吓到您。"他说，"很抱歉。"

"谢谢您这么快就赶了过来。他现在情况怎么样？"

"好多了，他已经离开重症监护室，而且醒过来了，感觉好像也不那么难受了。"

"您跟值班的住院医师谈过吗？"

保罗表示他只是跟一位女护士打听情况，她应该是可以信得过的。阿瑟恢复得很好。明天，护士就可以撤掉静脉注射，让他重新开始进食了。

"这是个好现象。"劳伦松开了牵着嘉莉的绳子。

小狗蹦蹦跳跳地追着几只海鸥跑远了。鸟儿紧贴地面，压着草坪超低空飞行。

"您今天是休息吗？"

劳伦向保罗解释说，由于出手救了保罗，她被医院处罚停薪留职两个礼拜。保罗简直都不知道该说什么好了。

他们继续走了一段路，肩并肩，但两个人谁都没有再说话。

"我表现得就好像是一个懦夫。"还是保罗最后打破了沉默，"您那天晚上做的这一切，我都不晓得怎么感谢您才好。全都是我的错。明天，我就去警察局，跟他们讲，这跟您完全没有关系。"

"您的行为就好像是一个高贵的骑士。布里松已经撤诉了，作为交换条件，他可以免遭处罚。读书的时候总喜欢坐在第一排巴结老师的那些家伙，长大了以后，恐怕也照样会逮住一切机会表现自己。"

"我很遗憾。"保罗表示，"现在我还能做些什么吗？"

劳伦停下了脚步，非常认真地看着他。

"我可一点都不遗憾！在刚刚过去的这几个小时里面，我感到自己充满了活力，以前还从来没有过像这样的感觉。"

在离他们几米远的地方，前面有一个小卖部，提供冰激凌和饮料。保罗买了一瓶苏打水，劳伦要了草莓冰激凌甜筒。旁边的树枝上有一只松鼠引起了嘉莉的注意，它变着各种花样向对方示好，但人家却只是高高在上，斜着眼睛往下看。保罗和劳伦走到一张木头桌子前面坐了下来。

"你们两个之间的这一份友情，真好啊。"

"我们两个从小一起长大，除了他离开这里去法国生活的那一段时间，我们几乎就没有分开过。"

"他去法国是因为爱情还是去谈生意？"

"谈生意，更多的还是我的事情；至于他嘛，逃到其他地方去散心，这是他喜欢干的事情。"

"他这是在逃避什么吗？"

保罗直直地盯着她的眼睛。

"就是您！"

"我？"劳伦简直惊呆了。

保罗喝了一大口苏打水，然后用手背揩了揩嘴角。

"女人呗！"保罗重新打开了话匣子，看起来却有些闷闷不乐。

"所有的女人？"劳伦笑了。

"就是某一个。"

"他是失恋了吗？"

"他这个人非常小心谨慎，如果知道我跟您说这些，他肯定会杀了我的。"

"那好，我们换一个话题吧。"

"嗯，您呢？"保罗问，"您有对象吗？"

"您这不是打算要追我吧？"劳伦觉得很好笑。

"当然不是！我对狗毛过敏的。"

"我有男朋友了。不过，在我的生命当中，这一段感情并没有占据很重要的位置。"劳伦继续说道，"我希望在目前这种不是很稳定的关系里面可以找到某种意义的平衡。作为医生，我现在的日程表排得满满的，没有什么精力去处理工作以外的事情。而两个人在一起，占用的时间实在太多了。"

"嗯，您瞧着吧，我倒是认为，一个人待得越久就越会发现，那种真正孤独的状态，哪怕表面上有个伴儿，才是对时间最大的浪费！生命当中并不是只有工作，这不应该是人生的终极目标。"

嘉莉已经跑到了很远的地方，劳伦把它唤了回来，然后转过身面向保罗。

"就刚刚过去的这个晚上的情况而言，我并不是很确定您的朋友也会认同您刚才陈述的这个观点。更何况，我们两个好像也不是那么亲密，没必要继续谈论这个话题吧。"

"对不起，我也不想教训人的，只是……"

"只是什么？"劳伦感到很奇怪。

"没什么！"

劳伦站了起来，谢谢保罗请她吃冰激凌。

"我能请您帮个忙吗？"她说。

"您想要我帮什么都可以。"

"我知道这可能是有点冒昧，但我还是希望能够时不时给您打个电话，主要是想了解一下病人的最新情况。我现在不能打电话到医院里面去……"

保罗的脸上瞬间容光焕发。

"您为什么笑成这样？"劳伦问道。

"没什么，恐怕我们两个也不是那么亲密，这个成为我们之间谈话的主题大概不会显得特别合适吧。"

两个人沉默了好几分钟。

"想打给我就打吧……您有我的电话号码！"

"很抱歉，我当时是通过贝蒂找到了您。您朋友的入院登记表，在'紧急联系人'那一栏上写着您的电话号码。"

保罗在一张银行卡的收据上草草写下自己家里的电话，递给了劳伦，她无论何时只要愿意都可以打电话过来。她把小纸片塞到了牛仔裤的口袋里，谢过保罗，然后在小道上渐渐走远了。

"您的病人叫作阿瑟·阿什比。"保罗对她说，脸上带着狡黠的表情。

劳伦点了点头，友好地跟他示意道别，转身继续去找嘉莉了。看着她走远以后，保罗拨通了旧金山纪念医院的电话，请总机帮忙转接神经科的护士站。他表示有一个很重要的口信想要带给307房的病人，最好是尽快，哪怕是他半夜醒来也要马上告诉他。

"这个口信是什么？"护士问道。

"告诉他，有人看上他了！"

说完，保罗就挂掉了电话，满心欢喜。在离他不太远的地方，有个女人正在望着他，看起来很伤心也很生气。保罗认出了这个刚刚从凳子上站起来向街上走去的侧影。跟他相距只不过几米，奥妮佳叫停了一辆的士。他赶紧跑了过去，可是她已经钻进了的士，等他跑到路边的时候，车已经开走了。

"该死的！"玛丽娜格林公园的停车场上只剩下他一个人孤身只影。

风中的天平摇摆不定

有些人总是习惯于对自己身边的东西视而不见，结果都快要变成瞎子了，自己还一点都不知道。我很高兴自己懂得应该怎么去看这个世界，即便是在黑暗当中也无妨。

酒吧里还没有什么客人。在大堂深处，一个弹钢琴的人正在奏响杜克·埃林顿❶的旋律。奥妮佳把空空的酒杯向前一推，请酒吧侍应再给她满上一杯马蒂尼干邑。

"这么快就喝到第三杯了，时间还早啊。"侍应生一边给她倒酒一边说道。

"你有时间陪陪一个不幸的人吗，嗯？"

"我们的客人倒是更喜欢在夜幕降临的时候来这里买醉。"

"可是，作为乌克兰人，"奥妮佳举起了她的酒杯，"我们超喜欢怀旧和伤感，在这一点上，没有一个西方人可以跟我们相比。那是一种来自灵魂的天赋，你们可没这本事！"

奥妮佳离开了吧台，走到钢琴跟前，把手肘支在琴面上。钢琴师奏响了纳京高❷的名曲。她举起酒杯，一饮而尽。钢琴师对酒吧侍应示意继续为

❶译者注：杜克·埃林顿（Duke Ellington），1899—1974，美国作曲家、钢琴家，爵士乐史中最有影响力的人物之一。

❷译者注：纳京高（Nat King Cole），本名Nathaniel Adams Coles，1919—1965，美国爵士音乐家，被誉为抒情爵士歌王，亦是第一位在电视上主持综艺节目的非洲裔美国人。在王家卫电影《花样年华》当中，纳京高的《Quizas quizas quizas》给人留下了深刻印象。

她满上一杯，接着弹起了副歌的部分。随着时间的流逝，酒吧里面人越来越多。夜幕降临的时候，保罗推门走了进来。他朝着奥妮佳的方向靠近，装作不知道她已经喝醉了的样子。

"畜生夹着尾巴，那是因为感到后悔了吧。"她看见他的时候说。

"我还以为你们东方世界的人喝酒有多厉害呢。"

"你在我这里总是搞不清楚状况，嗯，多一点又怎么样，少一点又怎么样，这又有什么关系呢？"

"我到处在找你。"保罗接着说。她坐在小圆凳上晃晃悠悠，他扶住了她的肩膀。

"哈，你找到我了，你的鼻子像狗一样灵啊！"

"来，我带你走。"

"你在外面谈情说爱不过瘾，就回来找你的俄罗斯布娃娃玩了，这还倒是真方便哈，只要把其中一个弄开，然后量一量下面看看是不是合适，这样就可以了，对吧？"

"你到底在说些什么乱七八糟的啊？我先是到你家里面找你，又给你打电话，然后去了你曾经跟我提到过的所有餐馆，终于想起了这个地方。"

奥妮佳站了起来，靠在吧台上。

"找我干什么，保罗？就在刚刚，我在玛丽娜格林公园里看见你跟那个女孩了，我求你了，千万别跟我说什么事情不是我想象的那样，这种解释实在是太老套也太没意思了。"

"事情真的不是你想象的那样！那个女人，这些年来一直爱着她的不是我，是阿瑟。"

奥妮佳死死地盯着他，眼神里写满了失望。

"那你呢，你爱的是谁？"她骄傲地昂起了头。

保罗把几张钞票甩到了柜台上，然后伸手揽住了她的肩膀。

"我觉得好难受啊。"当他们走到离车子只有几米远的人行道上时，奥妮佳忍不住说。

左手边有一条小巷子一直延伸到夜幕深处。地上铺得七零八落的鹅卵石在昏暗的光线下闪烁着阴郁的微光。再往前走几步，街边垒着几个木箱子，恰好能够帮他们挡住其他人好奇的目光。保罗扶住奥妮佳，她对着地下的一个下水道铁栅盖尽情倾吐满腹的忧伤。等到她的腹部最后一次抽搐结束以后，他从口袋里面掏出一个手帕，擦干净了她嘴角的污垢。奥妮佳直起身子，骄傲而冷淡。

"把我带回家吧！"

敞篷小车沿着奥法雷尔大道疾驶。奥妮佳的长发在风中摇曳，她的脸上终于恢复了几分血色。保罗开了好长一段时间，终于把车停到了他朋友住的那幢小房子前面。他熄了火，转身看着她。

"我没有撒谎。"保罗打破了车厢里的沉默。

"我知道！"年轻的女人仿佛在自言自语。

"所以，这么做真的有必要吗？"

"也许有一天你会知道怎么才算是真正的了解我。今天，我不会请你上去，因为我还没有做好接受你的准备。"

她下了车，朝着房子的大门走去。来到门口的时候，她掉转身，挥了挥手中抓着的保罗的手帕。

"我可以留着吗？"

"没必要非那么干，你还是把它扔了吧！"

"在我们家乡，谁也不会扔掉别人给予自己的第一份'爱的宣言'。"

奥妮佳走进门廊，爬上了楼梯。保罗一直等到她房间的灯亮了才离开，车子沿着空荡荡的街道奔向远方。

<hr />

皮尔盖茨警官一一扣上了睡衣上装的纽扣，在卧室长长的镜子前打量着自己……

"这衣服你穿着特别合适。"娜塔莉亚说，"我在商店里一看就知道了。"

"谢谢。"乔治在她的鼻尖上吻了一下。

娜塔莉亚拉开床头柜的抽屉，从里面拿出了一个小玻璃瓶，还有一把调羹。

"乔治！"她的语调很坚定。

"哦，不！"他哀求着。

"你可是答应我了。"她把调羹强塞到了他的嘴巴里。

强烈的芥末味道侵噬着他的味蕾，警官的双眼瞬间变得通红。他用鼻子深深地吸着气，一只脚重重地跺在地上。

"上帝啊，这玩意也太猛了吧！"

"很抱歉，亲爱的，要不是这样的话，你打呼噜的声音绝对能响一整个晚上！"娜塔莉亚钻进被窝里说，"快点，过来躺下！"

<hr />

"太平洋高地"社区的山岗上，一幢维多利亚式建筑最高的第四层楼

里，有一个年轻的女住院实习医生正躺在自己的床上看书。她的小狗嘉莉躺在地毯上睡觉，雨点敲打在窗户玻璃上的声音就是最好的催眠曲。好久以来第一次，劳伦扔下她一直在研究的神经学方面的专著，看起了她刚从大学图书馆借回来的论文。这一篇论文的主题是"植物人"。

✦✦✦

巴布洛来到莫里森小姐躺着睡觉的沙发角落，缩成了一团。中国龙傅满楚❶今晚的表现可以说是有史以来最棒的，但又如何？最后还不是输给了墨菲❷？

✦✦✦

奥妮佳在洗手池前弯下腰，伸出双手合起掌心接水洗脸。她擦干了脸上的水珠之后，抬起头在镜子里照着自己的样子。她伸出双手，手指开始在脸上滑动，往上压了压颧骨，手指在两眼周围挤出了一个小小的皱纹。接着，她的食指尖紧贴嘴唇的轮廓轻轻划过，顺着喉咙一直往下，差不多到了脖子的位置，她脸上勉强挤出了一丝笑容。然后，她关掉了灯。

---

❶译者注：傅满楚（Dr. Fu Manchu），是英国小说家萨克斯·罗默创作的傅满楚系列小说中的虚构人物，又被译为傅满洲。傅满楚的形象极为不堪，是一个瘦高的秃头，倒竖两条长眉，面目阴险。按照罗默的描写，这其实是黄祸的拟人化形象。作者这里指的是美国喜剧电视剧集《神秘科学影院》之《傅满楚的城堡》场景。

❷译者注：这里指的是美国演员、作家凯文·墨菲，代表作即《神秘科学影院》。

好像有人在轻叩着她这间小小公寓的门。奥妮佳穿过既是卧室又是客厅的唯一房间，在确保安全锁链已经挂好以后，才打开了房门。保罗上来只是想看一看她的情况好不好。既然她还活着，奥妮佳回答他说，那显然情况还不算很糟糕。她让他进了屋，在关上房门的时候，她的嘴角浮现出一丝笑容，这与刚刚在她洗手间里雾气腾腾的镜子上照出来而如今早已消失的那个笑容可是完完全全不一样的啊。

⋘❈⋙

一个护士走进了旧金山纪念医院的307病房，她给阿瑟量了血压，然后就出去了。清晨的第一缕阳光透过朝向花园的窗子洒了进来。

⋘❈⋙

劳伦长长地伸了一个懒腰。依旧睡眼惺忪的她抓过自己的枕头，抱在了怀里。她看了看小闹钟，推开被子，滚到了床的一边。嘉莉爬上床，紧挨着她蜷缩成一团。罗伯特睁开眼睛，马上又闭上了。劳伦伸出手想搭向男朋友的肩膀，但半路又停了下来，转身望向窗口。金色的阳光一缕一缕穿过百叶窗，看来，今天是个好日子。

她起身坐到床边，这才想起来，这几天不用回去值班啊。

她从卧室里出来，走到厨房的角落，摁下了电烧水壶的开关，然后就在那里等着水沸腾起来。

她的手向手机的方向慢慢移过去，可是，看了看炉子上显示的时间，她又改变了主意。现在还不到八点钟，贝蒂不会那么早去上班的。

一个小时之后，她已经在玛丽娜格林公园沿着绿道慢跑了。嘉莉迈着小碎步紧跟在她后面，舌头伸得老长老长。

两辆救护车呜呜叫着从旁边的街道上驶过，吸引了劳伦的目光。她拿下脖子上挂着的手机。很快，那一边的贝蒂就接起了电话。

急诊室的同事都已经知晓了她被处分的事情。整个医疗团队的成员打算搞一份集体签名，呼请院方让劳伦立即回来工作，可是护士长本人，她当然对费斯坦十分了解，最终说服大家放弃了行动。劳伦一边继续跑着一边情难自禁地笑了出来，原来她在医院里扮演的角色并不是她自己所想象的那样无足轻重啊。电话里，护士长已经开始在讲这几天发生在医院里的各种趣闻轶事，于是她赶紧向对方打听307房间里那位神秘病人有什么新的消息。贝蒂打断了她的话。

"他给你添的麻烦还不够多啊？"

"贝蒂！"

"你高兴就好。我还没有逮着机会上楼去，不过，只要一有消息，我就会给你打电话。今天早上挺平静的，你呢，过得怎么样？"

"我又重新开始学着去做那些完全没有意义的事情了。"

"比如说？"

"今天早上，我竟然用了整整十分钟的时间来化妆。"

"然后呢？"贝蒂心底好奇的小宇宙彻底燃烧了起来。

"然后我马上又卸了妆！"

贝蒂用脖子和脸夹着电话筒，腾出手来把一沓材料塞到了住院实习医生的文件夹里。

"你瞧瞧，休息两周，你就重新找到了生活当中的各种小乐趣。"

劳伦跑到那个小卖部前面停了下来，她买了一瓶矿泉水，几乎是一口气就喝了个精光。

"帮我祈祷吧，一整天这么无所事事的都快要把我逼疯了，我现在周围全都是在跑步锻炼身体的人，恳求上帝保佑，哪怕是有人一不小心稍微扭到了脚也好啊。"

贝蒂向她保证一有消息就会给她打电话，现在，有两辆救护车刚刚来到医院的急诊室门口。劳伦挂了电话。在把脚踩在椅子上绑鞋带的时候，她禁不住在心里问自己，是不是真的纯粹出于职业良知，她竟然会对一个陌生人的身体健康关心到这种程度，要知道，在昨天以前，她还不认识他啊。

保罗拿起车钥匙，走出了办公室。他告诉莫琳，今天整个下午他都有安排，他会尽量在下班之前赶回来。半个小时之后，他走进了旧金山纪念医院的大堂，沿着楼梯往上爬，上二楼的时候，他是一步四个台阶，到三楼的时候，一步跨三级，到四楼的时候，就只能一步一个台阶了，最后，他终于来到最高一层的走廊，心里不禁暗自发誓，从这个周末开始，一定要去健身房好好锻炼一下了。走廊里，南希刚刚从一间病房出来，保罗经过的时候拉起她的手吻了一下算是打招呼，接着继续往前走，只留下她一个人傻傻地待在走廊中央。然后，他走进了病房，来到床头跟前。

他像模像样地假装在调静脉注射的剂量，又抓起阿瑟的手腕，看着手表，数起了他的脉搏。

"伸出舌头，让我看一看。"他说话的样子很搞怪。

"我能不能知道你这又是演的哪一出？"阿瑟问道。

"偷过救护车，绑架过陷入昏迷的病人，现在我可算是真的在给人家把脉了。不过啊，你还是错过了最精彩的部分，你要是当时能看到我穿起绿色的大褂，戴着口罩和手术帽的样子那可就太好了。绝对是风度翩翩啊！"

阿瑟在床上坐了起来。

"你真的参加了手术？"

"那还用说嘛。大家也是对医学这个职业太夸张了，其实啊，外科医生和建筑专家，在本质上就没什么不同嘛，说到底，这就是一个团队合作的问题而已！他们这里缺人手，我又正好在这里，我可不是那种袖手旁观的人，所以，我就帮忙喽。"

"那么，劳伦呢？"

"她太了不起了。麻醉、开刀、缝合、急救，她全都在干，那气场，就甭提了！能跟她一起干活，真是好爽啊。"

阿瑟的脸沉了下来。

"你这又是怎么了？"保罗感到很奇怪。

"她这样子肯定会因为我而受牵连！"

"是啊，你们这样可不就两清了嘛！还真有意思哈，你们两个一起搞这种白痴低能的聚会活动的时候，倒是完全不用考虑别人，也就是我的感受喽！"

"那你呢，你没遇到什么麻烦吧？"

保罗轻轻咳嗽了两声，伸手掀起了阿瑟的一边眼皮。

"你的气色看起来不错啊！"他学着医生的口吻说道。

"你是怎么从这个事情里面脱身出来的呢？"阿瑟继续追着问。

"我的所作所为就好像是一坨屎，如果你真的全都想知道的话。当警察来到手术室门口的时候，我钻到手术台下面躲起来了，也正因为如此，我才有机会见证了整个手术的过程。尽管如此，刨除了昏过去那段时间，我满打满算，还是足足参与了你那台手术五分钟之久。所以，你真正的救命恩人应该是她，至于我嘛，其实基本上也就是聊胜于无了。"

南希走进了病房。她量了一下阿瑟的血压，然后问他是否愿意试一试站起来，稍微走动一下。保罗自告奋勇表示可以扶着他。

他们一直走到了走廊的尽头，阿瑟自我感觉十分良好，他已经重新找回了身体的平衡，甚至想要继续走远一点。在医院花园里的小道上，他问保罗能不能帮他两个忙……

等到阿瑟重新在床上躺下以后，保罗离开了医院。在回去的路上，他把车停到了联合大街的一家花店前面，在那里买了一束白牡丹，然后把阿瑟交给他的小卡片塞到了随花附送的小信封里。按照他的要求，这一束花将会在傍晚之前送出去。接着，保罗继续开车向着玛丽娜港区的方向行进，半路上又在一家录像带租赁商店暂停了一下。大约快到晚上七点钟的时候，他摁响了萝丝·莫里森家楼下的门禁对讲机，到这里来是要告诉她关于阿瑟的最新消息，另外还给她带来了傅满楚系列最新出的一盘录像带。

❦

劳伦躺在地毯上，全身心地研究着手里的论文。她母亲坐在客厅的沙发上翻看着报纸。时不时地，她会停下阅读，抬头看一看她的女儿。

"你是搞什么名堂，竟然会做出这种事情来？"她将手里的报纸一把扔到了面前的茶几上。

劳伦把论文里的一些重点摘抄到了旁边的活页笔记本上，并没有回答。

"你这样有可能会毁掉自己的前程，辛辛苦苦工作了那么多年，一下子就没了，这值得吗？"她母亲继续质问着。

"你不也是辛辛苦苦维持了那么多年的婚姻，一下子说没就没了吗？而且据我所知，你好像是不是还没能保住爸爸的那条命呢？"

劳伦的母亲猛地站了起来。

"我去遛一遛嘉莉。"她冷冰冰地说，从衣架上拿下了她的风衣。

在离开这套房子的时候，她砰地一下关上了门。

"再见吧。"劳伦咕哝了一句，耳朵里听着她的脚步声渐渐离去。

克莱恩夫人来到楼梯底下的时候正好碰到一位快递员。他捧着一大束白色的牡丹花，问她劳伦·克莱恩住在哪里。

"我是克莱恩夫人。"她表示，并顺手取过了花束外包玻璃纸上插着的小信封。她让他把花摆在大堂里就可以了，她等一下回来的时候顺手带上去。于是，她给了他一份小费，年轻人就走了。

来到大街上，她打开了小信封。里面的小卡片上只写着这么几个字：又见面了。底下是签名：阿瑟。

克莱恩夫人把卡片揉成一团，塞到了风衣最里面的口袋里。

在这一片街区只有一个街心花园可以让小动物进出。命运之神的安排总是有理由的，只不过，在缺乏想象力的世人看来，这些理由往往显得还不够充分。克莱恩夫人坐到了一张长凳子上，在她旁边，有一位正在读报纸的老妇人，今天似乎特别想跟她认识一下。

街心花园里有一块围起来让狗撒欢的空地，一只杰克罗素梗犬正躺在椴树芬芳的树荫下休息，嘉莉一进圈就爬到它身上去了。

"您的脸色看起来似乎不太好啊。"老妇人打开了话匣子。

克莱恩夫人被她的声音吓了一跳。

"我只是在想问题而已。"劳伦的母亲定过神来回答，"我们的狗看起来好像相处得不错啊……"

"巴布洛向来都喜欢粗粗的家伙。不过，看来还得再跟它读一遍这方面的动作指南啊，我怎么觉得它们两个这姿势不对啊。您这忧心忡忡的是在想什么呢？"

"没什么！"

"如果您有什么想要讲出来，那我可是最理想的对象，因为我的耳朵聋得就好像被塞住了一样！"

克莱恩夫人看了看萝丝，她的眼睛一直没有离开眼前的报纸。

"您有小孩吗？"她似乎很随便地问了一句。

莫里森小姐摇了摇脑袋。

"那么，您根本就没有办法理解了。"

"可是，我喜欢那些有孩子的人哪！"

"这又有什么关系。"

"这么说可真是要让我生气了！"萝丝立即表示抗议，"对于有小孩的人来说，没有小孩的人简直就好像是来自另外一个星球。爱一个人，那可是跟抚养孩子一样复杂的事情！"

"我完全不能同意您这个观点。"

"那么告诉我，您现在还结着婚吗？"

克莱恩夫人低头看了看自己的手，无情的岁月已经抹去了无名指上戒指的痕迹。

"那么，您的女儿是怎么惹您不高兴了？"

"您怎么会知道是女儿而不是儿子？"

"50%的机会嘛！"

"我想，我可能是做了一些不应该做的事情。"劳伦母亲说话的声音低沉了下来。

老妇人折起报纸，很认真地倾听克莱恩夫人讲述心中不吐不快的故事。

"关于那束花，您这么干可真是够差劲的呢！可是，为什么您就这么害怕让她再见到那个年轻人呢？"

"因为他的存在可能会唤醒一段往事，最终我们两个都会受到伤害。"

老妇人又翻起了报纸，但其实她这只是在思考，过了一会儿，她又把报纸搁到了凳子上。

"我不知道您具体指的是什么，不过，如果是要靠谎言来维持的话，我想您最终谁也保护不了。"

"很抱歉。"克莱恩夫人表示，"我跟您说的都是您没办法明白的事情。"

萝丝·莫里森有的是时间可以慢慢听她解释，劳伦的母亲却有些犹豫了。算了，管他呢，跟一个陌生人讲一讲心里话，这又有什么好损失的呢？想要摆脱孤独的愿望是如此强烈，最终在她心里的考量中占据了上风，她稍微平复一下心情，讲述了一个男人为了救一个年轻的女人，在她自己的母亲都已经放弃了的情况下，把她从医院里面掳走的故事。

"您说的这位年轻人会不会正好有一个单身的老祖父？"

"当他把我女儿公寓的钥匙还回来以后，我就再也没有他的消息了。"

"他就这么说消失就消失了？"

"要知道，我们多少还是在这方面帮了他的。"

"我们？"

"还有一个著名的神经外科医生，他从专业的角度向那个年轻人解释了我女儿的身体还很虚弱，经不起强烈的刺激。医生可以找出一千条理由说服他放手，离得远远的。"

"可是，有那么多活生生的证据在那里，这个男人存在的痕迹难道就这么被抹去了？"

劳伦的母亲叹了口气。

"是的。"

"我认为事情没有那么简单！"老妇人接着分析，"要知道，他们处于热恋当中的时候，对事物的判断能力往往会大大地下降！谁能保证那个教授是靠得住的呢？"

"肯定是靠得住的，嗯，好吧，说老实话，我现在也不知道了。劳伦恢复得特别快，没过几个月，她就跟之前一样了。"

"您认为现在去跟您的女儿讲这些是太迟了吗？"

"我每一天都在心里面问自己这个问题，可是，我根本没有办法去想象她会有怎样的反应。"

"我曾经见过不少人的生活被所谓的家庭秘密搞得乱七八糟。是，我没有小孩，我没那个运气，尽管刚才我跟您讲无所谓，但这其实只是好面子的话，实际上，您都不知道我心里有多么遗憾。为了证明自己还能够生小孩，我那个时候拼命地跟不同的男人交往，但到头来，我才发现，这只是我不愿意面对自己的问题，只是自私自利为自己找的借口而已。所以，我理解您为什么保持沉默，尽管我几乎可以肯定您这么做是错的。爱应该是给予和包容，这也正是爱的力量如此强大的根源所在。"

"我真希望您说的这一切都是对的。"

"有时候，我们离开一个人，过了一段时间，还以为已经把他忘记了……突然，一份回忆涌上心头，他又活生生就在那里，所以，就好像我们对自己父母的爱，我们又怎么能够想象这一份爱有一天竟然会消失于无形呢？我曾经有太多的机会却没有好好珍惜，没能对父母说一声我爱你，直到他们死了以后才终于意识到心里面有多么挂念，才后悔莫及。"

老妇人把头伸到克莱恩夫人的耳边说：

"如果这个年轻人真的救了您的女儿，那他就是您的恩人，您欠了他的。所以，赶紧去把他找回来吧。"

然后，萝丝又重新读起了她的报纸。克莱恩夫人稍微等了片刻，见对方再无言语，于是就跟她这位"板凳上的邻居"道了别，唤起嘉莉，沿着公园的绿道渐渐走远了。

在回家的时候，她拾起了放在台阶底下的鲜花。房间里空空的没有人。她把牡丹花插进花瓶，摆到客厅的茶几上，然后关上门离开了。

⁕⟞⟜⟤⟡⟢⟝⟞⁕

接下来的一整个礼拜，时光就这么日复一日、按部就班地流逝。每天早上，劳伦都会去普雷西迪奥公园，沿着大树底下绵长的绿道散步。有时候，她甚至就这么一直走到了大斜坡下紧挨着太平洋的沙滩上。在那里，她会一直躺在沙堆上，认真地研读每天晚上从图书馆或者网上找回来的论文。

皮尔盖茨警官最终还是适应了娜塔莉亚工作的节奏。每天中午，他们会一起吃一餐饭，只不过，对于他们两个来说，这顿饭一个算是早点，另一个则是午餐。

同样是快到中午的时候，保罗忙忙碌碌地跟建筑设计研究室开完会，又或者是到工地里走一趟之后，会去找奥妮佳，她就在防波堤尽头面朝港湾的一张椅子上等着。

莫里森小姐几乎每天都会带巴布洛到她家附近的那个小公园去享受夏日午后灿烂温暖的阳光。有时候，她也会在那里碰到克莱恩夫人。还有一天，老妇人甚至认出了谁是劳伦，因为那条小狗就蹦蹦跳跳地跟在她的后面。那一天是礼拜四，太阳特别猛，莫里森小姐一度动了心思想上去跟这个年轻的姑娘聊两句，但最终还是放弃了这个念头，没有打扰她在那里认真看书。当劳伦带着小狗离开，从主干道转进小巷子的时候，她一直饶有兴致地看着她远去的背影。

每天晚上入夜以后，乔治·皮尔盖茨就会开着车把娜塔莉亚送到警察局的门口。

找到奥妮佳吃晚饭以前，保罗总是要先去看看他的好朋友，让他审一审设计草图和建筑方案。阿瑟会用铅笔修改一下草图，或者是写下几行备注，在用色和物料方面提出自己的意见。

到了礼拜五，费斯坦告诉他的病人，他恢复情况良好，值得祝贺，只要一有空档，他就会安排他接受全面的身体检查，假如检查结果正像医生确信那样一切正常的话，医生就可以签字批准他出院，再没有什么其他的理由可以让他留在医院占着一个病床了。出院以后，他可能有一段时间还要稍微注意一点，但估计很快就能过上完全正常的生活了。对此，阿瑟回答说，非常感谢医生在各个方面都那么关心照顾。

保罗早就已经离开了，走廊里也不再传来白天那种熙熙攘攘的脚步声，医院的夜晚就这么开始了。阿瑟打开了正对着他床头方向高挂在一块搁板上的电视机。然后，他又打开床头柜，拿出了手机。脑子里面一直在想事情，他心不在焉地翻看着手机里的通讯录，最后还是决定不要去打搅他最好的朋友了吧。电话从他的手心慢慢滑落，滚到了地毯上，他的脑袋向旁边一侧，落到了枕头上。

病房的门开了一道缝，一位女医生走了进来。她直接走到病床的跟前，翻起了病历。阿瑟睁开眼睛，安安静静地看着她，她看起来很专注的样子。

"有问题吗？"他问。

"没有。"劳伦抬起了头。

"您到这里来干什么？"他惊呆了。

"不要喊那么大声。"劳伦压低着嗓门说道。

"为什么讲话要这么小声？"

"我是有理由的。"

"您的理由不能说？"

"是的！"

"好吧，我得承认，尽管声音是低了一点，能看到您我很高兴。"

"我也是，嗯，我的意思是，您能够好起来我很高兴。第一次给您做检查的时候，我没能诊断出脑内血肿的情况，真的是很抱歉。"

"您没有任何理由责备自己。我知道，当时是我自己没有好好配合您的工作。"阿瑟表示。

"您那么急着想要离开！"

"我是工作狂，总有一天这会要了我的命！"

"您是建筑师，对吧？"

"对的！"

"这个职业很棒啊，那么多运算，都要求很准确精密吧！"

"是的，嗯，这跟大学里的医学研究有点像，先拿出一个总的框架，然后呢，就可以让其他人来为我们做基础的运算。"

"其他人？"

"比如说要算出土地的承载力，还有材料的抗压强度，所有的这些其实主要是工程师要干的活。"

"那么，在工程师干活的时候，建筑师又在干什么呢？"

"想呗！"

"那么，您又想什么呢？"

阿瑟盯着劳伦看了很久，然后笑了，伸出手指向房间的角落。

"您可以一直走到窗户那里去。"

"去那里干什么？"劳伦有点惊讶。

"去旅行。"

"到窗户那里去旅行？"

"不，是从窗户那里出发去旅行！"

她按照对方的意愿做了，嘴角带着近似嘲讽的微笑。

"现在该怎么办呢？"

"打开它！"

"什么？"

"窗户！"

劳伦严格遵行了阿瑟发布的指令。

"您瞧见什么了？"他问道，声音一直压得很低。

"一棵树！"她回答。

"您跟我描述一下。"

"怎么说？"

"它高吗？"

"大约两层楼高吧，它绿色的叶子倒是很长。"

"好，您闭上眼睛。"

劳伦继续跟他玩这个游戏。在临时人为造就的一片黑暗中，阿瑟的声音远远地传来。

"白天在这个时候，树枝都是一动不动的，海风还没有吹起来。您走近一点看看树干，那些蝉经常会藏在树皮夹缝的角落里。大树的底下是一层松针铺成的地毯，在炎炎烈日下都快要被烤焦了。现在，您再看看周围。您是在一个大花园里面，到处都有一垄一垄赭色的土堆，上面间或种着几棵意大利五针松。在您的左边，可以看到有一些盐豆木，在您的右边，排着许多巨杉，紧挨着的是一片石榴树，再远一点还有角豆树，远远看去就好像是一直延伸进大海里面一样。您可以沿着前面那条石板路往上面走。石阶垒得不是很整齐，不过您别害怕，这个坡并不陡的。现在，看一看您的右边，您能看得出来那是一块玫瑰花圃残留下来的部分吗？您就在那下面停一下吧，看看您眼前是什么。"

阿瑟用他的言语"缔造"了一个世界。在这里面，劳伦看到了他描述的那个百叶窗紧闭的房子。她向门前的大台阶走去，攀上了一层层石阶，在门廊下面停住了脚步。房子的下方，大海似乎想要拍碎岸边的礁石，海浪卷着大团大团的海藻，翻滚着一直送到了松树林带的旁边。海风吹乱了她的秀发，她真的好想伸手把头发往后面捋一捋。

她绕着屋子转了一圈，她逐字逐句地遵循阿瑟的指引，游逛在他畅想的王国里。她的手轻轻拂过外墙，在百叶窗下摸索着一块小小的木楔子。照着他所说的那样，她用手指尖拈着，把木楔子拿了出来。面前的百叶窗张开了口子，她觉得自己甚至都听到了合页铰链嘎叽作响的声音。于是，她轻轻地把插销从卡座里掰出来，顺着卡槽滑开，然后抬起了已经可以上下活动的移窗。

"您不要停留在这个房间里，光线太暗了，转过它，您就可以来到走廊里面。"

她脚步缓慢地向前移动着，在一堵堵墙壁后面，每一个房间里似乎都隐藏着一个秘密。台子上面有一个老掉牙的意大利咖啡机，用它可以煮出来一级棒的咖啡，而此刻她面前出现的是一个在其他老房子里经常能够看得到的那种厨房。

"在这里煮饭是要烧柴火的吗？"劳伦问道。

"如果您愿意的话，从后门出去，就在外面的棚子下面，您甚至可以找得到已经劈好的木柴。"

"我想待在屋子里面，继续再看一看。"她喃喃自语。

"好吧，您从厨房出来，打开那扇门，就在您的对面。"

她走进了客厅。一架长长的钢琴静静地躺在时光的阴影里。她亮了灯，走上前去，坐在了钢琴前面的圆凳上。

"我不懂弹钢琴。"

"这是一个很特别的乐器，从很远很远的地方运过来的。如果您能够在脑海里拼命去想一段自己最喜欢的旋律，它就会自动为您弹起来的，不过，您首先得把您的手摆到钢琴的键盘上面。"

劳伦用尽全身所有的气力聚精会神，于是《维特》❶的《月光曲》片段开始在她的脑海里不停回响。

她感觉似乎有人就在她的旁边弹琴，越是任凭思维在想象中翱翔，音乐的声音就越深沉、越真实。就这样，她看过了一楼的每一个角落，然后又爬到了楼上，从一个房间走到另一个房间。渐渐地，阿瑟描述这屋子的话语仿佛化作了屋子里的无数细节，在她的周围构建出了一个活生生的世界。终于，只剩下最后一个房间没有看了，她走进小书房，看了看那张床，微微颤动了一下，然后睁开了眼睛，屋子马上就消失不见了。

"我想，我已经失去它了。"她说道。

"没关系，现在，这栋屋子已经是属于您的了，只要您愿意，随时都可以回到那里去，闭起眼睛想一想就好了。"

"我不可能独自做这个事，因为在发挥想象力这方面，我想我并不是那么有天分。"

"您不应该对自己没有信心。我倒是觉得，您第一次尝试，表现得已经

---

❶译者注：法国作曲家儒勒·马斯奈1886年的作品。

算是很好了。"

"所以，您的职业就是这样子的吗，您闭上眼睛，然后想象出房子的样子？"

"不，我想象的是在房子里生活应该是怎样的，接下来其他所有的想法，都是源自这样一个出发点。"

"这种工作的方式真奇特。"

"还不如说，这种工作的方式真滑稽呢。"

"我得告辞了，护士们很快就要来巡房了。"

"您还会再来吗？"

"如果有机会的话。"

她向着病房的门口走去，在走出房门的一瞬间，又转回头来。

"谢谢您带着我旅行，这真的很不错，我很喜欢这种感觉。"

"我也是。"

"那栋屋子真的存在吗？"

"刚刚，您看见了吗？"

"就好像我曾经到过那里一样！"

"那好，如果它存在于您的想象当中，那也就是说它的确是真实的了。"

"您思考问题的方式真特别。"

"有些人总是习惯于对自己身边的东西视而不见，结果都快要变成瞎子了，自己还一点都不知道。我很高兴自己懂得应该怎么去看这个世界，即便是在黑暗当中也无妨。"

"我认识一只猫头鹰，它倒是很需要听一听您这些建议。"

"是那一天晚上在您大褂口袋里面的那只猫头鹰吗？"

"您还记得？"

"我虽然没有看过很多医生，但既然碰到了一位在做检查的时候还摆一个公仔在口袋里面的，那当然没有那么容易忘得了。"

"它很害怕白天，它的外祖父嘱托我来照顾它，把它治好。"

"必须给它找一副儿童戴的太阳眼镜，我还小的时候，曾经有那么一副，透过太阳眼镜的玻璃片看这个世界，感觉真是太不可思议了。"

"看起来像什么样子？"

"那就是梦境，是想象的王国。"

"谢谢您的建议。"

"不过，要小心，您在治好那只猫头鹰以后，记住一定要告诉它，假如它的心里产生了怀疑，哪怕只有短短一秒钟，这梦也会破裂成千万块碎片。"

"我会告诉它的，只管放心。现在，您好好休息吧。"

劳伦从房间里面走出去了。

一缕月光透过百叶窗照了进来。阿瑟拉开被单，来到了窗户的前面。他待在那里，紧挨窗沿，看着楼下花园里一动不动的树木。他根本就不想听从他最好朋友的建议。已经有太久太久，他总是跟自己说要保持足够的耐心，可是，心中对于这个女人的思念却从来也没有一分一毫的减少。无论是靠时间，抑或是到人头熙攘的不同地方旅行，都不管用。很快，他就要离开这里了。

沿途再美，也终有归期

假如人生只是一段漫长的休眠，唯有人与人之间的爱才能带我们来到梦醒的边缘。

周末的天气很不错，天边连一片云都没有。周围安静极了，就好像整座城市刚刚才从太过短暂的夏夜当中醒过来一样。劳伦赤着脚，头发乱糟糟，身上穿着一件旧的套头衫，这就算是她在家里面穿的轻薄便装了。此刻，她正在书桌前工作，从前一天停下来的地方开始继续进行研究。

她一直搞到了中午的时间，也该是快递员上门送件的时候了。她在等的是一本两天前下单的科学论著，看来，她最后可能还是要到信箱里面去翻这本书了。穿过客厅，在打开公寓房门的时候，她被吓了一大跳，不禁喊了起来。

"很抱歉，我没想要吓您的。"阿瑟的双手交叉藏在背后，"我从贝蒂那里拿到了您家的地址。"

"您来这里干什么？"劳伦扯了扯自己身上的套头衫。

"我自己其实也不太清楚呢。"

"他们绝不应该让您出来的，这也太早了一点。"她有点结结巴巴。

"我得跟您坦白，我并没有给他们太多选择的机会……您，还是可以让我进来的吧？"

她侧身让他进了屋，请他在客厅里坐下。

"我马上就来！"说完，她逃到了洗手间里面。

"我看起来简直就像个妖怪！"她对着镜子里面的自己说，然后伸出手把乱糟糟的头发稍微整理了一下。接着，她又旋风一般冲进了更衣室，在衣架之间乱翻一气。

"没什么事吧？"阿瑟听到衣橱里挂着的衣架相互碰撞发出的声音，觉得很奇怪。

"您想喝咖啡吗？"劳伦在房间里喊着，她还没想明白应该穿什么衣服才好，都快要绝望了。

她把一件毛线衫拿到跟前仔细看了看，然后随手扔到了地上，那件白色的衬衣也不合适，于是打着转"飞"到了天上，很快另一件小连衣裙也遭到了同样的命运。时间一秒一秒过去，她的身后各种衣服已经堆成一大撂。

阿瑟走到了客厅中间，他打量着周围。上帝啊，他对这个地方实在是太熟悉了。在那个浅色的木头书架上，一层层搁板都被各种大部头的书籍压弯了腰。总有一天，如果劳伦真的把她医学方面的百科全书收集完备，到那个时候，估计这个书架也就要不堪重负光荣隐退了吧。如今，劳伦摆书桌的位置恰恰就是以前他放自己工作台的地方，看到这个，阿瑟禁不住笑了起来。

透过虚掩着的房门，他瞄了一眼卧室里面的样子，还有那张正对着港湾的床。

劳伦在他身后轻轻咳嗽，他转过身来，只见她穿着一条牛仔裤，上身是一件白色的T恤衫。

"您的咖啡是要加奶和糖，不要奶要糖，还是不要糖要奶？"她问道。

"随便，都可以！"阿瑟回答。

她闪身走到了厨房的储物柜前，水龙头打开了，有点漏水，喷得到处都是水。

"我这儿好像有点问题。"她伸手想要尽力控制水流。

阿瑟马上告诉她，这套房子的总水阀就在她旁边的那个小橱柜里面。劳伦赶忙把阀门关上，就这样带着被喷得一脸的水，她直勾勾地盯着阿瑟。

"您怎么会知道的？"

"我是建筑师啊！"

"这个职业难道能让你们拥有看穿墙壁的本事吗？"

"一个房子里面的问题啊，其实还没有人体里面的问题那么复杂，跟你们一样，我们也能有办法止住'大出血'。您这儿有维修的工具吗？"

劳伦用纸巾抹了抹脸，然后拉开一个抽屉，从里面拿出了一把旧螺丝刀、一把活动扳手，还有一个锤子。

她把这些工具摆在橱柜上，一脸的遗憾。

"应该也还是可以搞一搞的。"阿瑟表示。

"我可不认为我自己有这个本事！"

"这种事情跟您在手术室里的工作相比，那可是差太远了。您这里有没有新的密封垫圈？"

"没有！"

"您去看看配电箱吧，我也不知道为什么，但通常在电表的上面总是能找到那么一两个。"

"可是，配电箱又要到哪里去找呢？"

阿瑟伸出手指了指就在门口墙上那个小小的塑料板。

"那是电路开关啊。"劳伦说道。

"没错，就是在那里。"阿瑟似乎觉得挺好笑的。

劳伦在他面前傲然挺立。

"好吧，既然您知道我这所房子所有橱柜里面的秘密，那还是您自己去找那些垫圈吧，这样也省了我们大家的时间！"

阿瑟向着门口的方向走去。他伸出手去够那块塑料板，但似乎半路又改变了主意。

"您这是怎么了？"劳伦问他。

"我的手好像还有点不是很灵活。"阿瑟说话的声音很低，显然是有点难为情。

劳伦向他走了过去。

"这没关系的，"她说话的声音很令人安心，"耐心一点，这不会有什么后遗症的，只是您还需要一点时间才能完全康复，这是自然界的法则。"

"您还想不想修水管？如果您愿意的话，我可以告诉您该怎么做。"阿瑟表示。

"今天上午我还有其他的事情要做，并没有打算花太多的时间来修水管。我的邻居在这些方面可绝对是能工巧匠，就是他几乎帮我安顿好了这屋子里的一切，我想他应该会很乐意帮我处理这个小问题的。"

"把这个书架靠着窗户摆放，这也是他的主意吗？"

"为什么要这么问呢，不应该这么摆吗？"

"没有，没有。"阿瑟一边说着一边转回到了客厅里面。

"您说的这个'没有，没有'其实想表达的肯定是完全相反的意思！"

"不是的，完全不是这么回事！"阿瑟坚持着。

"您这谎撒得也够烂的！"

于是，他就请劳伦坐到沙发上来。

"现在您转过身去。"阿瑟表示。

她按照他说的做了，却完全不明白他这葫芦里究竟卖的是什么药。

"您瞧，如果书架不是正好挡住窗户的话，您坐在这里看窗户外面的景观多棒啊。"

"景观是挺不错，可是却在我的背后啊！通常来说，我可是正面坐在沙发上的哈！"

"正因如此，所以要是能把沙发掉过来，那就更好了。老老实实地说，这房间的大门口又能有什么好看的呢，您说对不对？"

劳伦唰地一下站了起来，两手叉腰盯着他看。

"我还从来没想过这个。您离开医院突然来到我家里面，该不是要来给我这屋子重新装修吧？"

"对不起。"阿瑟低下了头。

"不，说对不起的应该是我。"劳伦的语气缓和下来，"最近这段时间，我的脾气有点大。我给您泡杯咖啡吧？"

"您现在都没水了！"

劳伦打开了冰箱。

"我这里甚至连果汁都没有了。"

"那，我带您去吃饭吧？"

她请他稍微等一下，她要下去拿一份邮件。听到她的脚步声在走廊里渐行渐远，阿瑟实在按捺不住心中的冲动，想要再好好看看这个他曾经居住过的地方。他走进卧室，靠近了床。关于那年夏天那个早晨的回忆瞬间涌上心头，就好像是从书架上掉下一本书，打开了时光之门，书页里散佚出的一幅幅当时的画面还历历在目。他多么希望时间可以倒流，能够让他回到那一天，就让他在这里静静地看着她睡觉。

他用手指尖轻轻从毯子上拂过，羊毛丝绒在他手掌经过的地方慢慢立起来。他又走进浴室里面，看到在洗手盆的旁边摆放着好几个瓶瓶罐罐，其中一个是洗面奶，一个是香水，却几乎没有什么化妆品。就在这时候，他头脑中突然闪过一个想法，他瞄了一眼外面，决定趁这个机会圆一下多年来自己心中的梦想。他一下子钻到了旁边的衣橱里面，然后伸手带上了门。

藏在衣架当中的他看着散落在地上，还有依然高高挂起的一件件衣服，脑海里不禁想象劳伦穿起这一件或者是那一件时候的样子。他真想一直就这么待下去啊，一直到她找到他为止。这样一来，会不会就能让她找回那失去的记忆呢？乍一看到他，她还是会感到惊讶和迟疑吧，但估计也只是那一阵子，接下来她是不是就应该想起这个场景，想起他们之间曾经进行过的对话了呢？然后，他可以把她抱在怀里面，就像以前那样吻她，当然也可以换一种吻法。这样就再也没有任何人，没有任何事情可以把她从他身边夺走了。唉，这个想法多蠢哪。如果他真的一直待在这里，那她恐怕是要开始感到害怕了吧。如果有一个人偷偷藏在你家浴室的壁橱里，在这种情况下，有谁能不感到害怕呢？

必须赶在她回家之前从这里出去。可是，就算再待一小会儿又如何，难道还有谁会因此而怪罪他吗？但愿她上楼梯的时候能够慢一点，哪怕只是几秒钟也好，就让他再多享受一下这种跟她融为一体的感觉吧。

"阿瑟？"

"我在这儿。"他对自己未经允许就进入卫生间深感抱歉，表示这是要到那里面去洗手呢。

"可是现在没水啊！"

"我打开水龙头的时候才想起来！"他有些难为情地说，"您要的书到了吗？"

"到了，我把这个大部头塞到书架上去，然后我们就走吧。我都快饿死了。"

经过厨房的时候，阿瑟转过头看到了嘉莉吃饭用的那个盘子。

"这是我家小狗的餐盘，它到我妈那里去了。"

劳伦从柜子上拿起钥匙，然后他们就一起出了门。

街上到处都洒满了阳光。阿瑟心里多么想伸出手去揽住劳伦。

"您打算去哪儿？"他把双手背到后面说。

她觉得好饿啊，虽然出于女性的矜持犹豫了一会儿，最终还是忍不住表示她特别想去吃汉堡包。阿瑟安慰她说没关系，有胃口的女孩子才好看。

"还有啊，如果是在纽约的话，现在已经可以吃午饭了，而如果是在悉尼的话，那更加是吃晚饭的时候了！"她红光满面地补充说明。

"您这观点的确独到啊。"阿瑟走到了她的旁边。

"作为一名住院实习医生，我们已经习惯了不管任何时候，不管任何东西，都得塞到肚皮里面。"

她把他一直带到了吉拉德里广场。两人沿着码头走了一阵子，在一个防波堤的桩基上有一家24小时营业的辛巴德餐厅，门口迎客的女侍应把两人引进里面坐下来，将餐牌递给劳伦，然后就消失了。阿瑟说他不饿，所以连看都没有看劳伦递过来的菜单。

没过多久，一位男侍应走过来，记下了劳伦点的东西，然后转身向厨房的方向走去了。

"您真的什么都不吃吗？"

"刚刚过去的这一整个礼拜，我都是靠打点滴维持着生命，现在啊，恐怕我这胃口还远远没有打开呢。不过，我挺喜欢看着您吃东西的。"

"您还是应该补充一点营养！"

服务员把一碟满满的烙饼摆到了他们的台面上。

"您今天早上到我家来干吗？"

"来修水管的呗。"

"说真的，别开玩笑！"

"我来是要感谢您救了我的命，对吧。"

劳伦放下了拿在手里的叉子。

"因为，我就是喜欢啊。"阿瑟终于承认了。

她看着他，很认真的样子，然后拿起槭糖汁浇到了她的碟子里。

"我只是在尽职业的本分而已。"她说这话的声音好低。

"麻醉您的一位同行，还偷走了一辆救护车，我还真不觉得这竟然会是您日常工作的一部分呢。"

"关于救护车，那可是您好朋友的主意。"

"对此，我有一点点怀疑。"

那个男侍应又走到台子跟前，问劳伦是不是还要点什么。

"没有啊，为什么要这么问呢？"

"我还以为您刚才在叫我呢。"这大男孩讲话的语气有点冲。

劳伦看着他走开，不禁耸了耸肩膀，然后继续聊下去。

"您的朋友告诉我说你们从寄宿学校的时候就认识了。"

"我妈在我十岁的时候就死了，我们两个当年的确很亲近。"

"能直接这么说真勇敢，大部分人从来都不愿意说出这个词，他们只会讲'走'了，又或者是'离开'。"

"'离开'也好，'走'了也罢，这两个动作都是带有主观意愿的呢。"

"您是一个人长大的吗？"

"孤独，有时候也可以是很好的伴侣。您呢？您一直跟父母在一起？"

"只有我母亲。自从我那一次事故以后，我们两人之间的关系就有点紧张了，她现在简直是什么都要插上一手。"

"事故？"

"撞了车了，我从座位上被抛出去，大家都以为我死定了。我昏迷了好几个月，最后还是我的一个教授够执着没放弃，把我又从死神那里带了回来。"

"您对于那一个时期一点印象都没有了吗？"

"我还记得事故发生之前最后那几分钟的事情，再往后，我生命当中有11个月的时间都只是一片空白了。"

"在类似这种情况下，难道就没有一个人能够成功回忆起曾经发生过的事情吗？"阿瑟的心中充满了希望。

劳伦看着离她不远处一个放着点心的小架子车，笑了。

"您是说进入植物人状态以后？这不可能！"她继续说道，"那是完全无意识的另一个世界，在那里面连时间都停止转动。"

"可是，周围的世界始终还是在运转的，对不对？"

"您真的对这个话题感兴趣吗？要知道，您可并不是一定要迫于礼貌才跟我讨论这个问题呢。"

阿瑟跟她保证，自己心里面真的是有点好奇。劳伦对他解释说，在这方面，医学界的确提出了不少的理论，但还远远没有达成共识。处于植物人状态下的病人对自己身边发生的事情能否感知呢？从纯医学的角度来讲，应该说可能性不会很大。

"您刚才是说，从医学的角度，为什么要特别强调这个呢？"

"因为，我自己曾经是过来人，有内在的体验。"

"那么，您难道由此得出了不同的结论？"

劳伦在回答这个问题之前犹豫了一下，她扬手示意，指了指旁边装点心的小架子车，那位男侍应赶忙跑到了他们的台子跟前。她给自己选了一份巧克力慕斯，至于阿瑟，由于他什么都不点，于是她就帮他挑了一份巧克力泡芙。

"女士，这是您一个人要的两份美味甜点。"年轻小伙子把碟子摆到了台面上。

"我有时候会做一些奇怪的梦，看起来就好像是一个个记忆的片段，当年的感觉仿佛一下子就回来了。不过，我也知道，人的大脑有时候会把别人告诉自己的事情自动转化成某种封存的记忆。"

"哦，别人是怎么跟您说的呢？"

"也没什么特别的，无非是说我母亲一直陪着我，每一天都是如此，还有贝蒂，她是在我那里工作的一个护士，再其他，就尽是一些无足轻重的东西了。"

"比如说？"

"比如说我是怎么醒过来的。不过，我们老是在讨论这个话题，也讲得够久了，您现在最好还是尝一尝这两份点心吧！"

"您别怪我失礼，我对巧克力有点过敏。"

"您就不要点别的什么吗？瞧您这既不吃也不喝的。"

"我能够理解您的母亲，她可能是行为有一点点过分，但这一切都是出于对您的爱啊。"

"她如果听到您这么说肯定要爱死您了。"

"我知道，这就是我这个人最大的缺点之一。"

"哪一个？"

"我就是那种岳母总会惦记着而当女儿的却不一定总是能记得住的男人。"

"哦，难不成您还碰到过许多像这样您所谓的岳母？"劳伦说完，吞下了一大勺巧克力慕斯。

阿瑟饶有兴致地看着她，在她的嘴唇上面还有一抹巧克力。他伸出手，就好像是要抹去爱神丘比特之箭留下的痕迹，可是，最终他还是没有这个胆子。

在餐厅的柜台后面，有一个酒吧男侍应惊讶地望向他们台子所在的方向。

"我还没结婚呢。"

"我简直不敢相信。"

"您呢？"阿瑟接着问。

劳伦搜肠刮肚地想着应该如何更好地回答。

"在我的身边有那么一个人，现在我们并没有真的住在一起，嗯，我的意思是，没错，他的确就在那里，但有时候往往就是这样，时间久了，感情是会疏离的。您呢，已经单身很久了吗？"

"是，够久了。"

"这个嘛，我反正完全不相信。"

"您觉得这个世上有什么是不可能的？"

"像您这样的人竟然一直单身，这就不可能。"

"我可不是一直单身！"

"哈，您瞧瞧，我说什么来着！"

"在这个世界上，也可以有人是爱着别人但却不结婚的吧！比如说单相思，又或者，爱着的那个人暂时不是一个人，这些，都是很有可能的呀。"

"在这种情况下，一个人有可能对另一个人一直保持忠诚吗？"

"假如这'另一个人'真的是自己认定的生命当中的另一半，那就完全值得继续等下去，您说对吗？"

"也就是说，您其实并不是单身汉喽！"

"在我的内心深处，不是的。"

劳伦吞下一大口咖啡，却有点夸张地皱了皱眉头。这咖啡也太冷了吧。阿瑟还想给她换一杯，但她却接着一口喝完，然后对男侍应指了指摆在旁边餐具桌上正在加热的咖啡壶。

"小姐，您这是要一杯呢，还是两杯啊？"男侍应嘴角抽动，分明是在讥笑。

"您这是有什么问题吗？"劳伦反问道。

"我？完全没有。"这个小年轻说完就回到他的位置上去了。

"您觉得他会不会是因为您什么也没有点，所以有点生气了？"她问阿瑟。

"这里的东西味道好吗？"他反问。

"糟透了。"劳伦笑了起来。

"那么，您为什么要选这一家呢？"阿瑟跟着她也一起笑了起来。

"我喜欢吹吹海风，近距离地感应大海的张力，还有它的脾性。"

阿瑟脸上的笑容瞬间凝固，最终只剩下一个满是凄凉、苦涩而勉强的微笑，他的眼睛里蒙上了一层深深的忧郁，星星点点尽是悲伤、哀愁。

"您这是怎么了？"劳伦感到很奇怪。

"没什么，就是想起了以前的事情。"

劳伦向男侍应示意可以结账了。

"她真有运气。"她又咽下了一口咖啡。

"您在说谁啊？"

"就是那位您等了那么久的姑娘。"

"您真的这么认为吗？"阿瑟问她。

"当然是真的！你们是因为什么而分开的呢？"

"关于和谐的问题！"

"你们相处得不好了吗？"

"不，很好。我们两个在一起开心极了，大家感兴趣的、想做的事情也都是一样的。我们甚至还决定哪一天干脆一起讨论一下看有什么事情是我们两个都很乐于去做的，然后列一份清单出来，她把它叫作'开心就要干'的计划。"

"那你们为什么不把这个单子写下来呢？"

"因为在此之前我们就已经被命运分开了。"

"然后，你们就再也没见过面了？"

男侍应把账单摆在了台面上，阿瑟伸手想去拿，但劳伦一把就抓了过去，动作比他快多了。

"谢谢您这么有绅士风度。"她说，"不过，这个啊，您想都不要去想。在这里，您什么都没有吃什么都没有喝，装进肚子里的就只是我说的那些话而已，我也不是什么女权主义者，但是，朋友相处基本的规矩毕竟还是要有的！"

阿瑟根本就来不及跟她争论，劳伦早已经把自己的信用卡递给了这家餐厅的服务员。

"我本来应该回家继续工作，"劳伦表示，"不过在这个时候啊，我好像完全不想那么干了。"

"既然如此，那我们不如一起去散散步吧。今天的天气棒极了，我也完全不想让您一个人回家干活呢。"

"去逛一逛，我同意。"

当她离开餐厅的时候，男侍应朝她点了点头。

她想到普雷西迪奥公园里面去走走，因为好喜欢在那些巨杉下面闲逛的感觉。通常，她会沿着林间小道一直走到尽头，在旁边有一根金门大桥的桥墩就立在那里。

阿瑟当然知道那个地方。从那里望出去，斜斜的钢索拉着金门大桥一直向远方展开，就好像画在天空的一道长长的线条，把港湾与大洋隔在两旁。

劳伦要先去接她的小狗。阿瑟跟她约好在那里再见。于是，劳伦走到防波堤尽头，跟他分了手。他看着她远去，一句话也没有说。人这一辈子，总有一些瞬间可以意味着永恒。

⸎

他在大桥底下等她，坐在一堵砖墙的上面。在这个位置，分别来自大洋和港湾的波涛激荡，相互拍打着，这是一场从蒙昧时代一直延续到今天，无休无止的战斗。

"您等了很久了吧？"她一过来就首先道歉。

"嘉莉呢，在哪儿？"

"我也不知道，妈妈不在家。您知道我那条狗的名字？"

"来吧，我们到桥的那一边去走一走，我想看一看太平洋。"阿瑟这么回答。

他们爬上了一座丘陵，然后从另一边下了坡。在那里，一片沙滩一直延伸出去好几公里。

他们沿着海边漫步。

"您有一点不一样。"劳伦开口说。

"跟谁比呢？"

"倒也没有说具体地跟哪个人比。"

"如此说来，跟别人不一样，这还真的一点也不难啊。"

"别傻了。"

"我有什么让您感到不高兴了吗？"

"不，没什么不高兴的，只是您看起来总是那么平静，仅此而已。"

"这是个缺点？"

"不是，不过挺让人看不明白的，就好像在这尘世上没有任何东西能让您感到烦恼一样。"

"与其烦恼，我更愿意去寻找解决的办法。这可以说是一种遗传吧，我妈妈就是这个样子。"

"您很想念爸爸妈妈吗？"

"我对父亲没有什么印象，那时候我还太小，跟他相处的时间也太短。妈妈对于人生的意义有自己的判断，可以说是与众不同，嗯，就像您刚才说的那样。"

阿瑟单膝跪下来，抓起了一把沙子。

"有一天，"他接着说，"我在花园里面发现了一美元硬币，当时还以为自己发达了，从此就有钱得不得了。我向她跑过去，手心里面紧紧攥着我刚刚才拿到手的财富。我展示给她看，心里是那么自豪。妈妈，在耐心听我一项项列出想用这笔巨款买哪些东西之后，她又将我的手心合了起来，然后温柔地把我的手掉转了180度，并且要我把手张开。"

"接下来呢？"

"那个硬币掉到了地上。妈妈告诉我：'瞧，这就是人死后的归宿，即便是这个地球上最有钱的人也无法逃脱这个命运。金钱和权力并不能让我们永生。一个人只有通过跟其他人的情感交流与传递，才能找到自己在这世上存在的价值，以及生命永恒的意义。'她说得一点也没错。昨天是她的祭日，她已经死去很多年了。时间隔得太久，我已经不再像以前那样逐日逐月地算着她离开的日子。不过，每当我用她带给我的眼光去看待世间的事物，比如说去欣赏一片风景，又比如说看到一个穿过马路的老头就马上联想到他背后的故事，每每在这种时候，我都会感到她就在那里，一闪而过；她化作一道风雨，她化作一抹光阴，她化作言语中的百转千回，她，就是我心中的永恒。"

阿瑟让细细的沙粒从指尖一点点滑落。时间带不走他心中爱的伤痛，纵然是在笑容里也没有办法完全抚平那一道心中的疤痕。

劳伦走到阿瑟身边，拉着他的手臂把他扶了起来。然后，两人又沿着沙滩继续往前走。

"要怎样才能苦苦等一个人那么长时间呢？"

"为什么您还想再跟我聊这个话题？"

"因为我很好奇啊。"

"我们两个一起开始了一段爱情的故事，曾经山盟海誓，只可惜造化弄人，但至少我自己还一直坚守着这一份承诺。"

　　劳伦松开了他的手臂，阿瑟看着她一个人向海岸边走去。又等了一会儿，他才跟着往前，来到她的旁边，她正在用脚尖轻轻拍打着波浪。

　　"我刚才说了什么不该说的话吗？"

　　"不，"劳伦说话的声音很低，"恰恰相反。我想应该是时候回家了，我真的还有工作要做。"

　　"不能等到明天再做吗？"

　　"明天也好，今天下午也罢，又有什么分别，您觉得这还能改变什么吗？"

　　"愿望可以改变一切，您信不信？"

　　"那您的愿望又是什么呢？"

　　"我的愿望就是跟您继续在这个沙滩上走下去，尽说傻话，尽干蠢事。"

　　"要不我们今天晚上一起吃饭吧？"劳伦提议。

　　阿瑟垂下了眼睛，装作好像是要犹豫的样子。她用拳头捶了他的肩膀一下。

　　"我来选地方吧。"他笑了，"我可以证明给您看，在旅游景点附近找到美食，也并不完全是不可能的事。"

　　"您打算带我去哪里？"

　　"去悬崖餐厅。在那里。"他用手指了指远处的一个悬崖峭壁。

　　"我一直生活在这个城市里，竟然还从来没有去过那里！"

　　"我也认识不少的巴黎人，他们从来都没有上过埃菲尔铁塔。"

　　"您已经去过法国了？"她瞪圆了眼睛，惊叹不已。

　　"我去过巴黎、威尼斯，还有摩洛哥的丹吉尔……"

　　阿瑟开始描述这些地方，带着劳伦在想象的空间里"周游"世界，时间不知不觉就过去了，他们一边走一边聊，在身后的沙滩上留下了两行长长的脚印。等到这一天过去，天黑的时候，海水涨起来，就会抹去这一切痕迹。

＊＊＊＊＊

镶着暗色木壁板的大厅几乎空无一人。劳伦率先走了进去。一个穿着制服的酒店领班迎了过来。她表示想要一张两个人的餐桌。对方建议她在吧台先等一等她的同伴。劳伦十分惊讶，她一转身，却发现阿瑟消失不见了。于是，她沿着原路返回，结果在楼梯上找到了他，他就站在最高一级台阶上，等着她，嘴角还带着一丝微笑。

"您在这里干什么？"

"下面的大厅光线好暗，这里明亮好多。"

"您是这么觉得的吗？"

"这整个地方都很阴暗，不是吗？"

劳伦点了点头，表示同意他的看法。

"没错，当时我心里面就是这么想的。我们还是去其他的地方吧。"

"我已经在酒店领班那里预订好位置了！"她感到有点为难。

"既然这样，那最好还是别告诉他了。就让这张台子一直等着我们吧，这大概能让我们记挂一辈子，就是在这个地方，我们本来约好了要第一次共进晚餐！"

阿瑟带着劳伦来到了酒店旁边的停车场。他问她是否愿意电召一辆出租车。他身上没带电话。于是，劳伦掏出自己的手机，拨通了出租车公司的热线。

一刻钟之后，他们在39号码头的防波堤上下了车。两人决定到这座城市里所有的旅游景点去转一转。如果不是已经走到精疲力竭的话，他们甚至想到唐人街去喝一杯。阿瑟知道在那里有一家巨大的酒吧，每天只要天一黑，一辆辆装着各方异乡客的旅游大巴络绎不绝，就好像潮水一样涌到酒吧的门口，一直到凌晨都不停歇。

两人在防波堤的木头栈道上漫步的时候，劳伦远远地好像看到了保罗，他把手臂倚在栏杆上，正在跟一位长着两条大长腿的迷人年轻姑娘聊得热火朝天。

"那不是您的朋友吗？"她问道。

"是的，就是他。"阿瑟一边说一边掉转了头。

劳伦赶紧跟了上去。

"您不想去跟他打个招呼吗？"

"不，我可不想去打搅他们的私人约会，来吧，我们还是从那边走吧。"

"您这是担心被他们看到我们两个在一起吧？"

"这是什么古怪的想法，您怎么会去想这种事情？"

"因为，您看上去就是有点害怕。"

"我跟您保证不是这样的。只不过，如果他知道我从医院里面出来第一个去看的不是他是您，那他肯定会嫉妒得要死的。我带您去吉拉德里广场吧，那里有一家很古老的巧克力店，晚上这个时候，店里面肯定全都是日本人。"

沿着他们散步的这条步道，旁边有人正在大肆欢庆，气氛已经达到了高潮。那是旧金山的渔夫们，每一年这个时候都会在这里聚会，这标志着螃蟹渔汛正式开始。

太阳最后几缕像火一样的余光消失在地平线上，月亮已经升起在港湾之上星星点点的夜空。沙滩上燃起了篝火，架好了大铁锅，里面的海水已经沸腾，咕咕地冒着气，渔夫们正在把各种煮好的虾蟹贝壳分派给过往的行人。劳伦胃口大开，一口气干掉了六个大蟹钳，站在铁锅旁边的一位水手非常热情，一直在帮她剥着壳。阿瑟望着她享用这顿盛宴，简直都看呆了。好一份意外惊喜的晚餐，她喝下了满满三塑料杯产自纳帕谷❶的赤霞珠红葡萄酒。在意犹未尽地舔干净手指上的汁液以后，她勾住了阿瑟的手臂，一脸的愧疚。

"我想，我们的晚餐估计是没戏了。现在哪怕再吃下一小块巧克力，估计我都能马上撑死！"

"我想，您估计是有点喝多了！"

"这完全不可能啊，咦，海水是升起来了吗？还是说我自己在打摆子呀？"

"您说的这两个都没错！来，我们再走远一点，呼吸一下新鲜空气。"

他拖着她离开了人群，让她坐到了旁边的椅子上，一盏孤独的路灯静静地照着他们。

劳伦的手摆在阿瑟的膝盖上，她大口大口地吸着这海港之夜新鲜的空气。

"您今天早上来看我应该不只是为了说一声谢谢吧？"

"我来看您是因为，由于某种我也无法跟您解释的原因，我想您了。"

"不应该讲这种事情。"

"为什么？我说的话让您害怕了？"

---

❶译者注：现今加利福尼亚州几个重要的葡萄酒产区之一，位于旧金山湾的北方。

"我的父亲当年想追我的母亲的时候，也是尽说一些漂亮话呢。"

"可是，您并不是她啊。"

"我跟她不一样。我有一份工作、一份职业、一个矢志追求的目标，这个世界上没有任何东西可以让我偏离这个目标，这就是我所坚持的做人的自由。"

"我知道，就是因为这个所以……"

"所以什么？"她打断了他的话。

"没什么。不过，我认为，令我们的生命有意义的并不仅仅是我们要去哪里，同时，以什么样的方式去那里，这同样很重要。"

"这是您的母亲跟您说过的话吗？"

"不，这是我自己想的。"

"所以，为什么要跟那个您那么想念的女人分手呢？就只是因为两个人在某些方面不很合拍吗？"

"可以这么说吧，我们曾经走得非常非常近。不过，我只是这一艘幸福小船上的匆匆过客，她没能续签我的船票，没能给我继续保留位置。"

"你们两个是谁提出分手的？"

"她离开了我，而我就这么放手让她走了。"

"您为什么不努力争取一下？"

"因为勉强抗争的结果很可能会给她带来伤害。解决这样的问题需要有大智慧，要聆听自己内心最深处的声音。如果两个人不能同时快乐，那我情愿牺牲自己去成全对方的幸福。怎么样，这个理由够充分了吧？"

"我看您这病是一直就没好啊。"

"我根本就没有病！"

"我很像那个女人吗？"

"您比她大几个月。"

在街道的另一边，一家旅游纪念品商店的店员正在收摊子打算关门。他首先把摆放明信片的转盘收了回去。

"我们本来应该买一张明信片的。"阿瑟表示，"这样我就能给您写几个字，然后您可以把它投到邮筒里去。"

"您真的相信一个人可以一辈子只爱一个人？"劳伦问他。

"我从来不担心生活的琐事，习以为常并非就一定意味着爱情的死亡。每一天都孕育着新的希望，既可以是繁华似锦也可以是平平凡凡，既可以不落俗套也可以普普通通。我深信激情可以延续，情感可以永存。真不好意思，所有这一切都是我妈妈的错，是她令我变成了现在这样的理想爱情狂。在这方面，我心里面的标杆实在是太高太高了。"

"您是说对别人？"

"不，是对自己，我是一个'老古董'，对不对？"

"老的东西才有魅力。"

"我倒是也挺注意要让自己还是在心底保留那么一点点童真。"

劳伦抬高头，直勾勾地看着阿瑟的眼睛。不知不觉中，两个人的脸庞越凑越近。

"我想要吻你。"阿瑟说了一句。

"你为什么要说，干吗不直接做？"劳伦回答。

"我跟你讲过了，我就是一个不可救药的'老古董'。"

那家商店的卷帘门开始沿着导轨嘎吱作响。警报器的声音在夜空中回荡。阿瑟挺直了身子，愣了一会儿，手里还握着劳伦的手，却猛地一下站了起来。

"我要走了！"

阿瑟的脸色都变了，劳伦甚至觉得自己在他的脸上隐约看到了一股阵痛涌上心头的痕迹。

"有什么不妥的吗？"

商店里传出来的警报器声音一下更比一下强烈，一直钻到他们两个人的耳朵里嗡嗡作响。

"我现在没办法跟您解释，但我真的必须要走了。"

"不管你去哪里，我都要跟着你！"说着，她也站了起来。

阿瑟把她拥在怀里，眼睛怎么也看不够。他仿佛使出了浑身的力气，抱她抱得简直就不可能更紧。

"时间很宝贵，你听好了。我刚才跟你讲的全都是真的。如果可以的话，我希望你还能想得起我，而我，我是不会忘记你的。另一个瞬间的你，就算是那么短暂，但也绝对是值得的。"

阿瑟倒退着往后走。

"你为什么要说'另一个瞬间'？"劳伦惊恐万状。

"大海里面现在有好多大螃蟹啊。"

"阿瑟，你为什么要说'另一个瞬间'？"劳伦大声地呼喊着。

"跟你在一起的每一分钟对我来讲都算是赚到了。这个世界上没有任何东西可以把这个从我身边夺走。让世界动起来，劳伦，我说的是你的世界。"

他又走远了几步，然后就撒开两腿跑了起来。劳伦在后面拼命喊他的名字。阿瑟又转过身来。

"你为什么要说'另一个瞬间'？"

"我知道你确实是存在的！我爱你，而这与你无关。"

讲完这句话，阿瑟就消失在了小巷子转角的阴影里面。

商店门口的铁卷帘终于慢慢地完成了向人行道拱墩靠拢的使命。店员把钥匙插到墙上凸出的一个小盒子里面，转了一圈，刺耳而又可怕的蜂鸣马上就消失了。不过，在商店里面，中控警报系统依然在一下一下地发出有规律的哔哔声音。

※

在黑漆漆的病房里，监控器的屏幕上出现了一道绿色的光晕。脑电图记录仪发出一连串尖锐刺耳、有规律的哔哔声音。贝蒂走进病房，开了灯，然后马上冲向病床。她查看了一下旁边那台小打印机刚刚"吐"出来的卷纸上的数据，马上就拿起了电话。

"马上把一个滑轮床送到307号病房来，顺便给我呼叫一下费斯坦，必须找到他，不管他在哪里，告诉他尽快赶到这里来。安排一下，腾出一间神经外科手术室，然后，让一个麻醉师赶快到上面来。"

※

一场蒙蒙细雨在城市里海拔低的街区蔓延开来。劳伦离开她一直坐着的椅子，穿过了旁边的街道，此刻，在她眼里，仿佛一切尽是黑白。当她转到格林大街上面的时候，城市的夜空中已是布满乌云。只不过一小会儿的工夫，淅淅沥沥的小雨就已经转成了夏天才会有的雷暴。劳伦抬头望天，一屁股坐到了旁边围起的一堵矮墙上，她在那里一直待了很久很久，顶着头上的狂风暴雨，呆呆地望着眼前"太平洋高地"社区上面高高耸立的那一幢维多利亚式老房子。

雨终于停了，她走进大堂，爬上楼梯的台阶，回到了自己的家。

头发已经彻底湿透了，她把脱下来的衣服甩在客厅里，从厨房的挂钩上拿了一块抹布擦了擦头，顺手把单人沙发椅背上的毛毯取下来裹在了身上。

接着又走回到厨房里面，她打开壁橱，拿了一瓶波尔多产的红葡萄酒，给自己倒了一大杯，然后举着酒杯一直走到了旁边的凹室空间里，默默地看着窗外下方吉拉德里广场上面的转塔。远处的大海里，一艘巨大的货轮正在起航开往中国，汽笛声响彻整个港湾。劳伦瞄了一眼沙发，两个扶手就好像伸出来的两个手臂。她转头不去看它，而是毅然决然地向那个小书架走去。她从架子上拿下一本书，松手任它掉落在脚边，接着又拿了另外一本，又丢在地上，然后心中油然升起一股无名的怒火，她干脆猛地一下子把所有的书全都扫了下来。

架子上已是空空如也，她推开书架，露出了后面一直藏着的那个小窗户。接着，她又开始跟沙发较劲，使出了浑身的气力把它转动了90度。然后，她摇摇晃晃地又走过去拿起了那个刚才搁在凹室窗口边的酒杯，回来一屁股坐在沙发垫子上。阿瑟说得对，从这个角度看出去，窗外一片屋顶，光彩夺目。她几乎是一口就干掉了手中的那杯酒。

街上还是湿漉漉的，有一个老妇人正在遛狗，她抬起头看了看眼前的那一幢小屋子，在这阴郁的雨夜，楼上只剩下一扇窗户还在向外渗着光线。屋子里面，劳伦已经困得睁不开眼睛，她的手渐渐麻木，慢慢松开，空空的酒杯从她手心滚落，一直滚到了沙发脚下另一边。

❀

"我来带他上手术室。"贝蒂对她面前的重症监护室住院实习医生喊道。

"还是让我先想想办法增加病人血液里的含氧量吧。"

"我们没时间了。"

"柏黛勒·贝蒂，在这里我才是医生。"

"斯特恩医生，您还穿着开裆裤的时候，我就已经是这里的护士了。要不，我们一边增加病人血液里的含氧量一边上楼去，怎么样？"

走廊里，贝蒂推着病床，菲利普·斯特恩医生紧跟在后面，手里还拖着一个小推车，上面摆的是用于急救的设备。

"这是怎么了？"他问道，"病人的生命体征看起来很正常啊。"

"如果一切正常的话，他现在就应该还待在自己的病房里，而且意识清醒得很才对！从今天早上开始，他就一直在昏睡。我本来是想给他上脑电波监控的，这，才是护士应该干的活，至于说能不能搞明白他这是怎么了，这，就应该是你们医生才能干的活！"

病床的四个轮子飞快转动，眼看着前方电梯的门就要关上，贝蒂大喊了起来。

"等等我们，十万火急！"

一位住院实习医生伸手挡住了正在合上的电梯门，贝蒂推着病床猛地冲了进去，斯特恩医生不得不把那个装着设备的小推车立起来，这才勉强也挤出了一个位置。

"为什么要搞这么急啊？"电梯里的那位医生很好奇地问。

贝蒂一脸不屑的样子看着他说，当然是为了现在"躺在床上的这个家伙"，然后她就摁下了通往第五层的按钮。

当电梯往上升的时候，她伸手到自己大褂的衣服口袋里翻来翻去想掏手机，可是还没等她找到，电梯门已经再次打开，神经外科就是这一层了。她拼命用力把病床推进走廊，手术室都在那边的尽头。只见格拉雷利已经等候在手术准备室的入口处，他弯下了腰打量着病人。

"我们认识的，对吧？"

由于阿瑟并没有回答，格拉雷利又转过头来看着贝蒂。

"我们认识他，对吧？"

"礼拜一刚给他做了大脑皮下止血消肿的手术。"

"啊，那看来这里的确有点小问题，通知费斯坦了吗？"

"哈，他还在这里啊，这家伙！"刚刚被点到名的神经外科医生紧接着走了进来，"我们总不至于天天要给他做手术吧。"

"你们要是一次给他弄好，以后不就没麻烦了！"贝蒂走出房间的时候咕哝了一句。

她在走廊里开始跑起来，以最快速度下楼，回到了急诊室接待处。

电话铃声把劳伦从睡梦中惊醒。她伸出手摸索着到处找电话。

"你终于接了！"电话里是贝蒂的声音，"我这都已经打第三遍了，你到底是在哪里啊？"

"现在几点了？"

"如果费斯坦知道我竟然敢打电话通知你，那我这条小命估计就保不住了。"

劳伦一下子从沙发上坐了起来。贝蒂向她解释了一番，告诉她最好还是上来307病房看一看，嗯，就是她之前刚给他动手术的那位病人。劳伦感到自己的心都快要跳出来了。

"可是，你为什么要让他那么早就离开医院呢？"她很愤怒地质问。

"你在说什么啊？"贝蒂感到莫名其妙。

"你们就不应该批准他今天早上离开医院，你自己非常清楚我在说什么，因为就是你告诉了他我住在哪里！"

"你喝酒了？"

"喝了一点，怎么了？"

"你都在说些什么啊？我一刻不停地照顾着你的这位病人，他今天根本就连自己的床都没有离开过一步！况且，我也什么都没跟他说过啊。"

"可是，我中午才刚刚跟他一起吃午饭！"

电话那一头沉寂了一阵子，然后是贝蒂的咳嗽声。

"我就知道会是这样，看来我根本就不应该通知你！"

"不，你当然应该通知我，为什么要这么说呢？"

"因为据我对你的了解，你肯定会在半个小时之内赶过来，然后还醉得要死，结果什么忙也帮不了，只会让事情变得更糟。"

劳伦望了一眼放在厨房柜子上的红酒瓶，里面还剩下不少，她顶多也就喝了满满一大杯。

"贝蒂，你跟我说的这个病人，就是……？"

"是啊！他从今天早上起就一直挂着监控设备躺在病床上，如果你非要说什么你中午刚跟他一起吃饭的话，那等下你一过来，我就马上让人安排你住院，而且，肯定不会是跟那个人同一间病房！"

贝蒂挂了电话。劳伦抬头望望她的周围。沙发已经不在原来的位置上，所有的书全都散落在书架下面，看到这样的场景，恐怕谁都会以为这套公寓刚刚被人入室盗窃了吧。她不能让自己的思绪跟着心中那个荒唐的感觉继续走下去。刚刚经历的这一切，总会有可以合理解释的理由，只要把它找出来就可以了，对，肯定讲得通的！她从沙发上站起来，却一脚踩在了空酒杯上，脚后跟位置被划出一道深深的口子。红红的血喷溅在椰子纤维材质的地毯上。

"哈，可不就是只差这个了嘛。"

她单脚跳到了卫生间里，可是，打开水龙头却没有水。她把自己的脚搁到浴缸里面，伸出手去够急救药包，从里面掏出一瓶消毒酒精，整瓶倒在了伤口上。一阵剧烈的疼痛袭来，她深深地吸了好几大口气，让自己不要晕过去，然后一片一片地把嵌在脚上皮肤里的玻璃碎片拔个干净。给别人治病是一回事，在自己的身体上"动刀子"，那又是另外一回事了。十分钟的时间就这么流逝，脚上的血还在不停地往下淌。她观察了一下伤口的情况，看来仅仅靠手来挤压并不能达到止血的效果，要想把流血的部位包住，恐怕还是不得不缝针了。她站起身，把旁边搁板上所有的瓶瓶罐罐全都扫了下来，想看看有没有装消毒纱布的盒子，结果却是徒劳无功。于是，她拿起一条浴巾，缠在了自己的脚踝上，又打了一个结，使出最大的劲拼命拉紧，然后一瘸一拐地跛着脚朝衣橱的方向走去。

⬥❦⬥

"他睡得好安详，就像个天使！"格拉雷利说道。

费斯坦检查了一下核磁共振输出的影像。

"我原来还担心是不是那个我上次手术没有动的小异块出现了什么问题，不过还好，看起来不是那么回事。脑部还是有点渗血，我们之前把导流管拔得太早了一点。他这也就是有点颅内高压而已，我给他设个管子引流解压一下，估计就没什么事了。给我一个小时的麻醉时间吧。"

"乐意之至，我亲爱的同事。"格拉雷利接过话茬，看起来心情十分愉悦。

"我本来想安排他周一就出院，可是现在倒好，他至少还要在我们这里再待一个礼拜，这完完全全就是给我添麻烦嘛。"费斯坦一边开始动手术一边咕哝了一句。

"嗯，何出此言呢？"格拉雷利时刻观察着监控器上显示的生命体征数值。

"我有我的理由。"教授的声音从旁边传了过来。

⬥❦⬥

就连穿上一条牛仔裤都已经不是那么简单的事情了。胡乱披上一件套头衫，一只脚穿着鞋，另一只脚就这么光着，劳伦锁上了公寓的房门。原来再正常不过的楼梯如今在她眼前却突然变得无比凶险起来。勉强撑着来到第二层楼梯的转角，她已经疼得站都站不起来了，干脆一屁股坐下来，顺着台阶慢慢往下溜。多么混乱的一天啊，还能比这更糟糕吗？她拖着脚一路跛行到车子那里，摁下遥控键，打开了车库的大门。天空中依然是乌云密布，暴雨如注，一辆老款的凯旋车朝着旧金山纪念医院的方向飞驶。每一次换挡的时候，脚部的伤口都好像针扎一样，疼得她死去活来，几乎要昏过去。于是，她就摇下车窗，让自己能够呼吸一点新鲜空气。

※

保罗开着萨博，沿加利福尼亚大街一路飞奔。自从他们离开餐厅以后，他就再也没有说过一句话。奥妮佳把手放到他的大腿上，温柔地抚摸着他。

"别担心，可能情况也没有那么严重。"

保罗没有回答，他转进了市场街，继续向第20号公路驶去。他们两个刚才还在美国银行大厦的尖顶上吃饭，就是在那个时候，保罗的手机响了起来。一位护士通知他说，阿瑟·阿什比的身体状况突然恶化，病人必须立即动手术，但以他现在的情况显然无法自己决定是否接受这样的安排。由于在病人的入院信息登记表上留下的是保罗的名字，所以他必须尽快赶来医院签署手术同意书。于是，他首先在电话里授权对方可以开始手术，接着马上离开了餐厅，在奥妮佳的陪伴下，开着车在夜色下狂奔。

※

那辆凯旋终于停在了急诊室大厅门口的雨篷下面。一位安保主管走上前来，凑近车门告诉车上的女司机，这个地方是不能停车的。劳伦回答对方说她是这家医院的医生，而且还受了伤，话都没说完，她就已经在驾驶位上昏了过去，安保主管赶紧通过步话机呼叫支援。

❦

格拉雷利弯腰去看他前面的监测器显示屏，费斯坦立刻注意到，在这位麻醉师的脸上出现了一丝担忧的神情。

"您那里有什么问题吗？"神经外科专家问。

"有点轻微的心律不齐，您越快做完手术越好，我希望能尽量早一点让他醒过来。"

"我尽力吧，亲爱的同事。"

在旁边玻璃墙的后面，贝蒂仔细地看着手术室里正在发生的一切。她几分钟之前刚刚让人替了班，然后就赶到了这里。贝蒂看了看自己的手表，劳伦早就应该来了啊。

❦

保罗进到了急诊室大厅，在接待处表明了自己的身份。值班的护士请他耐心在旁边的候诊室里等一下，因为护士长刚刚到楼上去了，她应该很快就会回来的。奥妮佳伸手揽住他的腰，带他走到椅子上坐下来。然后，她走到一边让他自己平静一下。奥妮佳把一枚硬币塞进了热饮机的投币口，她选了不加糖的浓缩咖啡，手里面端着杯子，又回到了保罗的身边。

"拿去。"她的声音带有磁性的魅力，"你在餐厅的时候没来得及喝这个。"

"今天晚上搞成这样我很抱歉。"保罗抬起头，有些悲伤。

"也没什么值得你抱歉的，更何况，那里的鱼也不是那么好吃嘛。"

"真的吗？"保罗看起来有点担心。

"没有啦。不过啊，在这里也好，在那里也罢，我们两个今天晚上毕竟还是在一起了嘛。喝吧，再不喝就要冷了。"

"怎么偏偏在我不能来看他的这一天就出状况了呢！"

奥妮佳的手慢慢穿过保罗乱糟糟的头发，带着无尽的温柔轻轻地抚摸。他看着她的眼神，就好像是一个迷失在大人世界里的孩童。

"我不能失去他，我的身边只有他了。"

奥妮佳默默地承受了这沉重的一击，什么话也没有说，她坐到他的身边，把他揽在了自己的怀里。

"在我们家乡有一首歌是这么唱的：只要心里面时刻想着一个人，那他就永远不会死去。所以，你现在就想着他吧，不要再去想你的痛苦了。"

⋯⋯⋯⋯⋯⋯⋯⋯

斯特恩医生进了2号诊疗室，一直走到床头，拿起了女病人的入院登记表。

"您的脸，看起来好熟啊。"他说。

"我在这里工作呢。"劳伦回答。

"是吗？我倒是新来的，上个礼拜五，我还在波士顿当住院实习医生呢。"

"那么，我们应该从来没见过，我被强制性休假到现在已经有八天了，而且我的脚也从来没踏进过波士顿半步。"

"说到您的脚嘛，情况还真是挺糟糕的呢，您是怎么搞的，伤得这么重啊？"

"白痴呗！"

"嗯，还有呢？"

"踩到了一个玻璃杯上……光着脚！"

"嗯，那玻璃杯里面原来装着的东西现在是不是都到您的胃里面去了？"

"也可以这么说吧。"

"您的血样分析已经足够说明问题了，我倒是多少还能在您体内的酒里面找出那么一点点血来。"

"也别太夸张了嘛，"劳伦试图站起来，"我也就是喝了几口波尔多产的红酒而已。"

头怎么这么晕，她感到心都快蹦到嗓子眼上来了，斯特恩医生赶紧给她拿了一个小脸盆过来，还递给她一张纸巾，然后就笑了起来。

"我有点怀疑哦，亲爱的同事，根据我手头掌握的血样分析数据，我敢说您大概是吞下了整个旧金山湾一大半的螃蟹，而且还一个人干掉了一大瓶赤霞珠红葡萄酒吧。我得告诉您，在同一个晚上把两种不同颜色的葡萄酒一起混到胃里面，这可绝对不是什么好主意。正所谓先红后白，马上完蛋啊❶！"

"您刚才说什么？"劳伦问道。

---

❶译者注：在法国波尔多地区流传一句尽人皆知的俗语：先白后红，气色平淡；先红后白，马上完蛋。这是说葡萄酒的饮用顺序及其造成的结果。先喝红葡萄酒再喝白的容易醉，而反之则无大问题。

"我？什么也没有啊，相反，您的胃里倒是……"

她躺倒在床上，双手抱着头，完全不明白为什么会是这个样子。

"我必须尽快离开这里。"

"尽力而为吧。"斯特恩继续说，"不过我现在先要给您缝一下伤口，然后您还得打好几针破伤风。您是希望局部麻醉呢，还是……"

劳伦没等他说完就打断了他，只想让他尽快把伤口缝好。于是，年轻的外科住院实习医生就去拿了缝合包，过来坐到了劳伦旁边的小圆凳上。当他缝到第三针的时候，贝蒂走进了诊疗室。

"你这是怎么了？"护士长一进来就问。

"喝醉了吧，我想应该是！"斯特恩抢先回答。

"这该死的伤口。"贝蒂看着斯特恩正在缝针的脚。

"他怎么样了？"劳伦没去理会她眼前的这位住院实习医生。

"我刚刚才从手术室下来，手术还在进行当中呢，不过我想他应该没什么问题了。"

"到底发生了什么事情？"

"应该是手术后脑积水，导流管拔得太早了一点。"

"贝蒂，我能问你一个问题吗？"

"难道我还有的选吗？"

劳伦抓住斯特恩医生正在缝针的手，请他出去，让她们单独待一会儿。外科医生还想坚持先完成他的任务，但贝蒂一把从他手里抓过了针线，说让她亲自来给劳伦缝针，因为在急诊室大厅里还有一堆病人，他们比劳伦更需要斯特恩医生的照顾。

斯特恩看了一眼贝蒂，从圆凳子上站了起来，反正剩下给她做的也不过就是包扎一下，然后打打破伤风针了。

贝蒂坐到了劳伦身边。

"你说吧，我听着。"她表示。

"我知道我要问你的事情听起来有那么一点奇怪，不过，307号病房的病人有没有可能今天白天出去了，而你没有留意到呢？我发誓，你跟我讲的我一定不会传出去。"

"你把问题说清楚点！"贝蒂的声音里似乎已经带有一丝怒意。

"我也不知道该怎么说，他有没有可能摆一个长枕头在床上，让人以为他一直没走开，实际上却悄悄溜出去几个小时，而你一直没有发现？他看起来在这方面好像应该是挺擅长的，对不对？"

贝蒂扫了一眼摆在洗手盆旁边的那个小脸盆，然后眼睛往上一抬，翻了翻白眼。

"我真为你感到羞耻啊，亲爱的！"

斯特恩又重新出现在诊疗室里。

"您真的确定我们以前没有在哪里碰到过吗？五年前，我曾经来这里实习……"

"出去！"贝蒂命令道。

❦

费斯坦教授看了看手表。

"55分钟！您现在可以开始唤醒程序了。"说完，费斯坦就离开了手术台。

这位神经外科医生向麻醉师点头示意，然后就走出了手术室，看起来他的心情非常糟糕。

"他这是怎么了？"格拉雷利感到很奇怪。

"这个时候，他应该是很疲倦了。"诺玛的声音听起来似乎有点悲伤。

护士开始包扎手术创口，格拉雷利开始让阿瑟恢复生气。

电梯门在急诊室这一层打开了。费斯坦穿过走廊，脚步有点匆匆。旁边一间诊疗室里传出来的说话声音引起了他的关注，心里已经有点怀疑的他把头伸到帘子里面，果然看到是劳伦正坐在床上跟贝蒂聊着天。

"你是不是得了健忘症啊？不是跟你说了不准你踏进医院半步吗？该死的！你还没有恢复医生的职权，怎么能够回来呢！"

"我这次回来的身份不是医生而是病人。"

费斯坦望着她，眼神中充满了怀疑。劳伦甚至是略微有点骄傲地把她的脚高高抬到半空中，贝蒂赶紧向教授汇报说刚刚才给她的脚缝了七针。费斯坦低声骂了一句。

"为了跟我作对，您可真是什么都敢做啊。"

劳伦很想予以反击，但贝蒂，背朝着教授，瞪圆了眼睛示意她不要再说话。费斯坦转身离开了，他的脚步声在走廊里面回响，穿过大堂的时候，他语气威严地告诉门口值班的护士，他现在马上回家，今天晚上无论如何都不要再打搅他了，就算是加利福尼亚州长大人在健身的时候撕烂了自己的嘴巴，那他也不管了。

"我到底对他做过些什么，他要这样对我？"劳伦的心情难以平静。

"他是巴不得天天有你作陪啊！自从把你暂时停职以后，他就好像整个地球都欠了他似的。在我们这里，他看到每个人都会不高兴，只有你除外。"

"啊哈，如果是这样的话，那我还是少一点跟他作对喽，你刚才听到了他是怎么说我的吧？"

贝蒂卷起没用完的绷带，把它摆到了旁边小推车的抽屉里面。

"这个嘛，亲爱的，我觉得你这文字游戏还玩得挺漂亮的，大概都可以去吟诗作对了！我已经给你包扎完毕，你现在爱到哪儿去就到哪儿去吧，只是千万别在这家医院里面到处乱蹦跶就行。"

"你觉得他是不是已经被送回病房了呢？"

"谁？"贝蒂回答的声音听起来特别假，她顺手关上了医药箱。

"贝蒂！"

"我可以去看一看，不过你必须跟我保证，只要我把你需要的'情报'带回来，你就马上离开这里。"

劳伦点了点头表示肯定，贝蒂走出了诊疗室。

费斯坦从停车场里面穿过。在距离他的车子还有几米的时候，一阵剧烈的疼痛再次涌了上来。这还是病魔第一次在他动手术的过程中发作。他知道诺玛肯定从他脸上的表情猜到了当时在他下腹部如针扎一般的刺痛有多么难受。事实上，他抓紧时间在手术的过程中硬挤出来的那十分钟不仅对病人很关键，对他自己来说，也是就好像救命一样。现在，豆大的汗珠从他的额头一层层渗出来，每往前跨一步，他觉得自己的视线就更模糊一分。口里面突然冒起一股金属的味道。他弯下腰，把手塞到了自己的嘴巴里。紧接着他就是好一阵咳嗽，血顺着他的手指淌了下来。就只剩下几米的距离了，费斯坦心里面在祈祷，但愿停车场的保安没有看到他这个样子。终于，背靠在了车门上，他伸手到口袋里去掏车门的遥控开关。凭着身体里最后仅存的一丝气力，他勉强坐进了驾驶座，在那里等待着这一波苦难过去。一阵天昏地暗，整个世界好像蒙上了一层阴郁的面纱，在他的眼里逐渐消失殆尽。

⚜

贝蒂不在这里。劳伦闪身进了走廊，一瘸一拐地朝着更衣室走去。她打开一个柳条筐，顺手拿起上面第一件大褂，然后跟进来的时候一样蹑手蹑脚地走了出去。回到走廊里面，她拉开了一扇医务人员专用的小门，穿过一条上面安有各种管子的狭长通道，出现在这栋大楼另一翼，那是儿科的所在地，从这里，她搭上医院西塔的电梯直抵四楼，接着又沿着相反的方向再次经过技术通道，最后终于来到了神经科的住院部。在307号病房门口，她停下了脚步。

⚜

保罗一下子弹了起来，脸上写满了不安与焦虑。不过，当看到朝他走过来的贝蒂脸上露出了笑容，他心中悬着的心算是落下了一半。

"最糟糕的情况已经过去了。"她说。

手术进展得不错，阿瑟已经回到自己的病房里面休息了，甚至都不需要留在重症监护室观察。今天晚上出现的状况只是手术后偶发的一次小紊乱，不会有什么严重后果的。如果愿意的话，他明天就可以上去看他。保罗倒是情愿待在他的身边守一整夜，可是贝蒂再次请他放宽心，因为他实在没有任何理由再继续为这个担忧了。况且，她还有他的电话号码，不管发生任何事情，她肯定会通知他的。

"那么，您能跟我保证，肯定不会发生任何严重的事情吗？"保罗的声音里依然带着一丝焦虑。

"来吧，"奥妮佳拖起了他的手臂，"我们回家吧。"

"一切都在掌控之中。"贝蒂确切地表示，"您还是回去休息一下吧，看您这脸色简直比纸浆还要白，好好睡一觉比什么都强。我会看着他的。"

保罗一把抓过护士的手，使劲地握着，一边连声道谢，嘴里还不停地说着抱歉。

奥妮佳几乎是用暴力强行把他拖出医院大门的。

"如果早知道是这样，那我还不如当你最要好的朋友好了！你对待朋友的表现可是要比对待情人好得太多太多啊！"奥妮佳穿过停车场的时候说道。

"可是，我到现在为止还没有机会在你生病的时候来照顾你啊。"他为她拉开车门，但说这话的时候，其实他心里面一直在打鼓，连自己都不是非常有信心。

保罗坐在驾驶位上，很疑惑地望着停在他们旁边的那辆车。

"你还不开车？"奥妮佳感到很奇怪。

"你看看右边的这个家伙，他好像看起来不是很妥哦。"

"我们现在是在医院的停车场里面，而且你又不是医生！你给家里面那条圣伯纳狗装狗粮的小桶这会儿早就已经空了，我们赶紧回家吧。"

这辆萨博离开了停车位，在街角转了个弯就消失不见了。

劳伦推开门，走进了病房。房间里面十分安静，光线很暗，她几乎看不清当中的情形。阿瑟的眼睛微微睁开，他好像是冲着她笑了一下，但很快又睡过去了。她一直走到床脚，就那么看着他，十分地专注。桑蒂亚戈曾经讲过的话突然出现在她的脑海之中。那个头发已经斑白的男人在离开他女儿的病房之前，最后一次转过身来，用西班牙语说了一句："假如人生只是一段漫长的休眠，唯有人与人之间的爱才能带我们来到梦醒的边缘。"劳伦向前一步走进了阴影里面，她把嘴巴凑到阿瑟的耳朵跟前，用很小的声音说道：

"我今天做了一个很奇怪的梦。醒过来以后，我还一直想着能不能回到梦里面，我不知道这是为了什么，也不知道怎么办才好。我好想再看到你，就在你的梦里面。"

她在他额头印下了一个吻，然后转身离开，房间门在她的身后缓缓关闭。

流云遮不住日光

相互信任，是这个世界上最宝贵的东西，但同时也是最脆弱最容易破碎的。

太阳在旧金山港湾升起。费斯坦走进厨房，诺玛早已经在那里。他坐在台子前面，拿起咖啡壶，倒了两杯咖啡。

"你昨天晚上很晚才回来？"诺玛问他。

"有工作要做。"

"可是你比我还早离开医院啊？"

"我到城里面去办点事。"

诺玛转过身望着他，两眼通红。

"我跟你一样，我也会感到害怕，可是你永远也看不出来，因为你只想到你自己的问题，你以为，你要是死了我还活着，我心里不会担心害怕吗？"

老教授从高脚圆凳上站起来，伸出手把诺玛拥在了怀中。

"对不起，我还真没有想到，原来死亡是一件那么困难的事。"

"你这一辈子都在跟死亡打交道啊。"

"那是别人的死亡，而不是我自己的。"

诺玛把她爱人的脸颊捧在自己的手心，然后她的双唇就印在了他的脸上。

"我只是想求你至少不要放弃，努力争取把时间往后推一推，18个月也好，一年也罢，现在我还没准备好。"

"不瞒你说，我也还没准备好。"

"那还是接受治疗吧。"

老教授走到窗户跟前。太阳已经在梯布伦山丘后面冉冉升起。他深深地吸了一口气。

"只要劳伦准备好了，我就辞职。我们一起去纽约，在那里有个我的老朋友，他很想让我在他那里接受治疗。就当是试一下吧。"

"真的？"诺玛的眼泪唰地一下淌了下来。

"没错，我的确是经常搞得你很烦，不过，我可从来也没有对你撒过谎！"

"为什么不现在就去呢？我们明天就可以出发。"

"我跟你讲了，要等劳伦准备好啊。我是很愿意放下我的这些工作，但总不能就这样拍屁股走人撒手不管吧！好吧，现在你还不给我做切片面包吗？"

❦

保罗开车来到奥妮佳公寓楼下，把车随便齐着线停了下来，然后下车，飞快地绕到了车的另一边。他紧贴着车边，却没让他的女伴打开车门。奥妮佳望着他，根本不明白这又是在玩什么把戏。而他则敲了敲车窗，示意她摇下窗户的玻璃。

"我的这辆车就留给你了。我自己拦一辆的士回医院去。在钥匙包里有我家房门的钥匙，你留着吧，归你了。我的衣服口袋里面还有另外一把呢。"

奥妮佳看着他，有些搞不清状况。

"好吧，我得承认这招看起来是有点傻，不过我的确很希望我们能够在一起待更长的时间，"保罗继续说道，"嗯总之，我觉得吧，每天晚上都在一起也蛮好的。不过，既然现在钥匙在你的手里面，那你就按照自己的意愿来做决定吧。"

"是，你说得对，这招的确是挺傻的。"她的声音很温柔。

"我知道。这个礼拜，我简直死掉了太多脑细胞。"

"就算这么傻，但你还是让我感到很高兴。"

"这可真是个好消息。"

"走吧，再不走，等他醒来的时候就看不到你了。"

保罗把身子探进了车里。

"要注意小心点，这辆车很容易坏的，特别是离合器。"

他满怀激情地抱了奥妮佳一下，转身朝着街口的方向跑开了。很快，一辆的士就载着他奔向了旧金山纪念医院。等一下，他要告诉阿瑟自己刚刚干了什么，可以想见，这位老伙计一定会把自己那辆老福特车借给他的。

❀

劳伦是被自己脑袋里面像"风炮机"一样突突突一下又一下的冲击波给震醒的。她感到自己的脚好疼，真的好难忍，干脆拆开纱布查看伤口的情况。

"该死的！"伤口正在往外渗着液体，"可不就只差这个了嘛！"

她站起来，一瘸一拐地向卫生间走去，然后拉开药箱，打开一瓶消炎液，整个浇到了脚踝上。这一下实在是太痛了，装着酒精的药瓶直接从她的手中滚到了浴缸里。劳伦自己很清楚，就这么简单地处理一下根本就解决不了问题，必须重新彻底地清理患处，同时接受抗生素治疗。伤口感染到这种程度是有可能会引起严重后果的。她穿好了衣服，又打电话到出租车公司，以她目前这种状况，自己开车显然是不合适了。

十分钟过后，她来到了医院，拖着伤脚走进了一楼的大堂。有一位已经在这里等了两个多小时的病人非常激烈地表示抗议，要求她像其他人那样排队。于是，她向他亮出自己的工作牌，然后就跨进了通往诊疗室的玻璃门。

"你跑到这里来干什么？"贝蒂一见到她就问，"如果费斯坦看到你……"

"你来帮我看看，我都快疼死了。"

"既然你都会抱怨了，那看来情况是很糟糕喽，要不你坐到轮椅上来吧。"

"也别太夸张了，有哪间诊疗室是空的吗？"

"3号！你动作快点，我在这里已经待了26个小时了，现在我都不知道自己为什么还能站起来。"

"昨天晚上你没能休息一下吗？"

"也就是在天亮之前眯了几分钟吧。"

贝蒂让她坐到病床上，然后解开绷带查看伤口。

"你是怎么搞的，伤口竟然这么快就感染了？"

护士长准备好了利多卡因针管。等到局部麻醉药发生效用，劳伦感到没那么疼了，贝蒂就开始动手挑开伤口已经结疤的边缘部分，对皮下组织进行深度清理，然后又去拿了一个新的缝合包过来。

"你是自己来缝呢，还是觉得可以我来呢？"

"你来吧，不过，先给我安一个导流管，我这可再也经不起任何风险了。"

"肯定会留下一大块伤疤了，很抱歉。"

"多一个也不多，少一个也不少！"

当护士开始动手的时候，劳伦忍不住把床单死死地拽在了手心里。贝蒂转过身去准备其他东西，劳伦赶紧利用这个机会向她提出了在自己心中萦绕已久的那个问题。

"他怎么样了？"

"他醒过来的时候状态蛮好的。这家伙前一天晚上差点就死了，结果他醒过来唯一感兴趣的事情竟然是什么时候可以从这里出去。我敢跟你打赌，在我们这里还真是总免不了会有那么几个怪人！"

"绷带别扎那么紧。"

"我可以在力所能及的范围内为你办事，可是你啊，我可不会允许你到楼上去！"

"就算是我在走廊里迷路了也不行吗？"

"劳伦，别干蠢事！你这是在玩火。再过几个月，你就可以转正了，千万不要在这个时候把一切都给毁了！"

"我昨天晚上老是在想着他，而且，那种感觉好奇怪。"

"嗯，那你就再像这样子在心里面想一个礼拜吧，下个礼拜天你就能去看他了。当然，前提是他周六就可以办理出院手续。他又不是你心里面那个

'歌剧魅影'❶，这个人有身份，有地址，还有电话，你如果想再看到他，只要等他出院以后打电话给他就行了！"

"他完全就是我的'菜'！"劳伦说这话的时候还有些不好意思。

贝蒂用手托起她的下巴看着她，看得非常仔细。

"哎，我说，告诉我，你这该不是真的要对我倾诉什么情感问题吧？我以前还从来没听过你讲话这么温柔呢！"

劳伦一把推开了贝蒂的手。

"我也不知道我这是怎么了，就是想看到他，想自己过来确认一下他的情况还好不好。嗯，他毕竟是我的病人！"

"我嘛，对于你现在这个状况，我倒是有那么一点点概念，要不要我来给你解释解释？"

"别再嘲笑我了，事情没那么简单！"

贝蒂忍不住大笑了起来。

"我不是在开玩笑，其实这事还真的挺难弄的，好吧，我要走了，滚回去睡觉。你可别干傻事。"

她拿过一块夹板，搁在了劳伦的脚下。

"装上这个你就能走路了。到中心药房去找你的抗生素吧。衣橱里面有一对拐杖。"

---

❶译者注：《歌剧魅影》（The Phantom Of The Opera）是一部由哈罗德·普林斯导演的音乐剧。讲述的是一个毁容的音乐天才——歌剧院幽灵埃里克在巴黎歌剧院的地下墓穴里神出鬼没，还经常出来闹一闹鬼。他爱上了可爱的年轻女演员克莉丝汀之后，发生了种种故事……贝蒂这里指的是劳伦梦里面经常出现的那个形象。

贝蒂在帘子后面消失了，但很快她的脸又露了出来。

"你可别又在这家医院里面找不着北，我提醒一下你，中心药房是在地下一层，不要跟神经科搞混了，同一部电梯可以到这两个地方！"

劳伦听着她的脚步声渐渐在走廊里走远了。

━━◆◆◆◆◆━━

保罗守在阿瑟的床边。他打开一个袋子，里面装满了羊角面包，还有提子面包。

"趁我不在这里的时候又回到手术室去，这可真是有够差劲的呢。我希望这一次他们就算没有我帮忙也能把事情处理好！今天早上你感觉怎么样啊？"

"感觉很好啊，只不过我现在是真的受够了，不想再待在这里了。你呢，你的脸色看起来不太好。"

"还不是因为你，我昨天晚上过得糟糕透了。"

━━◆◆◆◆◆━━

劳伦从柜台上拿起处方笺，给自己开了一剂强力抗生素，然后在处方单上签下名，递给了药房里面的工作人员。

"您这可真是大手笔啊，这是要治疗败血症吗？"

"我那匹大种马发高烧了！"

"这个剂量的药只要一用下去，它天黑之前就能够四脚着地站起来！"

工作人员闪身消失在药架子后面，过了一阵子，他手里拿着一个药瓶走了回来。

"您还是温柔一点吧，我挺喜欢动物的，这么大的剂量下去，就算是大种马恐怕也顶不住吧。"

劳伦没有回答，她接过药瓶，转身向电梯走去。在电梯里面，她犹豫了一会儿，最终摁下了通往四楼的按键。来到一楼的时候，电梯门打开，一位技工走了进来，手里推着一台脑电图记录仪，显示屏上缠着一道黄色的塑料胶带。

"去几楼？"劳伦问道。

"神经科！"

"机器坏了吗？"

"现在的机器的确是越来越精密，但与此同时也越来越让人搞不懂了。比如说这个吧，昨天一晚上，它就把所有的打印纸全用完了，可是打出来的东西却没有一个人能看得懂。它记录下来的好像已经不再是什么人脑活动的情况，简直就是一整个配电站输出的全部电路动向。维修部的同事研究了整整三个小时，最后得出的结论是，这台机子完全没有问题！可能是遇到了电波干扰吧。"

❦

"你昨天晚上干什么了？"阿瑟问。

"你还真有点八卦哈，昨天晚上有一位年轻的姑娘陪我吃饭。"

阿瑟望着他的好友，就好像是在审犯人一样。

"是奥妮佳。"保罗坦白交代。

"你们后来又见面了？"

"可以这么说吧。"

"你的声音听起来好奇怪。"

"我担心自己又犯傻了。"

"怎么说？"

"我把家里面的钥匙给了她。"

阿瑟的脸上露出了喜色，他甚至想伸手去逗一下保罗，可是他的好友却站起身，立在窗户跟前，忧心忡忡的样子。

"你这就已经开始后悔了？"

"我担心我这样会吓着她，或许我是太着急了一点。"

"你爱上她了？"

"这也不是不可能的事。"

"如果是这样的话，那你就按照自己的直觉去做吧。你迈出了这一步是因为你心里面有这个欲望，而她也肯定能够感受到这一点。把自己的情感跟其他人分享，这并没有错，相信我吧。"

"所以，你真的不会觉得我做错了吗？"

阿瑟的脸上写满了希望："我以前还从来没见过你像现在这个样子，你没有任何理由为此而感到担心！"

"她还没给我打电话呢。"

"多长时间了？"

保罗看了看手表。

"两个小时吧。"

"就这么一会儿工夫？看来你可真是着了魔啊！给她一点时间，让她好好回味一下你这个举动背后蕴含的意义吧，另外她肯定还要花点时间打打电话，我估计她会告诉她所有的女性朋友，刚刚有个全旧金山最难搞定的钻石王老五已经彻底拜倒在了她的石榴裙下。"

"嗯，好吧，你就继续装你的情场高手吧，不过我倒是挺乐意看你这么卖弄的。也不知道到底是怎么了，我现在一阵发热又一阵发冷，手心不停淌汗，肚子有点不舒服，口里面还很干。"

"你陷入爱河啦！"

"我就知道我天生不是这块料，你瞧，我这什么毛病都出来了。"

"你就等着吧，接下来还会有其他反应，到那时候你就会感到很爽了。"

一位女医生从病房的玻璃窗前走过。保罗瞪圆了眼睛。

"我打搅你们了吗？"走进病房的是劳伦。

"没有啊。"保罗说。

他表示自己正好想去买一杯咖啡，顺便还问阿瑟是不是也想来一杯，还没等阿瑟开口，劳伦已经抢先回答说他刚做完手术，最好就不要了。于是，保罗闪身告退了。

"您受伤了吗？"阿瑟看起来很担心。

"一时犯傻，出了点意外。"劳伦伸手把挂在床脚的住院记录单拿了下来。

阿瑟看着她脚上的夹板。

"到底发生了什么事情？"

"在吃螃蟹大会上有点不良反应！"

"然后就能把脚伤成这个样子？"

"这也就是割破了皮有点严重而已。"

"它们是用钳子夹了您吗？"

"所以，我刚才跟您讲的这个，您完全没有概念，对吗？"

"的确不是很明白，不过如果您可以跟我再讲多一点的话……"

"那您呢，昨天晚上过得怎么样？"

"挺混乱的。"

"您昨天离开过病床吗？"劳伦心里依然充满希望。

"我其实一直在这床上，看起来好像是脑子有点烧过头了，所以他们赶紧把我抬到了上面的手术室。"

劳伦仔仔细细地端详着他。

"这是怎么了？"阿瑟问，"您的样子看起来好奇怪。"

"不，没什么，没必要说，很傻的。"

"是我的检查结果有问题吗？"

"不是的，您放心吧，跟这个完全没关系。"她的声音听起来很温柔。

"那么，究竟是什么事情？"

她靠在了病床的栏杆上。

"您完全不记得……"

"什么？"阿瑟打断了她的话，看起来焦虑不安的样子。

"还是算了吧，这真的很荒唐，根本就是一点意义都没有。"

"还是告诉我吧！"阿瑟始终在坚持。

劳伦向窗户走了过去。

"我以前从来都不喝酒，而这一次，我想可能是我这一辈子喝得最厉害的了。"

阿瑟没有说话。她转过身来，心里的话仿佛从喉咙里面一下子跳了出来，脱口而出，抓都抓不住。

"我想告诉您的事情恐怕一时半会儿没那么容易弄明白……"

一个女人走进了病房，手里捧着一大束花，正好遮住了她的脸。她把花摆在旁边的滑轮小桌子上，然后径直走到了病床跟前。

"上帝啊，我都快担心死了！"卡萝尔·安娜一把抱住了阿瑟。

劳伦看到这个女人在左手的无名指上戴着一个钻戒。

"这可真荒谬啊，"劳伦低声说，仿佛在喃喃自语，"我就是想来看看您怎么样了，那我走了，让您跟您的未婚妻待一会儿吧。"

卡萝尔·安娜抱得阿瑟更紧了，还伸出手去摸他的脸。

"你知道吗，在有些国家，如果有人救了你的命，那你这一辈子就都属于这个人了！"

"卡萝尔·安娜，你都快要把我憋死了。"

年轻的女人感到有点不好意思，于是松开了她的双臂。她站起来，整理了一下自己的裙子。阿瑟赶紧抬头找劳伦，但她早已不在房间里面了。

保罗沿着走廊往回走，远远地就看见劳伦正在向他走来。两个人碰头的时候，他冲着她露出了一副会心的笑容，可是她却没有任何的反应。他耸了耸肩膀，继续走到了阿瑟的病房门口。他看到卡萝尔·安娜就坐在窗户边的椅子上时，简直都不敢相信自己的眼睛。

"你好啊，保罗。"卡萝尔·安娜在跟他打招呼。

"我的上帝啊！"保罗惊得连手中的咖啡都掉到了地上。

他弯下腰捡起了装咖啡的纸杯。

"这可真是祸不单行呢。"他直起身子的时候说了一句。

"这话听起来怎么这么不像好话啊?"卡萝尔·安娜说话的声音紧绷绷的。

"如果是教养好的话,我想我应该回答说:'这是好话啊。'不过,你知道我的,我就是一个粗人!"

卡萝尔·安娜从椅子上站了起来,一脸的不快,眼睛死死盯着阿瑟。

"你呢,就这么一句话也不说?"

"卡萝尔·安娜,我还真有点纳闷,你是不是总会给我带来霉运啊!"

卡萝尔·安娜又拿起了那束花,气冲冲地离开病房,摔门而去。

"现在呢,你有什么打算?"保罗接着说道。

"我想尽早离开这里!"

保罗开始在房间里面转圈圈。

"你这是怎么了?"

"我恨我自己啊。"保罗表示。

"恨什么?"

"恨我自己用了这么久的时间才明白过来……"

话没说完,保罗又开始在阿瑟的病房里打转转了。

"我得为自己说两句,你知道的,我从来没有见过你们两个真正地在一起,嗯,我的意思是,我就没见过你们两个在同一时间同时保持清醒的样子。你们之间的这种状况毕竟还是有点复杂的,对不对?"

可是,当他透过玻璃窗看到他们两个人在病房里面的情形,保罗终于明白了过来:甚至可能连他们自己都没有意识到——劳伦和阿瑟只有在一起,他们的世界才会是完整的,这已经再明显不过了。

"所以,我也不知道你应该怎么办,不过,无论你打算干什么,总之就是不要错过她就对了。"

"那你觉得我能跟她说什么呢？告诉她，我们曾经如此相爱，甚至都打算共同规划接下来的人生每一步，可是现在，她却一点也不记得，完全想不起来了？！"

"还不如告诉她，你为了使她不受伤害，跑到大西洋的另一边去建了一个博物馆，而自己心心念念放不下的还是她的身影；然后又大老远地从那边跑回来，心中始终没有改变的依然是那一份为她疯狂的爱恋。"

阿瑟的喉咙一阵发紧，对于好友的这一番话，他一个字也回答不出来。而保罗的声音则继续在这家医院的病房里越来越大声地回响。

"你整天连做梦都在想着这个女人，结果现在连我都跟着你走进了梦里。有一天你曾经对我说过：'就在你绞尽脑汁算来算去，不停地分析各种支持和反对理由的同时，生活还在继续，而你却什么事都还没有做成，所以你应该快点思考快点做决定。'正是由于想到你这句话，我才会那么快就把家里的钥匙给了奥妮佳。她还没给我打电话，但是，我这一辈子到现在还从来没有感觉到这么轻松呢。你也应该是这样子，我的老朋友。可千万不要还没有在真正现实的生活中好好跟劳伦爱过，就早早地下决断拒绝人家啊。"

"保罗，我现在是陷进了死胡同里面。既不可能永远带着谎言留在她身边，又不能够告诉她所有这一切真实发生的事情……像这样左右为难的事情，我还可以列出一大长串！这个世界好奇怪，有的时候，有些事情，很难知道真相，知道了也恐怕很难相信，结果呢，谁要是说出真相反而容易招人不待见，往往会成为被发泄的对象。"

保罗朝床边走了两步。

"也就是说，你其实是不敢去跟劳伦说她母亲的事。我的老伙计，还记得当年莉莉曾经讲过的话吗：要想实现梦想，与其做什么完美计划，还不如马上开始行动，去拼、去奋斗。"

保罗站起来向门口走去。到了门口，他单膝跪下，嘴角带着一丝狡黠的微笑，大声地开始朗诵。

如果爱情要靠希望来维系，那一旦希望之光泯灭，爱情之花也必将凋零。晚安，唐罗德里格！❶

说完以后，他就从阿瑟的房间告退了。

❀❀❀

保罗伸手到口袋里面去掏汽车钥匙，却只翻出了自己的手机。屏幕上有个小信封的标志在闪烁，那是奥妮佳发来的短信，里面只有简单的一句话："一会儿见，你快点！"保罗抬头望了望天，高兴得笑了出来。

"什么事让您这么高兴？"说话的是劳伦，她正好在门口等的士。

"我的车借给别人啦！"保罗跟她开玩笑。

"您早餐是想吃燕麦片还是玉米片啊？"她也跟着笑了起来。

一辆出租公司的黄色车在他们面前停了下来，劳伦拉开车门，示意保罗上车。

---

❶译者注：《唐罗德里格》是阿根廷作曲家希纳斯特拉创作的歌剧，1966年首演时由著名男高音多明戈担任主角。引文部分为该歌剧中的台词。

"我捎您一段！"

保罗上车坐到了她的旁边。

"格林大街！"他对司机说。

"您住在这条街上？"劳伦问他。

"我不是，您是！"

劳伦看着他，愣住了。保罗一副若有所思的样子，嘴里还在咕哝着，声音低得几乎听不见。"他会杀了我的，如果我这么干的话，他会杀了我的！"

"如果您干什么？"劳伦接着他的话。

"您先把安全带系上。"保罗对劳伦说。

她盯着他看，越来越感到惊讶。保罗又迟疑了好几秒钟，然后深吸一口气，终于靠近了劳伦说话。

"首先要澄清一下，那个带着脏兮兮的花到病房里面来看阿瑟的神经病疯女人，其实是他的一位前女友，前得不能再前，简直属于史前年代那种。总之呢，这个人的存在从头到尾就是一个错误！"

"然后呢？"

"不能说了，如果我接着往下讲，他真的会把我大卸八块的！"

"他真的有这么危险吗，您的这位朋友？"的士司机看起来很操心的样子。

"什么乱七八糟的啊？阿瑟心肠好得连昆虫都舍不得伤害呢！"保罗非常生气。

"他真的会这个样子？"这一下又轮到劳伦在问了。

"他相信他死去的妈妈转世变成了苍蝇！"

"啊！"劳伦把头转到一边，眼睛望向了远方。

"我跟您说这个干吗，真是白痴啊。您不会真的以为他是个怪人吧，对不对？"保罗的声音里透出一丝不安。

"说到这个嘛，"的士司机又来插话了，"上个礼拜，我带孩子们去动物园玩，我儿子对我说，有一只河马长得跟他奶奶简直一模一样。看来，我还得去一趟动物园，再好好看一看。"

保罗在后视镜里狠狠地瞪了他一眼。

"那好吧，该死的，我不管了，还是说出来吧，"他拉住了劳伦的手，"在圣佩德罗信使医院的那辆救护车里，您问过我，我身边是不是有哪个人曾经陷入深度的昏迷，您还记得这个吗？"

"是的，记得很清楚。"

"那好，就在此时此刻，我说的那个人就坐在我的旁边！现在也该是时候让我来给您讲两件事情了。"

的士离开了旧金山纪念医院，朝着"太平洋高地"社区的方向一路开去。人生命运的转折，有时候也需要那么一点外力的襄助，而这一天，在这方面起到关键作用的是两个男人之间的友情。

保罗告诉劳伦，那是在一个夏天的晚上，他化装成一位护士，阿瑟扮作一名医生，两人搞了一辆旧的救护车，到医院去把一个长期处于植物人状态而且维持生命体征的仪器设备即将被拔掉的女病人偷偷带了出来。

城市的夜景在车窗的外面一一闪过。开着车的出租车司机时不时地在后视镜里看着他们，眼神很是复杂。劳伦坐在那里静静地听着保罗讲故事，一句话也没有打断他。其实，保罗并不算是真的完全泄露了他朋友的秘密。因为劳伦现在虽然搞清楚了那个在她昏迷时一直守在身边的男人是谁，但她却始终不知道，当她处于植物人状态的时候，他和她，到底一起经历了些什么。

"停车！"劳伦的声音在颤抖。

"现在？"司机一脸的茫然。

"我感到很不舒服。"

出租车突然偏离了原来的方向，伴随着尖锐刺耳的轮胎摩擦声，猛地一下停在了路旁。劳伦拉开车门，一瘸一拐地朝人行道边上的一块正方形草坪走去。

她弯下了腰，竭力抑制着一股股翻涌着想要呕吐的冲动。她的脸上就好像被针扎似的一阵阵刺痛，明明感到身体里里外外直发烫，却不由自主地浑身打着冷颤，然后又接着犯起了恶心，难受到几乎不能呼吸。她感觉自己的两块眼皮好重好重，周围的声音轻飘飘地传来，好像很远很远的样子，两边膝盖直往下沉，整个身子摇摇晃晃。出租车司机和保罗赶忙冲上前去，却没来得及扶住她。她双膝跪在了草丛上，头埋在两个手心里，然后就这样昏了过去。

"赶紧打电话喊救护车吧！"保罗一副惊慌失措的样子。

"交给我来处理吧，我考过救生员证，可以给她做人工呼吸！"出租车司机的语气非常坚定。

"我可是先把丑话说在前面！你要是敢把你那肥得流油的嘴巴凑到这个小姑娘面前，信不信我当场就把你打死啊！"

"我这么说只不过是想要帮忙嘛。"出租车司机面有愠色地回答。

保罗在劳伦旁边跪下，伸出手轻轻地拍打着她的脸颊。

"小姐？"保罗低声呼唤着，听起来好温柔。

"好嘛！像你这个样子，要想把她弄醒恐怕会比登天还难！"出租车司机咕哝着说。

"你这家伙，你还是去跟你家里那个像大河马一样的奶奶搞人工呼吸吧，就当我不存在好了！"

保罗把双手搁在劳伦的下巴上面，然后使出浑身力气在她牙床骨正中间的位置摁下去。

"您这是在搞什么鬼啊？再这么弄下去，她的下颌骨都要被你搞掉了！"

"我非常清楚我自己在干什么！"保罗大吼了起来，"我就是外科医生，临时工！"

劳伦终于睁开了眼睛。保罗挑衅地瞪着出租车司机，眼神里与其说是带着愤怒，倒不如说更多的是对自己的满意。

两个男人扶着劳伦重新回到了出租车里。她的脸上终于恢复了几分颜色，于是她打开车窗，深深地吸了一大口气。

"真不好意思，我现在感觉好多了。"

"我不应该跟你讲这些的，对不对？"保罗有些焦虑不安。

"如果您还有什么想要跟我讲的，您看都已经这样了……来吧，您现在就全部都讲出来吧！"

"我想我已经讲完了。"

当出租车转进格林大街的时候，劳伦开始问保罗，阿瑟的动机是什么，他为什么要为她冒那么大的风险。

"这是个秘密，我不能说！他要是知道我今天晚上跟您聊了这些的话，我都不知道他会把我浸在水里面淹死呢，还是活活放到火上面烤死……您总不至于还想要让我自己去买个盒子来装自己的骨灰吧！"

"至于我嘛，我倒是觉得他这么做是出于对您的一片痴情。"出租车司机对后排两位乘客的谈话是越来越感兴趣了。

车子终于停在了劳伦家楼下，司机转过身来说：

"如果你们愿意的话，我可以带你们绕着这一大片房子再兜几圈，不计费。你们继续说嘛，说完这个事，要聊其他话题的时候再下车好了！"

劳伦弯下腰，从保罗身前伸手过去拉开了他那一侧的车门。他看着她，一脸的错愕。

"住在这里的是您，不是我啊。"

"我知道，"她说，"不过，现在要下车的那个人应该是您，因为我改变了主意，还要坐车去另一个地方。"

"您这是要去哪里？"保罗下车的时候有些惴惴不安地问道。

车窗摇了上去，出租车沿着格林大街一路开走，一直到看不见踪影。

"好吧，现在该我了，我能知道我们这是要去哪里吗？"司机在问。

"从哪里来就回哪里去。"劳伦如是回答。

莫里森小姐把巴布洛藏在她的手袋里，穿过了医院的大堂。就这样神不知鬼不觉地，小狗跟着她进了病房，然后坐到了阿瑟的膝盖上面。挂在墙上的电视屏幕里，郝思嘉❶正从一个长长的阶梯上走下来，看得阿瑟床上的巴布洛直摇尾巴。可是，当白瑞德❷走进屋子，靠近郝思嘉小姐的时候，小狗却突然前爪离地立了起来，同时嘴里不停地低声嚎叫。

"我还从来没见过它这个样子。"阿瑟望着巴布洛表示。

---

❶译者注：玛格丽特·米切尔名著《飘》（即《乱世佳人》）的女主角，也译作斯嘉丽·奥哈拉。

❷译者注：《乱世佳人》的男主角，也译作瑞德·巴特勒。

"是的，我也感到很吃惊，看来，它是一点也不喜欢这本书啊！"萝丝回应道。

电视里的郝思嘉正一脸不信任地盯着白瑞德看，就在这个时候，电话铃声响了起来。阿瑟拿起听筒，但视线却一下也没有离开电视里正在播放的电影。

"我打搅你了吗？"保罗的声音好像在颤抖。

"不好意思啊，我现在暂时不能跟你聊，医生在这里呢，等一会儿我打给你！"

说完，阿瑟就挂了电话，只剩下电话那一头的保罗一个人孤零零地站在格林大街上。

"哎呀，该死的！"保罗沿着格林大街继续往前走，双手插在了口袋里。

那部拿过十项奥斯卡大奖的电影终于放完了。莫里森小姐让巴布洛又再钻到了她的袋子里，然后跟阿瑟保证，她一定会很快再来看他的。

"您就别费这个心了，我过不了几天就能从这里出去了。"

从阿瑟那里离开的时候，萝丝在走廊里遇到了一位女医生，她从相反的方向走来，看起来好熟悉啊，究竟在哪里见过她呢？

"还好吗？"劳伦站在床脚的位置问他，"我坐在这张椅子上可以吗，您没意见吧？"她的声音听起来有点硬梆梆的。

"完全没有一点问题啊。"阿瑟挺直了身子。

"那假如我在这里待15天的话，您也完全没有意见吗？"

阿瑟看着她，说不出话来。

"我刚才坐出租车捎了您的朋友保罗一段路，在路上我们两个稍微聊了一下……"

"啊？他都跟您说了些什么？"

"差不多全都说了！"

阿瑟的眼睛垂了下去。

"很抱歉。"

"为什么要抱歉？是因为您救了我的命呢，还是因为您事后当作什么都没有发生过？当我第一次给您看病的时候，您就已经认出我来了，对不对？告诉我，您该不会是每个礼拜都要掳走一个女人，以至于人多到都不记得我长什么样了吧？"

"我从来也没有忘记您。"

劳伦抬起了双手。

"现在，您必须告诉我，您所做的这一切，都是为了什么？"

"为了不让他们把您身上的管子拔掉！"

"这个我已经知道了，您那位老兄不肯告诉我剩下的事情！"

"剩下的什么事情？"

"为什么是我？您为什么要为一个陌生人冒那么大的风险？"

"您不也同样为我而这么做了吗？对不对？"

"可您是我的病人啊，该死的！我又是您的什么人呢？"

阿瑟没有回答。劳伦走到窗户旁边。下面的花园里，一位园丁正在用耙子把林荫道耙平。她猛地一下转过身来，心中的愤怒全都明明白白地写在了脸上。

"相互信任，是这个世界上最宝贵的东西，但同时也是最脆弱最容易破碎的。如果没有人与人之间的互信，那一切都绝无可能。偏偏在我的身边，没有一个人愿意跟我坦诚相待，而如果您也是这个样子的话，那我们之间也就没有什么好谈的了。无论什么东西，要是建立在谎言的基础之上，最终肯定是无法维持下去的。"

"我知道，只不过，我这样是有理由的。"

"我倒是愿意尊重您所谓的理由，可是，您的这些理由同样也跟我有关系，难道不是吗？这也太过分了，不管怎么说，您绑架的那个人就是我啊！"

"您也是啊，您不也把我给绑架了吗？我们之间算是扯平了吧！"

劳伦怒气冲冲地盯着他，向门口的方向走去。在离开病房的一瞬间，她转过身，毅然决然地对阿瑟说了一句：

"我喜欢你，傻瓜！"

说完，她就摔门而去。阿瑟听着她的脚步声越来越远，然后电话铃又响了起来。

"现在呢，讲话方便了吗？"电话那一头还是保罗的声音。

"你这是有什么事要对我说吗？"

"你听了肯定要笑的，我想我可能又干了一件蠢事。"

"你刚说的这句话去掉前半句就对了，她刚刚才从我这里走出去。"

在电话里，阿瑟可以听到那一头的保罗正在喘着气，好半天都没有说话，大概是不知道该说什么好了。

"你恨我吗？"

"奥妮佳打电话给你了吗？"阿瑟并没有回答他的问题。

"今天晚上我会跟她一起吃饭。"保罗有些不好意思地小声说道。

"好啊，那我们就不说了吧。我让你好好准备一下，而你嘛，你也让我好好考虑一下吧。"

"那行，就这样吧。"

于是，这两位老伙计就各自挂掉了电话。

❋

"一切都进展顺利吗？"出租车司机问劳伦。

"现在还不好说呢。"

"我在这里等您的时候，顺便给我老婆打了个电话，我告诉她今天可能会晚一点回家，接下来的时间，我和我这辆车就全都交给您支配了。所以嘛，我们现在又要到哪里去呢？"

劳伦问能不能借他的手机用一下。出租车司机很欢天喜地地答应了。于是，劳伦就拨通了玛丽娜格林公园附近一所公寓的电话。铃声刚响了一下，克莱恩夫人就拿起了听筒。

"今天晚上还有牌局吗？"劳伦问她。

"嗯。"克莱恩夫人回答。

"那就取消了吧，打扮得漂亮一点，今天晚上我带您去餐厅吃饭，一个小时以后我过来接您。"

出租车司机在劳伦家门口放下了她。她上去换衣服，而他就在楼下等着她。

劳伦穿过客厅，一边走一边脱衣服，任由脱下的衣服就这么滑落在木地板上。邻居已经为她修好了渗漏的水管。她走进浴室洗澡，十分小心地把右脚一直搁在淋浴间外面。过了一阵子，她从里面重新出来，一条浴巾缠在腰间，另外一条包住了头发，然后，她拉开了卫生间橱柜的门，嘴里面哼着最喜欢的那首歌：佩吉·李的《发烧》。挑了一会儿衣服，她最后在穿牛仔裤还是薄裙子的问题上又纠结了半天，终于决定还是取悦一下她今天晚上邀请共进晚餐的那个人吧，于是她就把自己套进了那条连衣裙里。

穿戴完毕，简单地化了一下妆，她从客厅的窗口探身出去往下看，那辆的士还一直在街边等着呢。她干脆在沙发上坐了下来，一边想着事情，一边第一次透过房间角落的那个小窗户望出去，欣赏着旧金山港湾落日的美景。

当出租车在克莱恩夫人家楼下鸣响喇叭的时候，时间已是晚上七点。劳伦的母亲钻进的士以后，一直望着她的女儿，她已经有好多年没见过女儿打扮成这个样子了。

"我能问你一个问题吗？"她把嘴巴凑到她耳朵边说，"为什么这车的计价器上已经跳了80美元？"

"待会儿吃饭的时候我再跟你详细解释吧。这出租车的费用我就不跟你争了，我也没带现金，不过晚上这一餐算我的，我来请你。"

"但愿我们等下要去的不是快餐店吧！"

"悬崖餐厅。"劳伦对出租车司机说出了目的地。

◆──❖❖❖──◆

保罗三步并作两步飞快冲上了他家公寓的楼梯。奥妮佳躺在地毯上，哭得稀里哗啦。

"你这是怎么了？"他在她旁边跪了下来。

"还不都怨托尔斯泰，"她合上了手里捧着的书，"我就从来没有一次能够读完这本《安娜·卡列尼娜》！"

保罗把她拥在怀中，顺手将那本书扔到了房间的角落。

"起来吧，我们一起贺一贺！"

"什么事啊？"她还在擦着眼角的泪水。

保罗走到厨房里面，回来的时候手里端着两个玻璃杯，还有一瓶伏特加。

"敬安娜·卡列尼娜。"他碰杯的时候说。

奥妮佳一口干掉了杯中酒，然后摆出一副要把空杯子往她身后抛出去的架势。

"你怕我毁了这地毯？"

"这可是1910年的纯正波斯特产！要不我还是带你去吃晚饭吧？"

"如你所愿，不过我倒也还知道我现在想要去哪里。"

于是，奥妮佳拖着保罗，还有那瓶伏特加，一起进了卧室，她用脚尖在身后把房间的门轻轻地带上。

费斯坦教授把诺玛的行李摆到了"葡萄酒乡村酒店"漂亮迷人的客房里面。到纳帕谷转一转散散心，他们有这个想法也不是一天两天了。在索诺玛吃过午饭以后，两人继续上路，下一站是卡里斯托加，晚上就住在圣赫勒拿。真的很应该庆祝一下，就在前一天晚上，费斯坦终于写了张条子给旧金

山纪念医院的董事会主席，告诉对方他打算提前几个月退休。而在写给医院急诊室总负责人的另一封信里面，他建议让实习医生劳伦·克莱恩尽快转正，否则他这位得意弟子如果被另一家医院先下手为强挖走的话，那他一定会感到万分遗憾的。

下个礼拜一，诺玛和他就将坐上飞机去纽约。而在回到那个他出生的城市之前，他决定要好好利用自己在加利福尼亚仅存的这几天宝贵时光。

❧❦❧

时钟踏正21点的时候，乔治·皮尔盖茨开车送娜塔莉亚到了警察局第七分局的门口。

"我给你准备了一些曲奇，就放在你的袋子里面。"

她在他的嘴唇上印下一个吻，然后开门下了车，沿着警察局门前的台阶往上走，皮尔盖茨摇下车窗，朝她大声喊了一句：

"如果有哪位我的前同事想要知道这么美味的饼干是谁做的的话，你得坚持原则：就算是要打一架，那也最多不过是48小时拘留的事……"

娜塔莉亚匆匆比了个手势，然后消失在警察局大楼里。皮尔盖茨在停车场上又待了一会儿，也不知道是因为退休了呢，还是因为年纪大了，那种孤独的感觉现在是越来越难以忍受了。"或许这两方面的原因都有吧。"他在开车离开的时候自言自语地说。

星稀的夜空下，劳伦和克莱恩夫人沿着玛丽娜格林公园遛狗。

"今天的晚餐真好吃。我已经有很久没试过吃这么撑了。谢谢你。"

"我想请你吃饭，为什么不让我买单呢？"

"因为你的工资就要花光了，另外，也因为我毕竟还是你的母亲。"

在小游船码头里，一艘艘帆船的吊索随着微风轻轻摆动，嘎吱作响。克莱恩夫人把手中的木棍抛向远方，嘉莉马上跟着冲了出去。

"今天这是要庆祝什么好消息吗？"

"倒也没什么特别的。"劳伦表示。

"那为什么要请我吃饭呢？"

劳伦停住了脚步，跟她母亲面对面站着，然后把她的手牵了起来。

"你冷吗？"

"倒也不特别冷。"克莱恩夫人表示。

"如果是处在你的位置上，我也会做出跟你一样的决定；事实上，当时假如有可能的话，我甚至会自己对你提出这样的要求。"

"你会对我提什么要求？"

"要求你把我身上的管子拔掉！"

艾米丽·克莱恩的双眼瞬间噙满了泪水。

"你知道这个有多久了？"

"妈妈，我希望你再也不要害怕跟我面对面相处。没错，我们两个的确是各有各的性格，根本就不是同一类人，而且我们曾经经历的人生也是不一样的。不过，尽管我经常会耍一点小脾气，但我从来也没有对你做出怎样的评判，将来也永远不会这样。你是我妈妈，在我的心里面，你就是这样子的存在，不管我们之间发生什么事情，你在我心底的位置一直就在那里，一直到我生命的最后一天都不会改变。"

克莱恩夫人把女儿拥在怀中，嘉莉撒开四条腿飞奔回来，在这两个女人之间窜来窜去。你们别忘了，这个小家伙在你们的心里面也应该有一个固定的位置呢。

"要不要我开车送你回去？"克莱恩夫人一边用手背擦拭着眼角的泪水。

"不用了，我一个人回去吧。今晚吃了好多，还是自己走走，消化一下吧。"

劳伦转身离去，走了几步又转过来跟她母亲挥手示意。嘉莉犹豫了好一阵子，左看看右看看，终于向自己的女主人跑去，嘴巴里还死死地咬着那根棍子不放。劳伦单膝跪下来，用手摸了摸小狗的脑袋，然后在它的耳朵边低声说着话。

"跟她去吧，我不想今天晚上一个人待着。"

她抓住棍子的一边，用力抛向她的母亲。嘉莉大叫着又向艾米丽·克莱恩狂奔过去。

"劳伦？"

"嗯？"

"当时所有的人都以为没有希望了，那是个奇迹。"

"我知道！"

她的母亲向前走了几步。

"你公寓里的那些花，不是我送给你的。"

劳伦望着她，有些困惑。克莱恩夫人把手探到口袋里，掏出了一张皱巴巴的小卡片，伸手递给了她的女儿。

在纸片的夹缝处，劳伦看到有那么一句话。

她笑了起来，跟母亲拥抱了一下，然后转身走远了。

❈

当清晨第一缕阳光洒在海湾上的时候，阿瑟醒了过来。他站起身，摸索着来到了走廊里面。他在格子花纹的油毡地毯上挪动着，从黑色的方块跳到白色的方块，又从白色的方块跳到黑色的方块，就好像是一个人在下着无休无止的国际象棋一样。

这一层的值班护士离开了自己的位置，迎上前来。阿瑟告诉她不用担心，一切都好。她听到阿瑟这么说很安心，但还是陪着他一直走回到病房里面。他还得再耐心等几天，到周末的时候应该就可以出院了。

护士刚一走开，阿瑟就拿起电话，拨了一个号码。

保罗接了电话。

"我打搅你了吗？"

"完全没有哈，"保罗显然在说着反话，"我甚至不用看表就知道，没有！"

"你说得对！"阿瑟兴致非常高，"我打算让我们家那幢老房子恢复生机，我们可以铲平外墙，修一修窗子，把地板好好打磨抛光，包括门前回廊里面的木板全部重整一下，你不是跟我讲过有一位工匠手艺不错吗？就让他来帮忙把厨房里的家具水管全都除垢去锈好了，我想整个翻修一遍，就跟以前一样，连门廊前面的吊床也要好好搞一搞。"

保罗的脑袋暂时离开了话筒，睡眼惺忪的他探头看了看摆在床头柜上的闹钟。

"你真的要在凌晨5点45分开会讨论工程维修的问题吗？"

"我还打算把花园上面那个停车房的顶棚拾掇一下，然后在花园里再种上玫瑰花，这样那个地方就会重新变得生机勃勃起来啦。"

"你是打算此刻马上就开工呢，还是可以稍微等那么一下下？"保罗觉得自己越来越抓狂了。

"礼拜一你就可以开始做工程预算了。"电话那一头的阿瑟依然是那么热情，"然后在一个月之内开始干活，每个周末我都要去现场看一看工程进度，直到一切都完工为止！你来帮我呗？"

"我现在继续蒙头睡我的大觉，假如真那么好运能够在梦里面碰到一个木匠的话，我就问他拿一份报价单，然后等醒过来的时候，我再给你打电话，傻帽！"

说完，保罗就挂了电话。

"这是谁啊？"奥妮佳身子缩到他怀里问了一句。

"一个疯子！"

夏日的午后在热浪中无精打采。劳伦把车停在警察专用位的后面，然后下车进了警察局，向值班的警员表示，想要找一位已经退休的警探，他的名字应该叫作乔治·皮尔盖茨。值班警员用手指了指放在他对面的板凳，接着拿起电话，拨了一个号码。

在电话里聊了几分钟以后，他在自己的笔记本上草草记下了一个地址，然后示意劳伦站起来。

"喏，接着。"他递过来一张纸，"他在这里等着您。"

⋯⋯❦⋯⋯

地址所指的那幢小房子位于这个城市的另一头，在第15大街和第16大街之间。劳伦把车停在了过道里。乔治·皮尔盖茨正在他家的花园里等着她，两手背在身后，手里拿着一把剪子，还有刚刚剪下来的玫瑰花。

"您这是闯了几个红灯啊？"他看了看手表，"我还从来没有试过在这么短的时间里跑完这一段路程，就算是开着警笛也不可能啊。"

"这些花真漂亮！"劳伦没有直接回答他的问题。

老警官有点不好意思，于是招呼劳伦坐到了花园里的棚架底下。

"我能为您做些什么吗？"

"您为什么没有逮捕他？"

"我是不是错过了什么重要的信息啊？您这个问题，我一点也不明白。"

"那个建筑师！我知道是您把我带回医院的。"

老警官看了看劳伦，一边做着鬼脸，一边也坐了下来。

"您想来点柠檬吗？"

"我更想的是您能直接回答我的问题。"

"退休只不过两年，整个世界都变了。大夫什么时候竟然开始审问起警察来了，这还真是令人长见识呢！"

"这个问题的答案就这么难以启齿吗？"

"这得取决于您已经知道了多少，以及还有什么是不知道的。"

"我几乎什么都知道了！"

"那么，您还到这里来干什么？"

"我最讨厌'几乎'这两个字了！"

"我就知道您一定会对我胃口！等我去拿点饮料，马上就回来。"

他把玫瑰放在了厨房的洗碗槽里，解下了身上系着的围裙，从冰箱里取出了两小瓶苏打水，然后在经过走廊里的镜子前面时稍微暂停了一小会儿，把头顶仅剩下的几缕头发拨了拨，也算是整理了一下。

"新鲜出炉的饮料！"他一边说着一边坐回到桌子旁边。

劳伦对他表示了感谢。

"您的母亲当时没有起诉，所以我没有任何理由把您那位建筑师铐起来！"

"这可是一桩绑架案，政府理应维护受害人的权益，难道不是吗？"劳伦喝下了一大口苏打水。

"是的，不过我们遇到了一点小麻烦，这个案子的档案丢失找不到了。您应该也很清楚我们那边的情况了嘛，警察局里面，说实话有时候也挺乱的。"

"您就没打算要帮我，对不对？"

"您就一直没告诉我您到底是想要了解些什么！"

"我想要搞明白到底发生了什么事情。"

"唯一可以说清楚的事情是这个家伙救了您的一条命！"

"他为什么要这么做？"

"能够回答这个问题的不是我而是他。您去问他啊。他可不就在您的手掌心里嘛……这是您的病人啊。"

"他什么都不愿意跟我讲。"

"我猜，他可能是有理由的。"

"那您呢，您不愿意讲的理由是什么？"

"跟您一样，医生，我也要保守我们的职业秘密。我觉得，就算是到了退休的时候，您也应该不会违背这方面的誓言吧？"

"我就是想知道他的动机是什么。"

"救人一命，这个理由难道还不够充分？您每天不都在对陌生人做着同样的事情吗……而这个家伙只不过是试着救了一个人，您总不至于还要为此怨恨他吧！"

劳伦终于认输了。

她对老警官的这一番接待表示感谢，然后转身向自己的车子走去。皮尔盖茨跟了上来。

"您还是忘了我刚才那一番道德说教吧，那就是在装高傲呢。实际上我不能把知道的事情说出来，是因为您听了以后一定会觉得我疯掉了。您可是医生，而我只是一个老家伙，我可一点也不想被有关机构当疯子一样关起来。"

"别忘了，我也会保守职业秘密！"

老警官打量了她一会儿，然后俯身凑到车窗跟前，一五一十地讲述了他这一辈子到现在为止见证过的最疯狂的事情。这个故事发生在某个夏天的午夜，那是卡梅尔湾，就在海边的一幢房子里……

"嗯，我还能跟您说些什么呢？"皮尔盖茨继续往下讲，"那个时候，屋子外面的气温是30摄氏度，其实屋子里面也差不多，而我竟然会瑟瑟发抖。医生啊！您就在我们那个房间旁边，躺在小书房里的床上面，当他跟我讲这个无比离奇、令人难以置信的故事的过程时，我真的感觉到了您的存在，大多数时候是在他的旁边，但偶尔有时候也会过来，就坐在我的旁边。

所以，我信了他。当然，那也可能是因为我在心底里其实早已倾向于要相信他。这也不是我第一次重新再想这个事情了。可是，该怎么跟您说呢？这件事改变了我看这个世界的眼光，甚至可以说是稍稍改变了我的人生。所以，就算是您真的要把我当作一个老疯子又如何，那有什么关系呢？"

劳伦把手搁在了老警官的手背上。她的脸上光彩照人。

"我一样啊，恐怕也是疯掉了。再找一天吧，我保证也会跟您讲一个同样不可思议的故事，这个事就发生在他们开螃蟹节的那一天。"

她欠起身子在老警官的脸颊上亲了一下，然后，那车就开走，消失在街的尽头了。

"她来干吗？"娜塔莉亚刚刚出现在屋子的大门口，一副睡眼惺忪的样子。

"还不是那桩老案子。"

"重启调查了吗？"

"是啊，她自个儿在调查呢！来吧，我给你准备早餐。"

在一起，就像我和你

　　我以前从来也不敢想象竟然会如此地爱你。你进入我的生命，就好像繁花总会怒放，夏天终于来临。

第二天，快中午的时候保罗才走进了医院。阿瑟已经在病房里穿好衣服等着他了。

"怎么拖了这么久啊！"

"我在下面都等了一个小时了。听他们说你要等到医生查完房以后才能出来，而医生查房是十点钟，所以，我也不可能到得更早啦。"

"他们已经走过去了。"

"那个总爱发牢骚的老家伙没来吗？"

"没有，动完手术以后我就再也没见过他了。现在我的管床医生是他的一个同事。我们走吧！我再也不能在这里待下去了。"

劳伦迈着坚定的步伐穿过楼下的大堂。她把胸牌摆到读卡器上刷了一下，闪身走到了接诊处的柜台后面。贝蒂从一大摞材料堆里面抬起头来。

"费斯坦在哪里？"她的语气果敢而坚定。

"'迎难而上'是什么意思我懂，但你现在岂止是迎着上前，简直就是追着过去啊！"

"回答我的问题！"

"我看到他上办公室去了，他告诉我说要去拿几份文件，很快就会下来。"

劳伦谢过了贝蒂，径直朝着电梯的方向走去。

* · ❖ · *

教授坐在他的办公桌后面，正写着一封信。突然有人敲门，他放下了手中的笔，站起来准备去开门。可是，劳伦已经急不可耐地闯了进来。

"我记得你好像被禁止进入这家医院，禁令应该还有几天才到期啊，难不成是我自己算错了日子？"教授对她如是说。

"一位医生如果向病人撒谎，会受到怎样的惩罚？"

"那得看是什么情况，如果这么做是为了病人好呢？"

"如果这么做只是为了医生自己的利益呢？"

"那我会想办法搞明白这个医生为什么要这么做。"

"如果这个女病人恰恰是这位医生的学生呢？"

"如果是这样的话，那他肯定会失信于人了。在这种情况下，我想我会建议他自己辞职，或者干脆退休吧。"

"您为什么要对我隐瞒真相？"

"我正在给你写信呢。"

"我现在就跟您面对面啊，所以，您直接跟我说了吧！"

"你是不是想到了那个当年一直待在你病房里的冒失鬼？我曾经想过这家伙是不是得了早发性痴呆，要不要把他送到精神病院关起来，但最后还是算了，就让他走人不要再回来好了。假如我允许这个人去跟你讲他所谓的那些故事，你为了了解藏在自己心底里的答案，就有可能会要求接受催眠测试！我把你从深度昏迷的困境当中救回来，可不是为了让你又一个人再次陷入那样一种状态。"

"全是屁话！"劳伦一拳头砸在费斯坦教授的书桌上，大声吼了起来，"快把真相说出来！"

"你真的想要知道吗，这个真相？我要提醒你一下，真相往往并不是那么动听啊。"

"谁不愿意听？"

"我啊！那个时候，我还在这家医院里尽力维持着你的生命，而这个人，他却声称要带着你到其他地方去！你的母亲向我保证说，在你发生事故之前，他并不认识你，可是，当我听到他讲起你的事，从他嘴里吐出的每一个字都让人不得不怀疑，情况会不会根本就不是你母亲所讲的那个样子。你想知道最疯狂最难以置信的是什么吗？那就是，他讲的那些东西太有说服力了，以至于连我都差一点就相信了那个童话故事。"

"可是，如果真的是这样呢？"

"问题就在这里，如果这是真的，那绝对超越了我能认知的范围！"

"就是为了这个，所以您才一直都在骗我吗？"

"我没有骗你，而是在保护你，以免让你去直面这样一个基本上不可能接受得了的所谓真相。"

"您实在是低估了我！"

"如果真是这样的话，那也肯定是生平头一回，你该不会因为这个而要责备我吧？"

"您为什么不能试着去搞明白这到底是怎么一回事？"

"哈，这又能有什么好处呢！事实上，一直以来我真正低估的就是我自己。你的日子还长着呢，可是如果真的一心想要去搞明白这个谜一样的事情，那你的职业前途、你这一辈子可能就要全毁在这里面了。我见过好几个原本非常出色的学生，在医学探索这条路上却走得太快，步子迈得太大了，最终的结果就是，他们无一例外全都耗尽了精力，累弯了腰，却毫无进展，一事无成。总有一天你会明白，干我们这一行的，就算是有天赋也好，如果整天只知道挖空心思挑战所谓人类认知的极限，那肯定最后什么也干不出来；相反，如果懂得把握好节奏，不要去动摇既有的道德原则和社会秩序，凭着天赋慢慢探索，这样你就能最终取得成功。"

"为什么要离开呢？"

"因为你还要活好长一段日子，而我眼看着马上就要死了。只要把这两个时间放到一起比一比，应该如何选择，答案也就呼之欲出了。"

劳伦说不出话了，她望着自己的老师，眼睛里噙满了泪水。

"当我求求你了，别在我面前这样！就是因为这个所以我才宁愿给你写信呢。我们两个在一起工作的这些年，感觉真棒。我可不希望自己给你留下的最后印象就是一个只剩下悲伤的糟老头子。"

年轻的女医生绕到办公桌后面，一把抱住了费斯坦。他抬起双手兀自在空中尴尬地撑了好一阵子，然后，他终于略显笨拙地放下手，也揽住了他的学生，接着在她的耳朵边低声说道：

"你就是我的骄傲，就是我这一辈子最大的成功，永远也不要忘记这一点！只要你还在这里，我也就好像是随着你继续生存下去。再过一段时间，你也要开始带学生。我觉得你有这方面的才能和天赋，唯一的障碍或许就是你的个性。不过，随着时间的流逝，这都不是问题！你瞧，我在这方面不就是很好的例子吗？当年我在你这个年纪的时候，你要是能认识我，就该知道我的脾气曾经有多么糟糕！来吧，现在你就从这里走出去，不要回头。

没错，我是要为你洒几滴眼泪，但我可不要当着你的面哭出来。"

劳伦用尽浑身的气力紧紧抱着他。

"没有您我怎么办？我还能跟谁随随便便耍性子发脾气？"她的眼泪还在不停地流。

"你马上也就该嫁人了！"

"下个礼拜一，您就不在了吗？"

"我这还没死呢，不过，我会离开这个地方。我们两个再也不能相见了，但我们还是会经常想起对方的，这个我敢肯定。"

"我不知道该怎么谢您。"

"不，"费斯坦把她推开了一点，"你应该感谢的是你自己。我教给你的这一切，换另外一个老师也都能教会你，而最终你能否取得跟别人不一样的成就，靠的还是你自己。假如你不像我那样犯那么多错的话，你一定会成为一个伟大的医生。"

"您没有任何的过错。"

"我还是让诺玛等了太久太久，假如我能够更早一点让她进入我的生活，假如我也能够同样地走进她的世界，那我除了是一位大教授之外，人生或许还能拥有更多的意义。"

他转过身背对着她，挥手示意，她也是时候离开这里了。正如说好的那样，劳伦从办公室里走了出去，没有回头。

保罗开车带着阿瑟回家。莫里森小姐和她的小狗巴布洛刚刚出现在门

口，他就转身开车奔向办公室。礼拜五这一天，日子总是显得特别短，他手头还有一大堆事情拖着没有做呢。在他离开之前，阿瑟请他最后再帮一个忙，那是他这几天连做梦都在想着的事情。

"咱们还得瞧瞧你明天早上感觉怎么样。今天晚上我再来看你。现在，赶紧去休息！"

"我可不就一直在休息嘛！"

"好啊，那就继续休息着吧！"

⬧❖⬧

劳伦在自家邮箱里拿出了一个牛皮纸信封，她一边走上楼梯一边撕掉了封口。回到家以后，她把信封打开，里面装着一张大照片，还有一张纸，纸上写着下面这几句话：

在我的职业生涯当中，大部分的案子我最终都是在案发现场寻觅到破案线索的。信封里的这张照片，还有地址，就是当年我找到您的时候您在的那幢房子。希望您能为我保密。这一份文件是警方不小心弄丢的……

祝您好运。

乔治·皮尔盖茨，
一位已经退休的警探

另外：这几年您一直没变。

劳伦收好信封，看了看表，然后就马上走到壁橱那里去了。在收拾自己行李的时候，她顺便给她妈妈打了一个电话。

"这可不是什么好主意，你知道的，上一次你到卡梅尔去过周末……"

"妈妈，我只是想请你帮我再照顾嘉莉一段时间。"

"你让我保证不要再害怕面对你，可是你却不可能不让我为你而感到担心害怕。小心一点吧，一到那里就给我打电话，让我知道你已经平安到了。"

劳伦挂掉电话，又重新回到了衣橱旁边，踮起脚，从上面拿下了更多的旅行箱。接着，她就开始往里面装东西，先是各种衣服……然后还有一大堆其他的物件。

❈❈❈

阿瑟穿上了衬衣和裤子。他手臂挽着萝丝，自出院以来第一次到楼下散步。在他们的后面，巴布洛用力扯着拴在脖子上的狗绳，四脚蹬地不愿意往前走。

"你把该干的事情干完，然后我们再回去把电影看完！"莫里森小姐训斥着她的小狗。

❈❈❈

公寓的门开了。罗伯特走进客厅，一直来到劳伦的背后，一把抱住了她。

劳伦吓得跳了起来。

"我没想要吓你的！"

"可惜，你的确吓到了。"

罗伯特望着堆在房间中央的各种箱子。

"你这是要出远门吗？"

"就只是去度个周末而已。"

"需要带这么多行李？"

"我要带的只是门口那个小红箱子。其他的，全部都是你的。"

她向他走近一步，双手搁在他的肩膀上。

"你曾经跟我讲过，我遇到事故以来就变了。但事实上，你错了。就算在此之前，我们其实也已经没那么幸福了。我吧，一直在忙着工作，几乎没有时间去想这些。可是，你竟然也没有意识到问题的存在，这实在是让我很纳闷呢。"

"或许是因为我爱你？"

"不，你爱的不是我，而是我们这一层关系。我们两个就好像是在抱团取暖，待在一起也就不会觉得孤独了而已。"

"能做到这样是不是已经算是不错了呢？"

"你如果真正听一听自己的心声，或许就能看得更明白了。我希望你离开这里，罗伯特。你的东西我都已经帮你打包收好，你可以带回家了。"

罗伯特望着她，眼神中尽是困惑。

"就这样吗？你已经决定要分手了？"

"不，我觉得这个决定实际上是我们两个一起下的，我只是第一个把它说出来了，仅此而已。"

"你就不想再给我们一次机会？"

"你要求的不是再一次机会，而是第三次了。我们两个其实就是满足于待在一起罢了，这种状态已经持续了很长一段时间，可是仅仅安于现状又有什么意义呢？我现在需要的是一份真正的爱情。"

"今天晚上我还能待在这里吗？"

"你瞧，我心目中跟我命中注定的人是绝对不会提出像这样的问题的。"

劳伦拿起了她的行李，在罗伯特的脸颊上亲了一下，然后头也不回地走了。

凯旋车的老款英式马达在轰鸣，仪表盘上的指针已经转到了超过四分之一的位置。车库的大门刚刚升起，这辆凯旋车就已经蹿进了格林大街，很快开到路的尽头，一拐弯不见了。与此同时，路边的人行道上，有一只杰克罗素梗犬正蹦蹦跳跳地奔向街心小花园，还有一位男子和一个老妇人，并肩走在法国梧桐树下。

当她开上1号公路的时候，已经是差不多下午4点了。这条路沿着太平洋海岸延伸，远远地可以看见海边的悬崖透过薄雾若隐若现，在午后的阳光照耀下，就好像是一长串镶着金边的影子。

太阳开始下山的时候，她已经来到了目的地，在这个季节的这个时候，整个城镇里几乎看不到一个人。她把车停在海滩边的停车场上，然后一个人走到防波堤上，孤零零地坐了下来。海平面上翻滚着大团大团的乌云。远远地望过去，夕阳西下之后，天空正在由淡紫色渐渐地变成黑色。

夜幕终于降临，她离开防波堤，找到了卡梅尔山谷客栈。前台小姐把钥匙递给她，她晚上住的是一个独栋的度假小屋，从那里望出去，整个卡梅尔海湾的景象一览无遗。劳伦正在收拾行李的时候，天空中突然裂开了几道闪电。她赶紧跑到外面去，把自己的凯旋敞篷车转移到雨棚的下面，然后顶着瓢泼大雨又冲了回来。躲到房间里面以后，她换上一件厚绒毛晨衣，点了饭让前台送到房间，最后在电视机前坐了下来。ABC电视台正在播放她最喜欢的那部电影——《金玉盟》❶。雨点敲打在玻璃上的声音就像是一首催眠曲。等到加里·格兰特终于在黛博拉·蔻儿❷的双唇上印下一吻，她从床上拿过了枕头，紧紧地抱在怀中。

雨在清晨的时候停了。外面大花园里的树枝树叶还在淅淅沥沥地往下滴着水，劳伦依旧睡不着。她干脆爬起来，穿上衣服，又在外面套了一件风衣，然后走出了屋子。

在这个漫漫长夜剩下的最后一点点时间里，一辆凯旋车在夜幕中飞驰，车灯一路照亮着地面上橙色和白色的标志线，经过了好几个在悬崖转角的凹处凿出来的涵洞。远远地，她终于望见了那一块地的边界，于是就把车开进了前面那条硬泥巴夯实压出来的小道。在转过一大个弯之后，她找到一个凹进去的隐蔽角落，把车藏在了一排柏树的后面。下车没走几步路，那个绿色锻铁铸就的大门就已经出现在眼前。她推了推铁栅栏，门关着，挂了一块牌子，上面写着某家蒙特雷湾房地产公司的联系方式。劳伦从两扇铁门的中间挤了进去。

---

❶作者注：法语版电影名是《她和他》。
❷译者注：《金玉盟》的男女主角。

她放眼打量着周围的景象，到处都是一垄一垄赭色的土堆，上面间或种着几棵意大利五针松或者盐豆木，还有巨杉、石榴树、角豆树，远远看去就好像是一直延伸到了大海里面一样。旁边有一条小路，她沿着台阶往上走，爬到一半的时候，她看出来了，右首那是一块玫瑰花圃残留下来的部分。这个花园应该是荒废了的，不过，在空气中依然弥漫着各种香气混杂的味道，此刻走的每一步，都在唤醒她心中对于往日的回忆。清晨的微风徐徐，园子里的大树稍稍弯下了腰。

此刻出现在眼前的正是那一幢百叶窗紧闭的屋子。她向门前的大台阶走去，攀上了一层层石阶，最后在门廊下面停住了脚步。房子的下方，大海似乎想要拍碎岸边的礁石，海浪卷着大团大团的海藻，翻滚着一直送到了松树林带的旁边。海风吹乱了她的秀发，她伸出一只手把头发往后面捋了一下。

然后，她绕着屋子转了一圈，想看看能够从哪里进去。她的手轻轻拂过外墙，手指在一扇百叶窗下摸到了一块木楔子，拈着拿了出来。于是，这个木头板子百叶窗的合页铰链嘎叽作响，慢慢升了上去。

劳伦把头顶住里面的玻璃，试图把框格窗抬起来。这有点困难，她继续坚持着，终于轻轻地把插销从卡座里掰了出来，顺着卡槽滑开。接下来，就再也没有什么可以阻止她进到屋子里面去了。

进去以后，她把身后的百叶窗和框格窗都重新拉了下来，然后穿过那间小书房，匆匆瞥了一眼里面摆着的那张床，继续往前走了出去。

她在走廊里慢慢地往前挪，在两边的墙后面，每一个房间里或许都藏着一个秘密。想到这里，劳伦不禁要问自己，这个突然从心头涌出来的想法，究竟是源自哪一次在医院某间病房里听到的传说呢，还是说可以继续往前追溯到更久远的时候？

她走进了厨房，心跳得就更加厉害了。抬眼望望四周，她的眼眶不禁有些湿润。在台子上摆着的那个意大利咖啡壶，看起来是那么熟悉。她犹豫了一会儿，拿起咖啡壶，轻轻地抚摸，然后又重新摆回到台面上。

下一道门通往客厅，里面有一架长长的钢琴，静静地躺在黑暗当中。她带着一丝腼腆走上前，坐到小圆凳上，摆在琴键上的手指弹出了《维特》之《月光曲》最初那几个脆音。然后，她又在地毯上跪下来，伸长了手在地毯表面的毛绒上轻轻抚过。

接下来，她又倒回去把每一块地方都再看了一遍，甚至爬到楼上，从一个房间跑到另一个房间。渐渐地，对这栋房子过往的回忆跟她此时此刻在这里看到的情形融为一体，她已经分不清楚自己到底是在梦中还是在记忆里。

过了一会儿，她下楼又回到了书房里。看了看那张床，她一步一步地向房间里那个壁柜靠近，然后手伸了过去，在柜子的面上轻轻掠过，把手开始转动，柜门徐徐打开，呈现在她眼前的是一个黑色小箱子，箱子上的两个金属卡锁闪闪发光。

劳伦盘腿坐下，拨开锁头，掀起了箱盖。

箱子里面装满了各种各样大小不一的物件，有一些信、几张照片、一个用橡皮泥捏出来的飞机、一长串贝壳连成的项链、一把银调羹、几双婴儿穿的毛绒鞋，还有一副儿童太阳眼镜。在这一堆东西中间，劳伦找到了一个丽芙纸材质的信封，上面写着她自己的名字。于是，她拿起信封，先是闻了闻信笺，然后把它拆开读了起来。

信里面的字一个个映入眼帘，她拿着信的手在不停颤抖，记忆被重新唤醒，往日的片段终于连成了一个完整的故事……

她走到床前躺下，头陷在枕头里，一遍又一遍地读着信纸的最后一页，上面是这样写的：

……故事的结局就是这样，你虽然失去了一段时光，脸上却有笑容。我仿佛还能听见你的手指在我童年的钢琴上敲出一个个音符。我到处寻找你的身影，甚至是在另一个空间，在想象的世界里。不管身在何方，只有找到了你，我才能在你的注视下进入梦乡。你中有我，我中有你，合二为一，我们共同做出了爱的承诺，只有两个人在一起，我们的明天才会有意义。我总算是明白了，人最疯狂的梦想只能靠自己的心去领悟，去成就。在我的生命当中，有一段回忆是只属于我们两个的，没有其他任何人来干扰，那是你在心底保守的最后一个秘密。

你给我带来了一段美妙的时光，我从不曾怀疑，在我的生命当中没有什么能够比跟你在一起的每一分每一秒更加值得珍惜。你为我们想象出了一个世界，那里有我所有的回忆。你还能够想起来吗，或许就在将来的某一天？我以前从来也不敢想象竟然会如此地爱你。你进入我的生命，就好像繁花总会怒放，夏天终于来临。

我现在心里面既没有愤怒也不会遗憾。你跟我在一起的时光，只有一个词可以形容，那就是无与伦比。以前是这样，现在也还是如此，因为对于我来说，有了这一段经历，你就是天长地久，你就是永恒。以后就算你不在我的身边，我也永远不会再感到孤独，我知道，其实，你就在那里。

阿瑟

劳伦闭上眼睛，把信纸抱在了怀里。又过了好久好久，此前一整个晚上都寻觅不着的睡意终于露出了那么一点蛛丝马迹……

⬧❈❈❈⬧

时间已经到了中午，一缕强光穿过百叶窗照了进来。窗外传来一阵汽车轮胎在碎石子地面上摩擦的声音，车已经停在了这幢房子的门口。劳伦猛然惊醒，马上跳下床，找个地方躲了起来。

⬧❈❈❈⬧

"我去找钥匙，然后回来给你开门。"阿瑟拉开萨博车的车门时说道。

"要不我去拿吧，嗯？"保罗如是建议。

"别了，你不知道怎么开那个百叶窗，这里面有窍门的。"

保罗下了车，打开后备厢，从里面拿出了一个工具包。

"你这是干什么？"阿瑟一边走向屋子一边问。

"我去把那块写着'此屋出售'的牌子卸下来。那玩意看起来太碍眼了。"

"一分钟的时间，我马上就给你开门。"阿瑟朝着那扇关着的百叶窗走去。

"不着急，慢慢来，兄弟！"保罗已经掏出了一个扳手，拿在手上。

━━◆⟨⟨❖⟩⟩◆━━

阿瑟进屋以后关上了窗，然后就去找那个黑箱子，准备从里面拿那把长长的大门钥匙。可是，在打开橱柜门的时候，他着实被吓了一大跳。黑暗里有一只手伸出来，举着一个小小的白猫头鹰，猫头鹰似乎在盯着他看，鼻梁上却架着一副儿童太阳眼镜，阿瑟一眼就认出了这是谁的东西。

"我想，它的病已经治好了，它以后再也不会对白天感到害怕。"黑暗里有一个略显羞怯的声音说道。

"我想也是这么回事。这副眼镜是我小时候的，戴着它看这个世界，色彩全都变了，简直是奇迹。"

"看起来是这么回事！"劳伦回答道。

"恕我冒昧问一句，你们在这里干什么呢，你们两个？"

她往前挪了一步，从黑影里现身。

"我即将告诉您的，听起来不太容易理解，甚至会难以置信，不过，假如您真的愿意听我讲我们的故事，假如您真的愿意相信我，那么，说不定到最后，您也会觉得我说的全都是真的呢。这一点很重要，因为现在我知道了，您是这个世界上唯一可以跟我分享这个秘密的人。"

于是，阿瑟也进了这个橱柜……

尾　声

圣诞节那一天，保罗和奥妮佳搬进了玛丽娜格林公园旁边的一个公寓。

克莱恩夫人成了旧金山桥牌冠军，接下来的那个夏天，她又赢下了加利福尼亚州的锦标赛。现在，她全身心投入了桥牌这项活动，而就在我写下这段话的时候，她刚刚去了拉斯维加斯，准备在那里参加全美大赛的半决赛。

费斯坦教授在巴黎一家酒店的房间里离开了这个世界。诺玛送了他最后一程，让他安息在诺曼底，离他姑父不远的地方。他的姑父也安葬在这片法国的土地上，那是1944年6月的某一天。

乔治·皮尔盖茨和娜塔莉亚在威尼斯的一个小修道院里正式结为夫妇。他们来到一家名为"达伊沃"的小饭馆吃晚饭，却不知道坐在他们对面那张台子边的客人正是同样来自旧金山的医生劳伦佐·格拉雷利。离开意大利以后，夫妻两个继续在欧洲的其他地方进行漫长的旅行。最近，旧金山警察局第七分局刚刚收到一封来自伊斯坦布尔的明信片。

莫里森小姐赌赢了，她成功地让巴布洛跟一只雌性的杰克罗素梗犬配对，当它们的小狗狗生下来以后，大家才知道，那只母狗原来不是杰克罗素而是猎狐狗。巴布洛把它六只小狗当中的两只带回了家。

贝蒂没有变，一直在当她的旧金山纪念医院急诊室护士。

至于阿瑟和劳伦嘛，按照他们的要求，大家还是不要去打搅了吧……

就让这两个人静静地再待一会儿……

（全文完）

致　谢

　　纳塔莉·安德烈、克莱尔·巴萨克、卡梅·贝尔卡西、帕特里斯·比内–德康/莫里斯王子、安托万·卡罗、德拉朗德医生、勒菲弗医生、埃尔韦·拉芬医生、塔拉加诺医生、菲利普·布龙医生、玛丽·德吕克、纪尧姆·加利纳、西尔维·让德龙、埃玛纽埃尔·阿尔杜安、马克·凯斯勒、卡特林·霍达普、阿莎·拉斯特、嘉莉·格林克斯、克洛迪娜·介朗、纳迪亚·雅雷、雷蒙·李维和达尼埃尔·李维夫妇、洛兰·李维、弗洛朗斯·德·蒙特利沃、波利娜·诺尔芒、玛丽–夏娃·普罗沃、罗斯琳、马农·斯巴伊、赞邦先生

　　尼科尔·拉泰、莱奥内罗·布兰多利尼、塞尔热·博韦、安娜–玛丽·朗方、莉迪·勒鲁瓦、奥德·德·马尔热里、伊丽莎白·维尔纳弗、若埃尔·勒诺达、阿里埃·斯贝罗以及罗伯特·拉丰出版社的全体职员

　　菲利普·盖
　　以及
　　苏珊娜·李和安托万·奥杜阿尔

您可在以下网站搜寻到所有关于马克·李维的消息

www.marclevy.info

图书在版编目（CIP）数据

与你重逢/（法）马克·李维（Marc Levy）著；陈睿译.
—长沙：湖南文艺出版社，2017.3
书名原文: Vous revoir
ISBN 978-7-5404-7869-8

Ⅰ. ①与… Ⅱ. ①马… ②陈… Ⅲ. ①长篇小说—法国—现代
Ⅳ. ①I565.45

中国版本图书馆CIP数据核字（2016）第289476号

著作权合同登记号：图字18-2016-182

Vous revoir by Marc Levy
Copyright © 2005 Editions Robert Laffont / Susanna Lea Associates
Published by arrangement with Susanna Lea Associates through Bardon-Chinese Media Agency
Simplified Chinese translation copyright © 2015 by China South Booky Culture Media co., Ltd.
ALL RIGHTS RESERVED

上架建议：畅销·外国文学

YU NI CHONGFENG
与你重逢

著　　者：[法]马克·李维
译　　者：陈　睿
出 版 人：曾赛丰
责任编辑：薛　健　刘诗哲
监　　制：蔡明菲　潘　良
策划编辑：马冬冬　刘宁远
特约编辑：刘宁远
版权支持：辛　艳
营销支持：张锦涵　李　群
版式设计：李　洁
封面设计：利　锐
出版发行：湖南文艺出版社
　　　　　（长沙市雨花区东二环一段508号　邮编：410014）
网　　址：www.hnwy.net
印　　刷：北京京都六环印刷厂
经　　销：新华书店
开　　本：880mm×1270mm　1/32
字　　数：234千字
印　　张：10
版　　次：2017年3月第1版
印　　次：2018年2月第3次印刷
书　　号：ISBN 978-7-5404-7869-8
定　　价：39.80元

若有质量问题，请致电质量监督电话：010-59096394
团购电话：010-59320018